中公文庫

汽車旅放浪記

関川夏央

中央公論新社

目次

汽車旅放浪記

楽しい汽車旅

トンネルを抜ければ「異界」——上越線

一九五五（昭和三十）年の晩秋であった。私は六歳になる直前であった。母親に連れられて上越線の列車に乗り、新潟県長岡から東京へ行った。

お昼頃長岡駅を出た急行「越路」だった。上越線は戦後になって全線電化されたのだが、それからさして時を経てはいなかった。

「越路」は電車ではなく、チョコレート色の電気機関車が、やはりチョコレート色の客車を長々と牽引《けんいん》していた。

風邪をひいていた私は始終咳《せき》こんだ。母は午前中、駅前の医院に私を連れて行った。年配の医者は、この子の東京行きはよした方がよかろうといった。

もう決めたことだからと母はいった。医者は、私のお尻《しり》に太い注射をした。私は泣いた。泣きながら駅に向かって歩く道は小春日和《びより》のよい天気だった。澄んだ空気のなかで泣くのはここちよいものである。

急行「越路」上野行

当時の汽車はいつも混んでいた。まだ戦後十年しかたっていないのに、人々はしきりに移動した。あるいは戦後十年だから多忙げに移動していたのか。新潟発の列車に途中駅から乗ったのでは席が見つかるわけもない。母と私は最後尾の車輛《しゃりょう》の通路に立った。窓際《まどぎわ》の席にすわり、窓枠に顎《あご》を載せて流れる風景を眺めるのが、当時の私の幸福だった。しかしそれはかなわぬ希望だった。私は不満であった。

母は、なぜそのとき東京へ行ったか。知人の娘さんの結婚式に参列するためである。母は戦前に地元の高等女学校を出ると、東京の女専に進学して九段に下宿した。下宿屋ではなかった。薬屋だった。薬専を出て薬剤師となった女主人が経営していた。その人は寡婦《かふ》だった。娘さんがひとりいた。娘さんは母より十歳ちょっと年少だった。

女専在学中に対米戦争がはじまった。卒業はおそらく一九四三年である。卒業しても下宿から出ず、大本営参謀部につとめた。英文翻訳などの仕事だったらしい。九段から市谷ならすぐである。

四五年になると東京は大空襲に見舞われた。三月に江東の下町一帯が全滅し、十万人が死んだ。五月には山手が無差別爆撃で壊滅した。この前後、母は長岡へ帰ったようだ。長岡でも八月に空襲があり、町の人口の二パーセントが死んだ。

これは推測である。母は、自分の青年期について語ったことがない。父は戦時中には海軍予備学生だった。父と母が知りあったのはどうも東京らしいが、父はずっと館山《たてやま》の基地にいたはずだ。結婚は終戦の翌年だが、それまでの経緯についてもわからない。ふたりとも何も話さずに死んだ。隠しごとをしたわけではなかろう。彼らはそろって過去に意味を見出《みいだ》さないたちだったのだと思う。

昔、古いアルバムの写真を見たことがある。軍装の父と、あれは国民服というのか、女子挺身隊《ていしんたい》風の服の胸に墨書した名札をつけた母が並んだ写真である。名札には血液型も書いてあったはずだ。やはり国民服を着た年配の女性と、おかっぱ頭の女の子がいっしょだった。女の子のセーターの胸にはやはり名札が縫いつけられていた。

この人が九段で下宿していたときの薬剤師とその娘さんだ、と母に聞いた記憶がおぼろげにある。九段のお店は空襲で焼けた。彼女たちは池袋から出る私鉄の奥の方、もうひと駅で埼玉県というあたりに戦後、家を兼ねた店を建てた。

母は遠く離れた彼女たちと戦後になっても連絡をとりあっていたようで、わざわざ娘さんの結婚式に参列する程度には親しんでいた。それもあろうが、母は東京が好きだった。語りはしなかったが、戦前の東京を懐《なつ》かしんでいた。そして私は汽車に乗るのが好きだった。好みは違うが、めずらしくふたりの利害は一致した。

一時間半ほどで列車は越後湯沢に着く。ここから先が山脈である。清水トンネルである。九七〇二メートル、世界で何番目かの長さを誇るトンネルである。

その長いトンネルの前後にはループがある。急坂すぎて汽車が登れないからそうするのだ。汽車好きであった私は、五歳ではあったが、すでにそういう知識は持っていた。

混み合う車内の濁った空気に気分の悪くなった私は、母にせがんで車室の外へ出た。最後尾の車輛であったから、後部デッキは吹きさらしである。両脇《りょうわき》のドアは閉じられていても、幌《ほろ》に縁どられた通路となる部分はぽっかり開いている。ただ鉄板の渡し板が跳ね上げられて、申し訳程度にデッキを外界から隔てている。そこから見えるレールは後方に無限に引き出されていくようだ。

むき出しの動く外界は恐怖である。同時にそれはあやしげな魅力に富んでいる。私は母の手につかまったうえに、開口部から身をできるだけ遠ざけてこわがりながらも、その単調な美しさともいうべきものに身をひたしていた。

列車は急な登り坂を登っている。実際には石打駅からすでに一〇〇〇分の二〇という路線中最大勾配《こうばい》に入っていたのだが、私は越後湯沢からようやく気づいた。道床脇にある指示板がそれを示している。

越後中里駅を通過するとトンネルに入った。トンネル内でも列車は登りつづける。薄闇《うすやみ》のなかに見えるトンネルは左へ左へと巻きとられて行くようだった。

これがループだ。私は果てしなく回転する渦を思ってめまいがした。不思議な気分だった。当時はそういう名づけはしなかったが、「異界」へつづく道と思われた。

日本海をめざす

上越線は群馬県高崎から新潟県長岡（正確にはひとつ手前の信越本線宮内《みやうち》）に至る線である。一九三一（昭和六）年秋に全通した。

それまで東京―新潟間は信越本線が結んでいたが、この線には弱点があった。群馬県横川から長野県軽井沢までの急坂碓氷《うすい》峠である。

軽井沢とほぼ同海抜、九四一メートルの碓氷峠を登る鉄道は、どう設計しても機関車の登攀《とうはん》能力限度一〇〇〇分の三三・三を下まわることができなかった。一〇〇〇分の三三・三とは、一〇〇〇メートル進むうちに三三・三メートルの坂を登る、あるいは一〇〇メートル海抜をかせぐためには三〇〇〇メートル進まなければならないことを意味する。

三三・三という限界勾配で有名なのは、一九〇九（明治四十二）年開通の鹿児島本線、人吉《ひとよし》―吉松《よしまつ》間である。

のち水俣《みなまた》・川内《せんだい》経由の海岸線が開通するまで、鹿児島本線の八代《やつしろ》から南は球磨《くま》川をさかのぼって人吉盆地に入った。現在の肥薩《ひさつ》線である。人吉から国見《くにみ》山地を越え、鹿児島方面へ向かう際には、隧道《ずいどう》建設が避けられなかったが、それをできるだけ短くするためにループ線が設計された。そうしても、ようやく三三・三までしか緩和できなかった難所である。

列車の順調な運行が可能な勾配は、一〇〇〇分の二五までと考えられていた。一〇〇〇メートル進むうちに二五メートル登る、あるいは列車を一〇〇メートル押し上げるには四キロメートルのレールが必要だということである。それでも機関車にとって苛酷《かこく》な急坂は、信越本線妙高、磐越線磐梯《ばんだい》、東海道線の山北（現御殿場線）、関ヶ原、逢坂山《おうさかやま》、東山などにあった。

碓氷峠の場合は一〇〇〇分の六六を超える（六六・七パーミル）のだからお話にならない。そこで明治末、ここで断絶していた信越本線の全線開通をめざしてアプト式が採用された。しかし、煙害がひどいうえ、人力で石炭を投じて火力を維持する不安定な蒸機では、歯車をラチェットとして進行するアプト式にふさわしくない。そこで鉄道省はドイツ・アルゲマイネ社の電気

機関車を輸入した。東京市中ではすでに一九〇三年から市街電車が走りはじめ、短期間のうちに市内を網羅して東京市民の生活手段と化していたが、この日本はじめての電気機関車EC40は、その制式名のごとく動輪三軸という変則のアプト式専用機だった。横川―軽井沢間が電化開業したのは一九一二年五月のことである。

まだ信越本線が全通していなかった一八九二年、第三回帝国議会で鉄道敷設《ふせつ》法案が可決され、新潟までの延長線が予定線となった。このときは、直江津から新潟（信越本線）、長野北方の豊野から新潟（飯山線）、前橋から新潟（上越線）の三線が候補として併記された。

しかし豊野ルートは全国でも最悪クラスの豪雪地帯のまっただなかを通るうえ、全行程が信濃《しなの》川の狭い谷をつたうことになり、難工事のみならず、完成後の路線維持が懸念《けねん》された。一方、前橋ルートは東京と新潟を結ぶ最短路線となるが、清水峠越えにどうしても必要な長大トンネル掘削技術は、当時の日本にもとめるべくもなかった。結局直江津ルートが採用された。しかし、その直江津までにしてもスイッチバック方式で峠を越えなければならなかった。日本海側は遠かったのである。

だが、直江津から海岸をつたい走り、それから低い丘陵の下をくぐって内陸に入り、新潟に向かう信越本線はあまりに迂遠《うえん》だった。前橋ルートなら一〇〇キロメートル短縮できるし、秋田、庄内方面とも直接繋《つな》げられるのである。

一九一七（大正六）年、第四十回帝国議会に鉄道敷設法改正案が提出された。翌年上越線は正式に建設予定線となり、予算がつけられた。

その背景には第一次大戦下の好景気があった。戦場となったヨーロッパから軽工業加工品や船舶注文が引きもきらず、日本は日露戦争後の不況を一挙に脱したばかりか、一時バブル景気の様相を呈した。物流は加速し、人々は移動した。地方都市近郊の私鉄敷設ブームが起こり、橋梁《きょうりょう》と隧道建設の技術革新を進めた国鉄は、従来自然障壁で遠回りを余儀なくされていた幹線の短絡線化に着手した。清水トンネル掘削を要する上越線は、その目玉であった。

上越線は北側と南側、それぞれ平野部の終るところから脊梁《せきりょう》山脈めざして着工された。上越北線は一九一八年十二月に工事がはじまり、信濃川およびその有力な支流魚野《うおの》川を溯《そ》上《じょう》した。魚野川流域は細長い谷状をなしてはいたものの、おおむね平坦《へいたん》で、狭隘《きょうあい》な平野部と呼んでもよいほどの地形だったため工事上の困難はなかった。山脈の手前、越後湯沢まで延伸したのは二五年十一月だった。

「野に新しき停車場は建てられたり」

上越南線の着工は一九二〇年である。起点は高崎だが、高崎からはすでに前橋、桐生《きりゅう》、小山《おやま》方面に向かう両毛線《りょうもう》が運行していたので、高崎―前橋間に新駅を建設して、そこから分岐させた。新前橋駅である。渋川までの工事は順調で、二一年七月にはその区間の営業運転がはじまった。

野に新しき停車場は建てられたり／便所の扉《とびら》風にふかれ／ペンキの匂《にほ》ひ草いきれの中に強しや

萩原朔太郎が「新前橋駅」という詩を書いたのは、開業間もない夏のことだ。

烈々たる日かな／われこの停車場に来《きた》りて口の渇《かわ》きにたへず／いづこに氷を喰《は》まむとして売る店を見ず／ばうばうたる麦の遠きに連なりながれたり

要するに烈日の憂愁である。新前橋駅の「歩廊《ほうむ》」からの眺めは一面の雑草の広がり、まことに殺伐たるものだった。彼は「心はげしき苦痛にたへずして旅に出《い》でん」としたのである。

私がこの詩を知ったのは中学生の頃である。朔太郎の「感情の軋《きし》り」にひかれたのではなかった。鉄道好きだから、ただその「新前橋駅」という題名に興味を抱いたのである。

しかしその後も長く、この詩を忘れることはなかった。まだ上越新幹線が走り出す前、一九六〇年代終りから七〇年代にかけて、私はよく上越線に乗った。そして特急や急行が黙殺して通過する新前橋駅を横目で見ながら、あいかわらず殺伐としているなあ、とそのたびに思った。

このたびわざわざ在来線に乗ってみたときも、おなじことを思った。便所の扉は風に吹かれてなどいなかったし、もはや雑草の荒野中の駅でもなかったが、新開地のうつろなにぎやかさに、むしろどこかさびしそうであった。東海道新幹線岐阜羽島の駅を通過するときも、私はやっぱり「新前橋駅」を思い出す。それは条件反射のようである。私には発展性がないのである。

清水トンネルの実測開始は一九一九年六月である。

山は深い。昔から三国峠越えは街道だったが、清水峠越えは朽ちて杣道《そまみち》さえない。山脈の南側湯檜曽《ゆびそ》集落より北にある家は一軒のみ、その湯檜曽集落も一九二一年の大火で全滅して以来再建されない。長い積雪期は山へ入ることさえできない。そんな悪条件のなか、測量には三年を要した。トンネル南北の両坑口の位置が決定されたのは二一年秋であった。

勾配は一〇〇〇分の一〇とするのが理想的だが、となるとトンネル長は二〇キロメートルにも達する。それは技術と費用の両面で無理だ。最大限妥協して最大勾配を一〇〇〇分の二〇におさえたとしても、清水トンネルの手前、南北両線の先端にそれぞれループをつけて勾配緩和をはかる必要があった。

トンネル本体の着工は一九二二（大正十一）年八月十日である。

峯《みね》から峯へボウが響いて／大穴《おほあな》の飯場はもう空《から》だ。／山と山とが迫れば谷になる。／谷のつきあたりはいつでも厖大《ばうだい》な分水嶺《ぶんすいれい》の容積だ。／トンネルはまだ開《あ》かない。／二千人の朝鮮人は何処にゐる。／土合《どあひ》、湯檜曽《ゆびそ》のかまぼこ小屋に雨がふる。

高村光太郎が「上州湯檜曽風景」という詩を書いたのは一九二九年五月であった。

上越南線の大穴―土合間ループトンネルは、光太郎が訪れた三年前、二六年六月に着工している。

第一湯檜曽トンネル一七五三メートル、第二湯檜曽トンネル四二二メートル、それにトンネル外軌道合計二六〇〇メートルによって半径四〇二メートルの輪をつくる。輪の交点は進入口の直上、四六・五メートルのところにある。

湯檜曽と土合に、トンネル工事の基地がつくられた。人夫宿舎、職員官舎のほか、診療所、購売部、分教場があるそれは、小さな町であった。上越南線が水上《みなかみ》まで達したのは一九二八年十月だが、すでにはるかそれ以前、二三年には沼田から軌間七六〇ミリ、専用の軽便軌道を敷き、資材運搬を開始している。大穴には工事のための変電所が新設される。

上越北線側、土樽《つちたる》口も状況は同じだ。

高村光太郎は一九二九年には四十六歳である。智恵子夫人の実家、福島県安達郡で酒造業を営んでいた長沼家が破産したのもこの年だ。そのせいか智恵子の健康はすぐれない。

まるで地下鉄

水上駅からの電車は四輛《りょう》編成だった。清水トンネルを通過する下り普通列車は、現在一日に五本しかない。電車は、ごくなめらかに山を登る。勾配を体感できない。やがて湯檜曽のトンネルに入った。が、ループの中で方向感覚が乱されるという私の期待が満たされなかったのは、新潟方面へ向かう下り線は上り線とは別ルートをたどって山を越える新しい線で、ループはないからだ。不完全な円を、新潟県側で一度たどるばかりだ。私は気抜けした。

列車は土合《どあい》駅に着いた。地下駅である。標高表示は五八三メートルとある。地上から四百八十何段かを降りてプラットホームに達するのだという。団体客が乗った。その階段の降り口までバスで行き、わざわざ階段を歩いて降りてきたのである。そういうツアーがある。すいていた車輛が、にわかに騒々しくなった。切符はないんだ、とひとりが通りかかった車掌にいった。添乗員がね、持ってるんだ。ああ、そうですか。車掌さん、これ日立でつくったんだね。多少の酒が入っているらしい別のひとりが、車輛の上部に貼《は》りつけられたプレートを指さしてそういった。ああ、そうですね。

みな初老といった年頃で、胸に「四季の旅」と印刷したバッジ、というより認識票をつけている。ほとんどが男性、そのうちの何人かがかぶった藤色の帽子のロゴマークが「珂友会」と読みとれる。那珂《なか》川や那珂湊《なかみなと》の「珂」ではないだろうか。とすれば茨城県だ。話し声が大きい。トンネル通過音に負けまいとしている。笑い声も大きい。ひとり、えーっえっえっえっ、と気にさわる笑い声を上げる人がいる。

トンネルは長い。長いには長いが、地下鉄とかわりがない。遠い昔、私がトンネルに対して抱いた恐れと驚きはもはや片鱗《へんりん》さえしのべない。

清水トンネルを抜け、大きな半円をえがくカーブに入る前が土樽《つちたる》駅である。単線時代には上下線を入れ換える土樽信号所だった。

〈向側の座席から娘が立って来て、島村の前のガラス窓を落した。雪の冷気が流れこんだ。娘は窓いっぱいに乗り出して、遠くへ叫ぶように、

「駅長さあん、駅長さあん。」〉

小説『雪国』のこのくだりは土樽信号所でのことだ。娘の名は葉子。東京から肺病で瀕《ひん》死《し》の青年をともなって帰ってきたのである。

死者たちの住む国

川端康成は一九三四（昭和九）年十二月、仕事をするため滞在していた群馬県大室温泉から水上に出、はじめて清水トンネルを通過して越後湯沢に行った。上越線全通の三年後である。

翌年一月に「夕景色の鏡」と「白い朝の鏡」の二本の原稿を書き、それぞれ「文藝春秋」と「改造」に載せた。両方とも、のちに『雪国』としてまとめられる小説の断章だった。

日本近代小説は「現代小説」としてはじまった。「現代」の世相を写し、「浮き世」と個人の関係をえがこうとした。「現代」の世相を写さんとする志は、実は江戸小説から受継いだものだ。明治に至って、近代社会が人間の内面と外面の乖離《かいり》を必然的にもたらしたと考えた青年が、その内面外面の対比をえがくに足る文体を模索したのであって、本質が「現代小説」であることは、二葉亭、紅葉、漱石、鷗外、みなおなじであった。

そんな日本文学が大正中期、一九二〇年代からなぜ「現代」や「浮き世」から離れがちとなったのかは興味深い主題だ。完成へと向かう大衆社会が「知識人」の孤絶感を誘い、加えて「文士」としての特権的意識が芸術至上主義の傾向を生み出したということか。昭和初期に著しく流行したプロレタリア文学も芸術至上主義の変則的反応のひとつであって、「現代」や「浮き世」や、あるいは「プロレタリア」の実情をえがいたものとはいえなかった。

大正期に人となった川端康成だが、幼い頃から身内をつぎつぎと失い、「葬式の名人」と他称されるほどに死に親しんだ彼は、あたかも生者より死者を好むようであった。

「表日本」の冬の陽光に照らされた列車は、すぐに長いトンネルに入る。当時としては無限とも思われただろう長い闇《やみ》を抜けると、風景は劇的に変化する。冬枯れている。すでに十二月の積雪を見ていただろう。

越後湯沢は、上越線の開通まで新潟県の最辺境、魚野川の谷のどん詰まりであった。それが一九三一年秋のトンネル開通以降、一転して東京からもっとも近い新潟となった。というより、闇を抜けたあとに突然ひろがる別世界となった。

とくに冬場はその感が深い。川端康成は越後湯沢に「異界」を見た。端的にいえば、彼にとってそこは「死者たちの国」なのである。そして『雪国』は「死者たちの国」の物語なのである。それは、たんなる抒情《じょじょう》的恋愛小説ではなかった。

『雪国』の登場人物は葉子にしろ駒子《こまこ》にしろ、生者のなまなましさがない。駒子のモデルとなった人は、和服に山袴《さんばく》をはいてスキーをたのしむような活発なタイプであったらしい。小説中でも駒子はそう語っている。だが、やはりどこか生きている人のようには感じられないところがある。

主人公の島村は舞踏評論家という設定である。舞踏評論をしたり舞踏関係書の翻訳だけで食べていけるわけはないし、まして芸者を呼ぶ余裕などあろうはずがない。親譲りの財産に寄食する「高等遊民」という設定なのだろうが、彼にも生者としての実感が乏しい。少なくとも生活者とはいえない。

清水トンネルを越えると別世界がある。そういう感覚は五十年近く前に逆方向、すなわち「裏日本」から「表日本」へ抜けて驚いた私には通じるところがある。しかし当然のことながら、それが死者の国から浮き世への通過とは思わなかった。東京は子供心にも「華やかに騒々しい異界」であった。

いま越後湯沢は新幹線と在来線の乗り換え駅である。直江津を経て富山、金沢に直結する「ほくほく線」開通後は、ますますその感が深い。

広いコンコースの一隅、新幹線改札と在来線乗り換え口に近い場所に駒子が立っている。ガラスケースに入ったマネキンである。白人顔のマネキンだからモデルの女性には似ていない。岸恵子《けいこ》にも似ていない。そんなマネキンが和服に雪沓《ゆきぐつ》と山袴、雪国の冬のコートだった角巻《かくまき》を着ている。

岸恵子が豊田四郎の映画『雪国』に出たのは一九五七年である。島村役は池部良が演じた。葉子は八千草薫だった。生身の役者だからどうしても生者である。そこが原作小説とは違った。ことに岸惠子には生彩があった。監督としては、しんしんと降る雪と悲恋の日本的抒情映画にしたかったらしいが、岸惠子によってそれは破られた。岸惠子の生彩は、彼女の持ち前の生意気さによってもたらされた。それは戦後の横浜の娘の明るい生意気さであった。

五七年には岸惠子は二十四歳だった。幹部候補生出身少尉《しょうい》あがりの池部良は、すでに三十九歳だった。撮影中に岸惠子は池部良が好きになった。彼は岸惠子の目に「一人の日本の男」として映じた。というのは、彼女がそのときフランス人の映画監督に迫られて婚約していたからである。

撮影が越後湯沢でクランク・アップしたその日、彼女は最後のカットを撮り終えて衣裳《いしょう》部屋に戻った。明け方であった。

鏡の中の自分の目は輝き、きつい表情をしていた。まさに生者の顔である。そのとき鏡の隅に池部良が映った。和服の腕を組んで、彼女をじっと見ていた。声もかけず、近づくでもなく、ただそこに立ちつくしていた。ふたりの視線は鏡のなかで交錯した。しかしそこに、やはり言葉はなかった。彼女は三日後、パリへ発《た》った。そう岸惠子自身が回想している。

駅前の閑散とした広場に、例の「四季の旅」の人々がたまっていた。手洗いに行ったり、声高に話したりしている。彼らの前にバスが二台、扉をあけて駐車している。

バスは土合駅で彼らを降ろし、高速道路で三国トンネルを抜けて越後湯沢に先まわりしたのである。あの騒々しい団体の旅程には、列車による清水トンネル通過が組み込まれていたわけだが、彼らは何をたのしんだか。

「風博士」秋深い石打駅で降りる

坂口安吾が「風博士」を発表して少しのち、というから何年だろう。一九三二（昭和七）年か三三年か。いずれにしろ秋深い頃合いだ。

小林秀雄は上野駅のプラットホームでばったり坂口安吾と出会った。小林秀雄は新潟高校へ講演に行く途中だった。安吾は新潟県松之山《まつのやま》村の親族を訪ねようとしていた。葬式だということだった。

あいにく列車は満員で席がない。食堂車へ行って飲みはじめた。清水トンネルを出るまでふたりは飲みつづけた。安吾は越後湯沢のつぎの駅、石打で降りた。

水上から石打までの電化は長いトンネルのせいだ。電機でなければ通過できない。蒸機では運転士が煙にまかれる。石打から先は未電化だから、再び電機を蒸機につけかえる。石打には機関庫があり、蒸機用のターンテーブルもあった。

石打から西へ、バスで険しい山越えをすると信濃川の谷へ出る。魚野川と信濃川の谷は、山脈ひとつへだて並行して走っている。そこからもうひとつ山を越えたところが松之山である。

石打に着いたとき、小林秀雄は坂口安吾の「大きな茶色のトランク」を運んでやり、列車の出口からプラットホームに降ろした。安吾はつづいて降りた。安吾は小林秀雄に謝し、別れを告げた。

安吾が死んでその選集が出されたとき、小林秀雄は短文を寄せた。

〈彼は羊羹《ようかん》色のモーニングに、裾《すそ》の切れた縞《しま》ズボン、茶色の靴をはき、それに何をしこたま詰めこんだか、大きな茶色のトランクを下げていた。人影もない山間の小駅の、砂利の敷かれたフォームに下り立ったのは彼一人であった。晩秋であった。この「風博士」の如《ごと》き異様な人物の背景は、全山の紅葉であった。紅葉という言葉もいかがなものか。雄大な雑木の山々は、坂口君のトランク色のすさまじい火災を起している様であった。木枯が来て、これが一斉に舞い上ったら、と私は思った〉

列車が去ったあと、安吾は気づいた。そこは「砂利の敷かれたフォーム」ではなかった。車輛点検のための仮ホームだった。「人影もない」のは当然だった。ほんとうのホームは、線路をへだてた反対側にあった。安吾は小林秀雄のそそっかしさに微笑したのち、重たいトランクを運んで線路をわたった。

七十年あまり前の上越線石打駅の晩秋風景と昭和戦前の青年たちを髣髴《ほうふつ》とさせる、このエピソードを私は好む。

塩沢駅から先は魚野川の谷、というよりせまい平野となる。魚沼産コシヒカリの産地である。新潟平野に向かって下りつづけるのだが、もう勾配《こうばい》は感じられない。午後四時前の下り電車は高校生で満員である。

越後湯沢にも高校があるが、その小さな高校の生徒は電車通学をしない。湯沢町だけで完結する。ほぼ全員がおなじ中学校を出ておなじ高校に入るわけだ。

乗るのは塩沢からだ。ここに高校がひとつある。そのつぎがこの谷ではもっとも大きな町、六日町だ。人口は二万九千人。ここには普通高校ともう一校ある。人口一万五千人の浦佐には比較的新設の、国際文化・情報科学の専門高校がある。

小出《こいで》にも一校あった。プラットホーム上に高校生がたくさんいた。しかし大半は帰宅する他校の生徒たちをたくさん乗せた長岡行は無視して、跨線橋《こせんきょう》を渡って只見《ただみ》線の方へ向かった。そちらの方には小出始発、分水嶺《ぶんすいれい》を越えて福島県只見へと向かうディーゼルカー二輛《りょう》編成が高校生たちを待っていた。小出のつぎの越後堀之内でも高校生が乗りこんできた。ここにも高校があるらしい。

お尻《しり》直下までのミニスカートがはやっている学校がある。男の子はブレザーを決まりのようにだらしなく着ている。女の子はほぼ全員が着席したとたんに携帯メールをはじめた。制服をきちっとしているのに、スニーカーの色だけが全員違っている女の子たちがいる。せめてもの自己主張ということか。彼女たちはメールをしなかった。「鼻がいつもヒューヒュー鳴って手足の短い」若い教師の余裕を感じさせる観察や、レポートの課題となったレイチェル・カーソンの『沈黙の春』について、ひとりだけ座席にすわった女の子をとりかこむように五人で話していた。空席はまだあるのだが、別れたくないのであろう。途中駅で乗ってきた高校生たちにはぎょっとした。三人の男の子がドアを背にしてためらいなく床にすわりこんだ。野生児のようだった。野生児のうちふたりはじきにメールをはじめたが、もうひとりは視線を虚空《こくう》にはわせたままだった。

魚野川は越後川口で信濃川と合流する。そこまでが魚沼のせまい平野、あるいは広い谷である。人口十万人あまり、十五〜十七歳人口をそれぞれ全人口の一パーセントとすれば、高校は事実上の義務教育だから、ざっと三千人ほどの高校生がいることになる。平野部からも一部流入するとはいえ、六校があからさまに垂直分布をなしている現代の断面を私は上越線で目撃した思いがした。

実に身も蓋《ふた》もないものだ、などと感慨をもよおしているうち長岡へ着いた。最後まで残っていた遠距離通学の高校生たちがばらばらと降りた。

一九五五（昭和三十）年の晩秋の話を少ししよう。

私は母と出掛けたはじめての東京で、六歳の誕生日をむかえた。帰りの上越線のことを覚えていないのは熱を出したからだろう。見知らぬ土地での緊張と疲労のせいか、風邪をこじらせて肺炎になったのである。

帰ってからひと月あまりも寝こんだ。一時は相当悪かったようだ。年が明けてからようやく床離れをした。長期欠席した保育園をやめ、母の勤め先に近い、市の中心部の保育園に移った。垢抜《あかぬ》けた新しいクラスメートとなじめず、孤絶感を持った。小学校入学までの三ヶ月足らずのことだが、私の性格形成に影響をおよぼしたと思う。

では東京行きそのものの影響はなかったか。

それもたしかにあった。私は母が買った東京都内交通地図を、いくら見ても見飽きない子になった。もともと汽車が好きであったが、当時の子供として一般的な範囲を出なかった。それが東京で多様な電車に乗ったのに加え、この東京都内交通地図が決定的な役割を果たして、私の鉄道好きは精神の深部まで刷り込まれるに至ったのである。

その背景には、清水トンネルのループの不思議な体験がたしかに横たわっていた。それは川端康成の『雪国』とは似て非なる「異界感」、トンネルの向こうには、さまざまな電車が行き交うたのしげな場所があるという、希望のトーンをおびた感覚であった。

東京のとなりの「鄙《ひな》」──久留里《くるり》線、いすみ鉄道、小湊《こみなと》鉄道

東京駅から九十九里浜に近い千葉県大網《おおあみ》まで外房線特急で四十三分。東京通勤者も少なくないと聞けば、なるほどと思うが、九十九里浜＝「遠い」と地図上の知識だけで反応する者にとっては驚くばかりの速さだ。

九十九里浜といえば『智恵子抄』、それがもうひとつの知識、というか先入観である。精神に変調をきたした高村光太郎の妻智恵子は、一九三四（昭和九）年五月、千葉県九十九里海岸真亀納屋《まがめなや》に転地した。四十八歳であった。

「納屋」とは漁村のことで、「岡」という農村の呼称に対応している。海岸までだいたい五キロ、白子《しらこ》と東金《とうがね》を結んで太平洋と並行に走る県道の線が岡と納屋の境界である。大網駅から海に向かって真っすぐに車で二十五分、かなり遠い。突きあたったら左折して一キロほど北へ上ったあたりに、智恵子が療養していた田村家の別荘があったはずである。

しかし地元のタクシー運転手でも見つからない。県道と砂浜の間のぼうぼうたる草むら

を指さして、このあたりだと彼はいう。近年になって田村別荘は突然解体されたらしい。それまでは、いちおう観光ポイントになっていた。サボテンの木が植えられていて、「風雪に今日も耐えぬく智恵子のサボテン」と書いた木札が立てられたりしていた。サボテンの由来はわからない。今はそのサボテンはなく、むろん木札もなく、変哲のない夏の草むら、ただのサラ地である。

「愛」というイデオロギー

狂った智恵子は口をきかない／ただ尾長や千鳥と相図《あひづ》する／防風林の丘つづき／いちめんの松の花粉は黄いろく流れ／五月晴《さつきばれ》の風に九十九里の浜はけむる
もう人間であることをやめた智恵子に／恐ろしくきれいな朝の天空は絶好の遊歩場／智恵子飛ぶ（「風にのる智恵子」）

高村光太郎が長沼智恵子とはじめて会ったのは一九一一（明治四十四）年の暮れである。彼女は、そのとき平塚らいてうたちが九月に創刊したばかりの雑誌「青鞜《せいとう》」の表紙をかいていた。日本女子大卒業はすでに四年前のことだが、あえて福島県の故郷には帰らず、東京で画家として生きて行こうと決意した二十五歳の女性だった。

翌年夏、光太郎が犬吠埼《いぬぼうざき》に写生旅行に行った折、智恵子も「噂《うわさ》」を恐れずそこを訪ね、両者にはっきり恋愛感情が芽生えた。

光太郎は、欧米留学帰国後の「耽溺《たんでき》生活」から救いあげてくれたのは智恵子だといったが、当時彼はつぎのような言葉ではげしく求愛した。

いやなんです／あなたのいつてしまふのが――（……）小鳥のやうに臆病《おくびやう》で／大風のやうにわがままな／あなたがお嫁にゆくなんて（「人に」）

さらにその翌年の夏、上高地に滞在していた光太郎のもとに智恵子がきて、婚約した。明治の女性は私たちの想像以上に、意志的行動的なのである。結婚は一四年十二月、光太郎三十一歳、智恵子二十八歳であった。

ふたりは駒込林町のアトリエを兼ねた家にともに住んだ。しかし、目白の女子大時代にはテニスをし自転車に乗る活発さを持っていた智恵子は、次第に沈潜した。

私達の最後が餓死であらうといふ予言は、／しとしとと雪の上に降る霙《みぞれ》まじりの夜の雨の言つた事です。／智恵子は人並はづれた覚悟のよい女だけれど／まだ餓死よりは火あぶりの方をのぞむ中世期の夢を持つてゐます。（「夜の二人」）

をんなが附属品をだんだん棄てると／どうしてこんなにきれいになるのか。／年で洗はれたあなたのからだは／無辺際を飛ぶ天の金属。／見えも外聞もてんで歯のたたない／中身ばかりの清冽《せいれつ》な生きものが／生きて動いてさつさつと意慾《いよく》する。（「あなたはだんだんきれいになる」）

これらの詩は二六年の三月と二七年の一月に書かれた。ふたりが出会ってまる十五年、智恵子は四十歳になっていた。

智恵子が貧乏を恐れなかったのは、芸術家の生活に、あるいは技巧的な生活に、必然的にともなう貧乏の恐ろしさを知らなかったからである。「附属品をだんだん棄て」たのは、好んでそうしたのではなく、棄てざるを得ない境遇にあったからである。

そのうえ芸術家とは意地でもわがままである。ときに寝食を忘れて仕事をする。しかし完全に寝食を忘れることはできないから、誰かがその手配をしなくてはならない。すると女の芸術家は男の芸術家のために、自分の仕事をしばしば中断する破目になる。不公平だが、光太郎と智恵子の場合はたしかにそうだった。

愛の「内燃している生活」が営まれているはずの駒込林町の家には、しかし「寺院の内部を思わせるような、むしろひややかな暗さがあった」と、のち『智恵子抄』を編集することになる詩人の草野心平は書いている。何を奉じる寺院であったかといえば、それは

「愛」というイデオロギーだろう。

一九三一年、智恵子の精神に変調のきざしがあった。「わたしもうぢき駄目になる」と泣いた。遺伝性疾患、福島の古い酒造家である実家のトラブルをその原因にもとめる向きがあるが、智恵子は「愛」というイデオロギーに殉じた生活の内圧の高さに耐え得ず狂したのではないか、そう私は疑っている。

光太郎は智恵子を三四年五月、九十九里に転地させ、毎週かよったという。大網からの長い道のりはさぞたいへんだったことだろう。

病状は進み、もはや九十九里にも置けなくなった智恵子を東京に戻したのは、その年の十二月である。翌年二月、智恵子は南品川のゼームス坂病院に入院した。脳病院である。そこで三年半すごし、三八年十月五日に彼女は死んだ。五十二歳だった。

半島横断線計画

大網から大原までも外房線である。大原で降りて、いすみ鉄道に乗った。私は房総半島を横断する鉄道に興味があった。

いすみ鉄道はその昔、木原《きはら》線といった。さらに昔は千葉県営人車軌道であった。その時代は六〇九ミリの軌間、つまり二フィート・ゲージであった。千葉県、とくにその北部は砂利がとれず、道路の補修がしにくかったので、軽便鉄道建設のモチベーションは高かったのである。

千葉県で鉄道に期待された役割は、まず東京との連絡であった。それは総武鉄道が一八九七年に本所と銚子を結んで果たした。本所は現在の錦糸町である。一九〇四年には両国橋（現在の両国）まで線路を延長し、幹線のひとつとなった。総武鉄道は、銚子から利根川、江戸川をつたって東京に至る水運を事実上不要のものにしたばかりか、幕張海岸は私立女学校生徒の保養地となった。

私鉄であった総武鉄道が鉄道国有化法によって買収されたのは一九〇七年である。二十四輛《りょう》の機関車、百十六輛の客車、三百輛近い貨車をあわせた売却価格は一二八七万円であった。現在の一二〇〇億円くらいと考えてよい。

この会社の取締役に志賀直温《なおはる》の名が見える。志賀直哉《なおや》の父である。官吏であった志賀直温は一八八六年の官員整理で非職となり、もともと意に染まなかった役所勤めから鉄道事業に転じた彼は、この鉄道売却によって巨利を得た。学習院中等科で落第を重ね、二十五歳になってもまだ大学生であった長男直哉に、六十万円にも達した志賀家の財産を継いで増やしてくれないかと頼んだがハナで笑われた。有名な父子相克の原因のひとつである。

しかし、直哉が二十九歳で「大津順吉」を書くまで一銭も稼がず、作家専業になっても生活のことにあくせくしなくて済んだのは、やはり志賀家の資産の余沢である。「白樺」

の文学と総武線には浅からぬ因縁がある。

千葉県のもうひとつの宿望は、房総半島を一周する鉄道の整備であった。外房線は房総鉄道会社が建設した。これも私鉄である。千葉から大網までが一八九六年、大原までが一八九九年と順調にのびた。東金線もこの会社の所有で、やはり一九〇七年にまとめて国に買収されたが、値つけは二一六万円と総武鉄道より格段に安かった。

内房線の建設は国有化以後のことで、だいぶ遅れた。東京湾海運で用が足りていたからだろう。一九一二年に木更津までのびたレールが北条（館山）に達したのは一九一九年である。木更津以南は山が海に迫り、また外房線も大原以南はトンネルばかりの難工事であった。最後まで残された上総興津《かずさおきつ》—安房鴨川《あわかもがわ》間が開通して半島一周鉄道が完成したのは一九二九年、もう時代は昭和に入っていた。

第三は、半島を横断する鉄道の建設であった。一九二二年の「改正鉄道敷設法《ふせつ》」で、半島の中央部に二本、南部に一本が計画された。このうち南部の路線、上総湊と安房鴨川を結ぶ鉄道は計画倒れに終ったが、中央部の横断線は、千葉県営人車軌道の後身、夷隅《いすみ》軌道を買収して具体化のきざしが見えた。

大原から大多喜《おおたき》に至る夷隅軌道を国有化したのは一九二七年である。この鉄道の買収価格は一五・六キロメートルで八万五〇〇〇円であった。これより七年前に買収された現在の中央線の一部、国分寺—下河原間はわずか六・四キロメートルで二六万円、小田原—熱海間は二五・五キロメートルあったが、七六二ミリの軽便鉄道なのに八五万円であった。

　夷隅軌道時代の六〇九ミリ軌間を現在の一〇六七ミリに直す改軌工事が完成したのは一九三〇年、上総中野まで延長して現在の二六・八キロ分が開通したのは一九三四年である。これが通称東木原線である。

　通称西木原線にあたるのは、東京湾側の木更津から半島中央久留里に至る現在の久留里線である。こちらはすでに一九二三年に国有化されていた。千葉県営鉄道からの譲渡価格はゼロ、すなわち無償譲渡であった。七六二ミリ軌間であったものを改軌工事し、さらに久留里駅から現在の終点、上総亀山駅まで延長したのは一九三六年であった。

　地図を見るたびに久留里線の存在を不思議に思っていた。木更津から半島内部の低い丘陵部に分け入って、文字どおり何にもない上総亀山で終る。これほど典型的な盲腸線はめずらしい。何の意味があったか。

　木原線という旧名称を知って、ようやく腑《ふ》に落ちた。木更津と大原を結ぶ

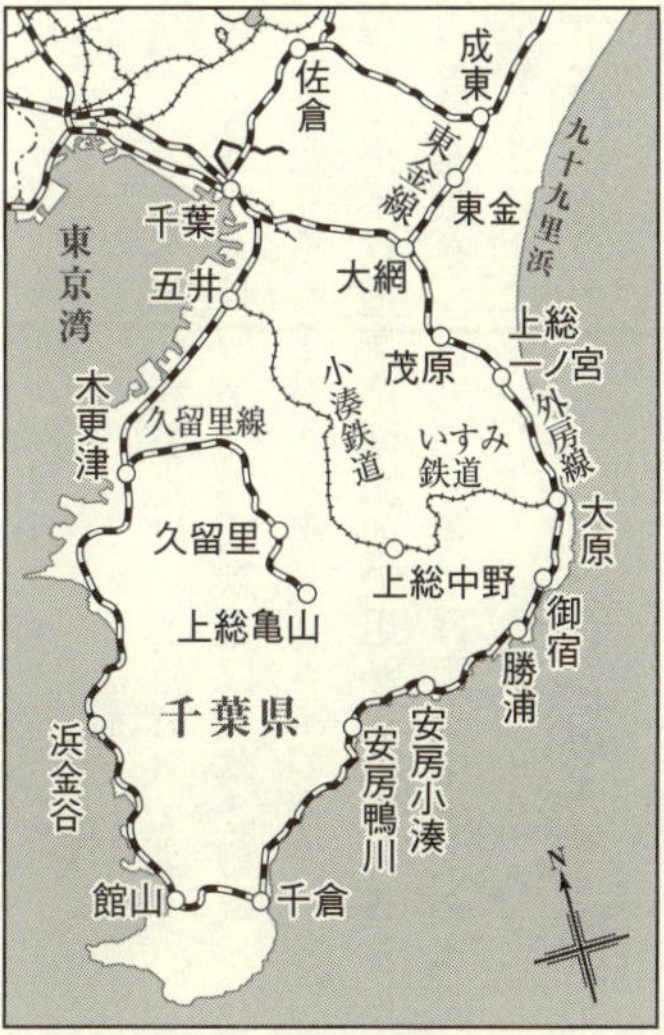

から木原線、房総半島中央部を横断するつもりだった鉄道の片われなのである。

ではなぜ計画は中止されたか。

直接には小湊鉄道のせいだろう。一〇六七ミリ軌間の小湊鉄道はいまも私鉄である。鉄道省が「改正鉄道敷設法」で計画した中央部二本目の半島横断鉄道は、蘇我《そが》の南、八幡宿《やわたじゅく》から外房、安房小湊に至る線である。木原線と大多喜で交差し、X字の形で内外房総を結ぶつもりだった。しかしそれに先んじて小湊鉄道が八幡宿のひとつ南の駅、現在の市原市中心部である五井《ごい》から小湊に向けて線路を敷き、一九二五年には半島中央部の里見まで運行しはじめた。そのため鉄道省線は着工されずに終った。

本来は小湊との連結をめざしていたから小湊鉄道なのだが（この命名も私には長く解けない謎《なぞ》だった）、いつしか予定線の行先が変更され、月崎、養老渓谷を経て、一九二八年には上総中野に達した。

東木原線が上総中野までつながったのは、その六年後である。両者は上総中野駅で連結したが、乗り入れはなかった。小湊鉄道の国有化も行なわれなかった。だが、とにかく不完全ながらも横断線は完成したわけだから東木原線と西木原線の連結の意味は大いに減じて、結局現在あるようなかたちで放置されることになった。

智恵子が一九三四年に住んだ別荘跡について少しだけ書き足す。

県道沿いの歩道脇《わき》に「ゆかりの家」と書かれた立看板を見つけたので、草むらに分け入ってみた。立看板というには頑丈すぎるそれには、多分「智恵子ゆかりの家」としるしてあったのだろう。しかし赤い文字で書かれた「智恵子」の部分がとんでしまった。文字があったはずの場所の少し上に、「車で融資」という小口金融のビラが貼《は》りつけてあった。

ただの草むらで、何もない。家のあった痕跡《こんせき》さえない。あきらめて戻りかけたとき、高く繁《しげ》る草に埋もれきった立派な石碑に気づいた。「智恵子抄碑」とあり、光太郎の短歌三首が刻まれている。

そのうちの一首。

光太郎智恵子はたぐひなき夢をきづきてむかし此処《ここ》に住みにき

空襲で焼失した駒込林町の家を歌っている。よい歌だが、「たぐひなき夢」が微妙だ。やはりそれは、「愛」というイデオロギーが見たがった夢なのだろうと思う。「愛に生きる」とは、本質的な疲れを呼ぶものなのである。

大原からの旧東木原線は、一九八八年に私鉄に戻り、いすみ鉄道となった。現在は気動車を七台保有して運行している。たまたま期末試験の日にあたったのか、まだ午後も早い時間だというのに、乗客は高校生ばかりだ。その高校生たちをぱらぱらと小駅に降ろしなから、一輛だけの気動車はのんびり走りつづける。

車中で読んだ参考書に、智恵子の別荘についてのこんな記述を見つけて、驚いた。

「元は隣の九十九里町にあったものが、後に人手に渡り、大網白里町に移築されていました。ところが、平成十一年に突如解体されてしまい、今は見ることができません」

白里にはもともと存在しなかったのだ。ということは真亀納屋もそこではない。

あの草むらを出たあと私は広い九十九里の砂浜まで行き、七十年前に智恵子が「風にのった」のはここか、といくらかの感慨を持ったが、とんだ勘違いだった。それにしてもなぜ移築か。なぜ解体か。なぜサボテンの木か。人の世は複雑である。

いすみ鉄道は房総半島の丘陵部に入って行く。自然、切り通しを走ることが多くなる。季節もよくて、緑のトンネルである。ひと雨くるごとに伸びる青葉が、走るディーゼルカーの側面に触れる。車内は少しずつすいてくる。緑がかおる空気に、やむを得ず眠気を誘われる。

鄙《ひな》の鉱泉

上総の内陸部のような、地味でへんぴなところを書いた小説があるとは思わなかったが、探せばあるものだ。「鄙の長路」という短編で、上林暁《かんばやしあかつき》が書き、一九五〇（昭和二十五）

年三月の「読売評論」に載せた。小湊鉄道が登場する小説はこれひとつかも知れない。

「上総の中野というところに、鄙《ひな》びた鉱泉場があると聞いたのは、去年の梅雨頃のことであった。或《あ》る屋台へ飲みに寄っていて、そこのおかみから偶然教わったのであった。そのおかみが赤坂で芸者をしていた時分、お客に連れて行ってもらったことがあるというのだった。谷川の方へずうっと降りて行ったところに浴室があって、とても静かな好いところだとの話で、爾来《じらい》私は、上総中野の鉱泉場を頭に描き、心の中で温めていた」

私小説である。上林暁が上総中野に出掛けたのは四九年の十一月中旬のことだ。内房線で五井《ごい》駅まで行き、小湊鉄道に乗り換えようとした。ひどい雨が降っていたので、跨線《こせん》橋《きょう》の階段に立って待った。念のためと思い、やはり雨宿りをしている田舎の奥さん風の人に、上総中野に鉱泉場はあるかと尋ねてみた。それは養老館だろうと女の人はいった。ただし、上総中野で降りるのではない、ひとつ手前のアソウバラというところで降りるのだ、といった。アソウバラは朝生原と書き、いまは養老渓谷駅に名を変えている。

上林暁はそのとき四十七歳、「妻を失って、むさくるしい恰好《かっこう》をしたやもめ男」だった。彼は米を持参していた。食糧不足の時代、宿に泊まるときの常識だった。そのうえに宿泊費を払うのである。しかし、どうも上総では米が豊富らしく、米なんか持って行くと笑われるらしい。宿代は米先方持ちで三百円くらいだろうと教えられた。

上林暁は何をしにそんな「鉱泉場」へ行ったかといえば、小説を書きに行ったのである。

これも時代である。温泉旅館で小説を書くというかわった習慣は、おそらく尾崎紅葉が明治二十年代にはじめ、その後文士の間で流行した。

長期にわたった宿代が払えず、連れの女を人質に置いて東京へ逃げて帰ったのは岩野泡《いわのほう》鳴《めい》である。女は、泡鳴が迎えにこないのでその宿屋の住みこみの女中となって借金を清算した。葛西善蔵《かさいぜんぞう》は日光湯元の旅館にひとり滞在し、やはり宿代を払えなくなった。こちらは、いずれ払えなくなることがわかっていて、わざとそうしたのである。宿の主人に談判され、冷遇されるところを小説に書くつもりだった。「無頼派」とは疲れるものだ。そういう、ためにする不良行為を含め、文士と温泉の結びつきは昭和四十年代まで、九十年間くらいつづいた。それは「近代文学」の寿命とだいたいおなじである。

上林曉は五井駅を出発、一時間足らずで上総鶴舞駅に着いた。新制高校を退《ひ》けた生徒たちがどっと乗りこんできた。二輛編成の気動車のうち一輛を鶴舞で切り放したものだから、ことにひどい混みようだった。停車時間は長かった。赤ん坊は泣き、大人はわめいた。

「私はだんだん苦しくなって来た」

連日の酒がこたえている。不安神経症の気味がある。当時の文士の職業病である。というより神経症にかかるようでなければ文士にはなれない、そんな転倒した「常識」さえあった。

〈胸の動悸《どうき》が激しく打ち、耳が鳴り、頭がぼうとのぼせて来たのである。私は今にも気が狂って、ぶっ倒れるのではないかと、不安でならなかった。私は脂汗《あぶらあせ》をにじませながら、じっと辛抱していたのだが、いつ止《や》むとも知れぬ喧騒《けんそう》に、もう我慢が出来なくなってしまった。私は次ぎの便にするため、電車の窓から飛び出ようと決心した。

「僕、一寸《ちょっと》苦しいから、降ります。そこの窓から降りさせて下さい。」〉

のどかな小湊鉄道にもこんな時代があったのである。上林暁は鶴舞駅で降りた。次便は二時間半もあとである。待合室のベンチでボストンバッグを枕《まくら》に体を休めていると、駅員が駅務室で本社に電話している声が聞こえた。混雑をきわめてお客さんが窓から飛び降りる始末だから、午後三時の便は今後鶴舞での切り放しをやめて二輌《りょう》編成にしてくれないか、とかけあっていた。

不安感がようやく去ったので上林暁は起きあがり、水筒につめてきた酒をそのキャップに受けて二、三杯飲んだ。それから冷えた弁当を食べた。五十がらみの男がひとり待合室に現われ、「旦那は、どちらまでいらっしゃるんですか」と声をかけてきた。

小湊鉄道は五井―上総中野間の全長三九・一キロメートル、各駅のつくりに大正時代の面影が残っている。

大正時代は鉄道建設による地方振興の気運の高まった時代で、私鉄ブームは第一次世界大戦による異常な好景気（大正バブル）がもたらした。大正六（一九一七）年から八年までの三年間で、日本の輸出入総額は三倍になり、物価は二倍に上昇した。農民や会社員は株投機に走った。平成バブルとおなじ構造である。

それまで養老川水運に頼るばかりであった上総内陸部に鉄道建設を望む声が高まり、養老川流域の地主たちが鉄道会社を設立したのは一九一七年であった。しかし資金不足である。彼らは安田財閥の総帥《そうすい》安田善次郎に出資を懇願した。陳情団は東京の安田邸に大挙して押しかけ、警察が出動して検束される騒ぎになった。沿線の人口から推して収益の見込みにくい鉄道に、結局安田財閥が出資に応じたのも大正バブル景気のゆえだろう。二五年三月、五井―里見間二五・七キロが開通した。同区間中、第二養老川鉄橋は陸軍鉄道連隊が架橋した。それは機械力を用いず、すべてを人力だけで行なう架橋演習であった。のちにこの技術は日中戦争時の中国の鉄道復旧に応用された。

当初はSL運行で、アメリカ・ボールドウィン社から二台の1C1型タンク機を輸入して使用した。もう一台買い入れた英ベイヤーピーコック社のB104号は一八九四（明治二十七）年製であった。製造番号5776、5777のプレートを持ち、一九五六（昭和三十一）年まで稼動《かどう》していたボールドウィン社製の二台は、千葉県文化財として五井駅構内に保存されている。

小湊鉄道開通まで、上総内陸部の中心都市は、大多喜《おおたき》、久留里《くるり》とならぶ旧城下町鶴舞であった。しかし外房勝浦へ向かう現在の国道二九七号線沿いに敷かれた小湊鉄道の線路は、鶴舞の手前二キロのところで南に逸《そ》れ、以後は養老川の流れに従って南下した。そのため鶴舞は上総の交易中心の役割を二つ手前の駅、木更津と茂原をつなぐ現在の国道四〇九号と二九七号が交差する上総牛久《うしく》に奪われ、さびれた。

一九二六年九月、里見から月崎までの四・一キロが開通、二八年五月には上総中野までが開通して小湊鉄道は現在の路線すべてが整った。上総中野のひとつ手前の養老渓谷が海抜九九メートルで千葉県内最高点の駅、養老渓谷―上総中野間の板谷トンネルが海抜一二六・六メートルで千葉県内鉄道最高点だというから、いかに千葉がひらたい土地柄であるかがわかる。しかし、低い山々が重畳としている上総の内陸部は、やはり相当な「鄙《ひな》」の印象を与えるのである。

板谷トンネルは天井が意図して高くつくってあり、緑叢《りょくそう》のなかに細長い楕円《だえん》の美しいシルエットを見せている。いずれ電化架線を見越していたためだろう。しかしそれは実現しなかった。また上総中野からさらに南西へ向かい、太平洋に面した安房小湊まで開通させる計画は、昭和初期の一九二九年四月、国鉄の上総興津《おきつ》―安房鴨川間が開通、房総半島を一周する環状線が完成したことで意味を失った。日蓮《にちれん》の生地として多数の参詣《さんけい》信徒を集めていた小湊の誕生寺も小湊鉄道の株主であることをやめ、社名にのみ小湊の名が残ることになった。

「健康で明るい方求む」

国鉄木原線が大多喜から上総《かずさ》中野までのびたのは三四年八月である。両線ともに一〇六七ミリ軌間であったが、相互乗り入れをしなかったふたつの線は、対面するホームを使い分けて、上総中野を終着駅にそれぞれ往復運転を行なっている。国鉄木原線が第三セクターのいすみ鉄道に移管されたのは八八年、翌年には、小粋なモダニズム建築の上総中野駅舎は解体されて無人駅となった。

上総中野駅前は閑散としている。かつて物資の集散地であった名残りは広い駅前の空間にとどめるばかりで、いまは下校時にだけわずかに賑《にぎ》わう。上総中野の町には小学校さえなくなったのである。ひとつ大多喜寄りの西畑《にしはた》にある小学校から帰る子供たちは、みなシールつきの小さなビニール袋に硬貨を入れている。ワンマンカーに支払う料金である。上総中野から西に入った養老川上流に住む数人の子供たちの場合は、バス便さえないので町の負担で集団タクシー通学をしている。

いすみ鉄道の年間輸送人員は二〇〇一年度で六〇万四〇〇〇人、二〇〇〇年度には六三万人だった。これも児童生徒数の減少に関係がある。経常損益も二〇〇〇年度の一億一九〇〇万円から二〇〇一年度には一億三三〇〇万円と、赤字幅が広がっている。

上総中野駅には小湊鉄道の職員募集の貼り紙があった。「女性車掌、車両士、保線士」の資格は、ただ「健康で明るい方」とあり、なかなか感じがよかった。雇用条件の記載はない。小湊鉄道には女性の車掌が乗務して発券業務を行なっているが、こちらも行楽シーズンの養老渓谷駅に人出があるほかは、上総中野―上総牛久間は閑散としたものだ。

一九四九年十一月中旬の雨もよいの寒い日の午後、鶴舞の駅で上林曉に話しかけてきた男は文房具のセールスマンであった。五井に宿をとり、小湊鉄道を股《また》にかけて学校から学校へ注文をとって歩く仕事をしているのだといった。

上林曉は再び水筒をとり出して、男に酒をすすめた。当初は律儀《りちぎ》に遠慮していたが、ついに水筒のキャップを受けとり、ゆっくりゆっくり口に運んだ。いかにも酒好きらしい飲み方だった。聞けば、酒で以前肝臓を悪くして死にかけたことがあり、この頃は毎晩焼酎《しょうちゅう》を一杯だけたのしむことにしているのだという。体のためだけではない、静岡県に置いている妻子に金を送らなければならないと酒をひかえていたのである。そういえば年の瀬も遠くはない。

「私は、この庶民意識に、一種の感動を覚えないわけにゆかなかった。正月が来れば、妻子に温い物を着せ、御馳走《ごちそう》を食べさせたいと思いながら、彼は妻子からも遠く離れ、侘《わび》しい木賃宿住いに満足して、骨身を削っているらしいのである」「私は最初、金を残すことだけに憂《う》き身を窶《やつ》しているこの男に、軽侮の思いで接していたが、家族のために奔命している彼を知ると、彼もまた円光を背負った人間として、私の目に映って来るのだった」

上総中野行はようやく五時半にやってきた。五井行の上りはその三十分後に出る。上林暁は文房具のセールスマンと別れて気動車に乗り、朝生原へ行った。暗い夜道を二十分も歩いて養老館に着いた。部屋は二階の四畳半、このあたりに出る天然ガスで沸かした風呂《ふろ》は混浴だった。

食事のあと、茶餉台《ちゃぶだい》に原稿用紙をひろげてみたが、いくつかあるテーマのどれを書くか肚《はら》が決まらないのでペンのおろしようがない。隣室では、郵便局員か税務署員のはじく算《そろ》盤《ばん》の音がしきりにしている。泊まりがけの残業らしい。上林暁は原稿をあきらめ、自分で敷いた蒲団《ふとん》に横になった。

ちょうど二十年前の一九二九年夏、上林暁は二十八歳であった。妻は二十一歳であった。外房線と内房線が連絡した直後の八月中旬、ふたりは両国駅から汽車に乗り、北条（館山）へ行った。鏡ヶ浦の海水浴場では若い妻だけが泳いだ。

みごとな平泳ぎで沖へ向かい、飛込台から鮮やかに飛び込む妻の姿を、白いパナマ帽でステッキを持った上林暁は遠くに見た。いっしょに泳がなかったのは、泳ぎに自信がないからばかりでなく、貧弱な自分の肉体が、妻のそれと較《くら》べて大いに見劣りすると恥じたからであった。

その日は白浜の旅館に泊まった。宿の女中に、「随分体格の好い奥さんでいらっしゃいますわねえ。スポーツマンですの」といわれた。翌日の午前中、彼はひとり宿を出て岩と岩の間の浅瀬で泳いでみた。こっそり練習するつもりであった。岩につかまって脚だけ波の間で動かしているとき、妻に見つかった。「あなたは、こんなとこでコソコソ泳ぐくらいなら、どうして、ちゃんとした海水浴場で、わたしと一緒に泳がないの」と妻は夫をせめた。

白浜に二日泊まり、翌日小湊へ行った。誕生寺を見学し、その帰りに浜へ寄った。妻はここでもひとりで泳いだ。彼女はやはり飛込台へ向かった。

「海も空も、まっ青で、空には陽が燃えていた。妻はまた、両足を揃《そろ》え、両手を伸ばして、鰹節《かつおぶし》のように海に飛び込んだ。誰も、ほかに泳ぐものはいない。妻、一人だった。妻は一人で、それを何度も繰り返した。私はその姿を見ていると、妻の孤独を見ているような気がしてならなかった」

その妻はもういないのである。上林曉は、遠い昔の旅行のときに使った「房総名勝案内」を今回も持参していた。ページを繰ると、押し花のようになった記憶に水分が与えられて再び立ち上がるようで、彼はシュニッツラーが書き、鷗外が訳した「みれん」に似た哀傷を味わった。

上林暁が養老館で仕事ができたかどうかは小説に書かれていない。多分できなかったのだと思う。「鄙の長路」自体は、明けて五〇年のはじめに書かれた。こんな機会でもなければ読むことなどなかった小品には、戦前の明るい世相と、戦後の誰もが苦労していた世相がともにあらわれていて、地味なりに深い味わいがある。

私の場合は古い「養老鉱泉」には行かなかった。上総中野でいすみ鉄道を降り、五井行の小湊鉄道に乗るまでの待ち時間を利用して、養老の滝の崖上《がけうえ》にある新しい温泉の湯に入りに行った。ボーリングしたら化石が出た。はるかな昔にはそのあたりは海だったらしい。それに勇気づけられてさらに四〇〇メートルまで掘ったら湯が噴き出した。ゆえに「ロマンの湯」と自賛したい、そういう口上が洗い場に掲げられていた。

露天風呂に小さな蛙《かえる》が一匹浮いていた。温泉場ではよくあることだ。水たまりと思った蛙が飛びこむと、そこは湯だった。思いのほか熱くて、対岸に泳ぎつくまでにゆだってしまったのである。もともとの色なのか、それとも湯温で変色したのか、薄い紫色をした不運な蛙を私は手のひらですくいとり、木立ちの奥の方へ放った。

三十八年の一瞬——北陸本線

北陸本線はかつて、富山・新潟県境から直江津まで逆落としの海岸であった。ところどころ、山塊に斧《おの》で切れ込みを入れたような短い川が海に注ぐ。ときに急流は岩山の頂上に現われ、滝となって日本海に落ちる。その、海陸ぎりぎりの隙間《すきま》や崖の欠き落としの棚を国道八号線が走り、かつては北陸本線旧線もそのすぐ上を走っていた。古来おなじ越《こし》の国であっても、越中以西と越後の文化がまったく異なるのはこの地形のせいだ。

北陸本線旧線は、季節風の吹き荒れる冬には吹雪に打たれ、砕けた波をかぶる単線だった。最小曲線半径三〇〇メートル、短いトンネルと落石覆《おお》いがつづいていた。落石覆いには明かり窓が切ってあり、ゆっくり走る蒸機が牽引《けんいん》する客車では、乗客のすすけた顔の上を、闇《やみ》と光が交錯した。

一九六三年三月十六日の地すべりは落石覆いのない場所で起こった。能生《のう》駅の東一キロほど、陸側に海が小さな半円を描いて入り込んだ小泊《こどまり》地区だった。膨大な土砂は、たまたま通りかかった列車を一〇〇メートル下の海まで押し流した。

この事故が直接の契機となって新線化が着工された。完成は六九年九月二十九日、山側に別線を新設し、糸魚《いとい》川の西の難所親不知《おやしらず》地域はすべてトンネル化した。糸魚川—直江津間四一・二キロの場合、糸魚川の東ふたつ目の駅浦本から直江津の西ふたつ目の有間《ありま》川駅間が新線となった。この区間では、頸城《くびき》トンネルの一万一三五三メートルを最長とし、トンネル区間総延長は二三・五キロにおよんだ。

能生、筒石、名立《なだち》の三駅は五〇〇メートルほど山側に移動した。能生駅は能生川やや上流の谷間に、筒石駅はトンネル内、名立駅は名立川の谷の高みにつくられた。名立駅は、名立川鉄橋とプラットホームの総延長分だけ地上、というより空中に顔をのぞかせる、東西のトンネルにはさまれた駅にかわった。

一九六五年盛夏

私は一九六五年の夏休みに、北陸旧線に寄り添う国道八号線を東から西へ、のろのろと自転車で旅したことがある。私は十五歳であった。

未舗装の国道は土色ではなかった。乾いた埃《ほこり》で真っ白だった。中天にかかる太陽は凪《な》いだ日本海をぎらぎらと輝かせ、トラックは黒煙と熱風を残して走り去った。私は太陽とトラックをおなじくらい憎んだ。

直江津駅で水をのみ、顔と首筋を十分に冷やした。悪路に備えるつもりだったが、たちまち埃にまみれた。有間川駅をすぎると鉄道はトンネルに入る。崖《がけ》には国道をつくる余裕しかないのだ。この乳母岳トンネルは現在は自転車道として残されている。

その先が鳥《とり》ヶ《が》首《くび》岬である。

地図で見れば岬というには鈍角すぎる。腫物《はれもの》程度の印象だ。しかし現実には、海に張り出した量感を持つ山塊が、ほとんど垂直に近く落ちこむ姿は圧倒的である。前途の視界を塞《ふさ》ぐものは、何であれ自転車旅行のカタキだ。巨大な岩の先端は熱波に揺れて、なかなか近づかない。細いタイヤが石を弾《はじ》く。私は自転車を降りて押した。疲れもあるが、尻《しり》が痛くてならないのだ。汗は涸《か》れた。乾いた塩のにおいがした。私は鳥ヶ首岬を憎んだ。

そのとき、岬の反対側に煙を見た。つぎにシリンダーの音を聞いた。

やがて蒸機が岬をまわって姿を見せた。煙突はふいごのように規則的に煙を噴き上げた。煙の中心は黒く、そのまわりは多くの水分を含んでいるのだろう、白かった。

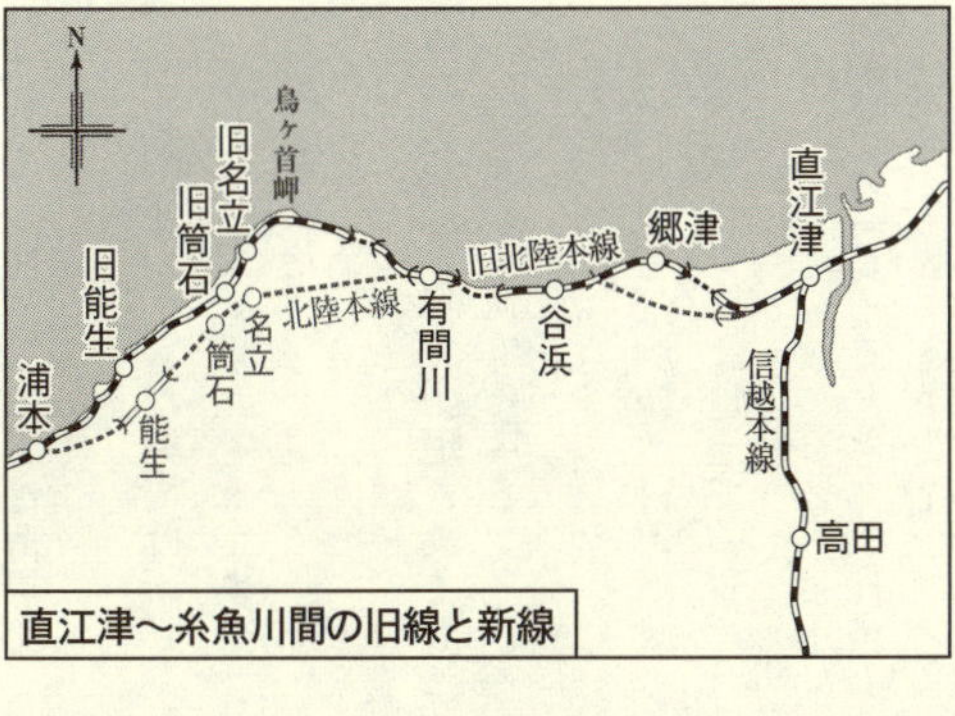

直江津〜糸魚川間の旧線と新線

さらに上方で、煙はあるかなきかの風に揺れた。風に掻《か》き乱される寸前、煙はまた薄黒く見えた。

蒸機はD51であった。長い長い貨物の編成を引いていた。曲線半径の小さな岬ではスピードがあがらず、ことさらに長い編成と思えたのだろうが、それにしても重たそうであった。彼は懸命であった。その逞《たくま》しい健気《けなげ》さに、私はやや勇気づけられた。

彼は巨大な図体《ずうたい》を持ち／黒い千貫の重量を持つ／彼の身体《からだ》の各部は悉《ことごと》く測定されてあり／彼の導管と車輪と無数のねじとは隈《くま》なく磨かれてある（「機関車」中野重治）

中野重治の「機関車」という詩を私は好んだ。小学校だか中学一年生だかの教科書に載っていたのである。散文の方はひとつも記憶していないが、詩のいくつかは覚えている。

シャワッ　シャワッ　という音を立てて彼のピストンの腕が動きはじめるとき／それが車輪をかきたてかきまわして行くとき／町と村々とをまっしぐらに駆け抜けて行くのを見るとき／おれの心臓はとどろき／おれの両眼は泪《なみだ》ぐむ

この詩がイメージさせるのは、むしろ機関区にいる機関車だ。

赤い錆《さび》どめのガードをつけたターンテーブルがある。レンガの壁は重厚なすすけかたをしている。線路のかたわらに大輪のヒマワリと真っ赤なカンナの花が燃えあがるように咲く、そんな夏の機関区である。労働者という言葉と団結という言葉が深い意味を帯び、中国の工人服のようなさめた青色の労働着が、何かの希望を宿していたと思われた遠い昔である。

真鍮《しんちゅう》の文字板をかかげ／赤いランプをさげ／つねに煙をくぐって千人の生活を搬《はこ》ぶもの／旗とシグナルとハンドルとによって／かがやく軌道の上をまったき統制のうちに驀《ばく》進《しん》するもの／その律気者《りちぎもの》の大男の後姿に／おれら今あつい手をあげる

なぜ高校一年生の私は自転車旅行に出掛けたか。夏休みだからだ。そしてコドモは誰でも夏休みに武者修行をしたがるものだからだ。

さあ冒険に出掛けなさい、行ってオトナになって帰ってきなさいという親など当時いるわけもないから、ひそかに準備してひそかに出発した。帰還を予定した限定的家出である。放っておくと捜索願いを出される。旅に出た日の夕方、家に手紙を出した。ちょっと気が向いたので二十日ばかりいなくなると書いた。ちょっと気が向いた、とはカッコをつけたものだ。手紙を読んでハナで笑う母親の顔が見えるようだ。彼女はもう二十年近く前に死んだ。

初日はさんざんだった。夏のさかりなのに帽子をかぶっていなかった。当初は緊張感で暑さを忘れていた。町を出て、大きな川をわたった。信濃川である。稲葉の先端がこぞって熱を吐くような青田の中を走った。小さな峠を越えて海岸へ出たとき、私はばてた。

おそろしく気分が悪かった。吐き気がする。私は持参した胃薬を呑《の》んだ。ついでにポリタンクの水をがぶがぶとのんで、松の根方に横たわった。横たわったというより倒れこんだ。これで治らなければ帰るほかはないが、みっともないことだ、そう思いながら短い時間眠った。

覚めると吐き気と頭痛はおさまっていた。熱射病だったのだが、経験がないので気づかなかったのである。元気づいた私は再び西へ向けて走り出した。神戸まで行くつもりだった。太陽はすでに水平線に沈みかけ、灼熱《しゃくねつ》を放射してはいなかった。線香花火の大きな先端のようで、海水に触れればじゅっと音がしそうであった。私は日野てる子の「夏の日の想い出」を歌いながら自転車を走らせた。

直江津の手前、土底浜《どそこはま》駅付近の防砂林で最初の夜をすごした。この駅は三十八年後のいまも、たたずまいかわらず残っている。よくできた鉄道模型の駅みたいである。私は、家から持ってきたジャガイモをコンロで煮て塩といっしょに食べた。お茶は日東紅茶のティーバッグだった。それから星空の下で眠った。

目ざめると、そこは墓場の中だった。都会と違って実にゆったりしたつくりなので気づかなかったのだ。

二日目もかんかん照りだったが、そのあたりの海岸はせまい平野をなしており、起伏はなく、おまけに舗装道路だったので順調に進んだ。自転車を走らせるのは、肉体的にはこたえても単純な作業である。これでは人間ができるということはなかろうと、もうその頃には気づいていた。つまり武者修行にならない。しかし、遠くへ行けると思うことはたのしかった。コドモとはそういう生きものなのである。

直江津の市街をすぎると舗装はとぎれた。これまでにないひどい道だった。穴だらけで埃だらけ、脇《わき》を走る北陸本線はトンネルだらけだった。鳥ヶ首岬をまわってくる蒸機の姿に私が束《つか》の間《ま》心奪われたのは、そんなときだった。

三十八年後の寒い夏

三十八年後の二〇〇三年は、うってかわって寒い夏だった。わたしはまず東から糸魚川へ行き、直江津の方へ戻りながら、昔見知ったはずの小さな駅で降りてみることにした。

糸魚川は思ったより小さな町だった。駅も思ったよりずっと小さかった。私は昔この駅で水を飲んだ。進むべき道路が鉄道と隣接している限り私はたいていの駅へ寄り、そこではほとんど反射的に水を飲み、顔を洗ったのである。しかし三十八年前の記憶と現実の糸魚川駅は、まるで重なるところがなかった。

駅からまっすぐつづく道を海まで歩いてみた。海岸で国道八号とT字形にまじわった。たしか国道は昔駅前を通過していたはずだ。これはバイパスなのだろう。車がすばやく行き交う国道を地下道でわたると、小さな二階づくりの展望台があった。そこには二十歳くらいの女の子の旅行者が三人いた。しきりにきれいね、きれいな海ね、といいあい、携帯電話を高く掲げて写真を撮りあっていた。その実、雨もよいの空と海はちっともきれいではなかった。のっぺりした海岸線と散文的な沖の波ばかりだった。

普通電車に乗り、能生まで行った。二輛《りょう》編成だった。能生では糸魚川から帰る女子高校生が五人降りた。

新設された駅はかなり高い場所にあった。冬に備えるために二重扉の待合室からの階段を降りると、駅前は広い駐車スペースになっていたが、車は一台もなかった。女子高校生たちはいっせいに階段に腰をおろした。そしていっせいに携帯電話でメールを送りはじめた。フォームも指先も揃《そろ》っていた。海からの風に吹かれて打つメールには格別の味があるのだろう。

能生駅からの野中の道は、やっぱりT字をなして国道に突きあたる。そこに海沿いに長くのびた町並がある。旧能生駅と旧線の跡はすぐわかった。旧能生駅の場所にはいま町役場が建っている。かたわらに338キロポストと石碑がある。

「日本国有鉄道　北陸本線　能生駅跡地　記念之碑」

まっすぐ旧線跡を東に歩くとトンネルに突き当たった。きれいに保存されたそれは、旧線跡とともに自転車道にかわっている。しかし自転車はおろか歩く人の姿さえ見ない。

旧線トンネルの真下は海水浴場である。このあたりの海岸沿いの家は、浜に張り出して建てられている。海に向かってひらいた一階の大きな床下は、船を入れる船小屋づくりになっているのだが、その構造も残っている。寒い夏で、海水浴客は少ない。若い、足の長いカップルがふた組いただけだ。

海水浴場のほんの少し沖合に弁天岩がある。高さ一〇メートルほどの細長い岩で、頂上に小さな祠《ほこら》がある。橋で陸地とつながっている。橋のたもとに夏祭の看板をたてかけた野口雨情《うじょう》の歌碑があったが、達筆すぎて読めなかった。

私は昔、自転車旅行でここを通過するとき弁天岩から海にとびこむ少年の姿を見た。一瞬少年の体がシルエットとなって宙に浮いた。きらっと輝いて、つぎの瞬間ざぶんとしぶきが上がった。少年たちはつぎつぎととびこんだ。ああ夏だなあ、と十五歳の私は思った。私は走りながら今度はザ・ピーナッツの「恋のバカンス」を歌った。

今年は寒くて悲しげな海水浴場だから弁天岩にも人影はない。私は「誰もいない海」でも歌おうかと考えた。しかし、越路吹雪風がよいか、トワ・エ・モワの白鳥英美子風がよいか判断がつきかねて迷った。それでいて私にはどちらも歌えないのである。そういえば中学校の美術の先生は、私の学校にくる前、能生水産高校の先生だったと聞いたなあ、と思い出したのは海岸に新潟海洋高校の艇庫《ていこ》があったからだ。それはおそらく能生水産の後身である。

東　糸魚川／西　親不知
鳥ヶ首岬の下を／赤い袖《そで》をはらませた人買い船が行く

これは中野重治ではない。山口哲夫の詩「黒姫山」の一節だ。安寿《あんじゅ》と厨子王《ずしおう》とその母親は直江津の海岸で人買いにだまされた。母親の船は佐渡へ向かった。姉弟を乗せた舟は丹後の由良《ゆら》へ行き、そこで山椒大夫《さんしょうだゆう》に買われた。その物語を踏んだ詩だが、少し地理関係がおかしい。鳥ヶ首岬の西は親不知でよい。しかし糸魚川も西にあるのだ。もともと『山椒大夫』で、一行が岩代国《いわしろのくに》（磐城国《いわきのくに》）信夫郡《しのぶごおり》を出発して筑紫（福岡）の太宰府あたりに行くのに、信濃から越後国府（高田・直江津近辺）に出てくるのも妙だし、子供二人と母親、それに女性のお伴の四人だけで旅ができたというのも妙だが、それはまた別の主題となる。

名立《なだち》駅跡はわからなかった。軌道の方はここだろうと見当をつけたが、それは二列の家並みの間の道で、単線にしても細すぎる気がした。列車は背を向け合った家々の裏の板壁を、文字どおりかすめるように走ったのか。

名立も静かに寂しい町だが、国道下の地下道を海側にくぐり抜けると突然健康センターが出現した。お風呂《ふろ》があり、レストランがあり、海産物市場がある。まるで嘘《うそ》のようににぎわっている。私はお風呂もお店も好きなので、ためらわず風呂に入り、店を見物した。健康センターの裏手、敷地内のきれいに整備された散歩道に出たら、鳥ヶ首岬が間近に見えた。小雨のなかで、どっしりと愚鈍そうであった。

反対側、西の方には出っ張った崖《がけ》が遠く近く、いくつも重なって見えた。ああ、そうだ、この風景だ、と私は思った。岬や鼻を越えるたびにまた新しい岬や鼻が出現して、果てがないようだった。人生とはいやなものだ、とつくづく思った記憶がよみがえった。

詩人の山口哲夫は私の高校の三年先輩だった。六五年に早稲田に入り、編集者として生きて四十一歳で病死した。山口哲夫の詩と事跡は、平出隆《ひらいでたかし》ら友人たちがその死後に編んだ詩集と、平出隆の『白球礼讃《らいさん》』で知った。山口哲夫は草野球のキャッチャーだった。私の中学のときの美術の先生も七〇年代に若くして亡《な》くなった。まだ四十代だっただろう。豪快だが、体が弱いことをつねづね自慢の種にしていた人だった。

名立駅を出ると電車はすぐにトンネルに入った。電車は格別の努力も払わず、順調に闇《やみ》を裂いて走った。鳥ヶ首岬は完璧《かんぺき》に黙殺された。遠いといえば遠い昔、一瞬といえば一瞬であるのだが、記憶は必ずしも感傷とは連絡しない。

なつかしい杉津《すいづ》駅

荒川洋治が書いている。

「ぼくの鉄道の思い出は、旧北陸本線の杉津駅周辺の光景だ。列車は日本海沿いの山の上へ。そこで列車は、まるでお休みでもとるように、海を見ながら、ぼうっと止まるような感じになるのだ」

「杉津を通るこの路線は、北陸トンネル開通（一九六二）で姿を消した。子供のとき、この風景を知っていたことを、ぼくはいましあわせに思う」（『忘れられる過去』）

北陸本線の難所は敦賀《つるが》—今庄《いまじょう》間である。

旧線時代、この区間は山の険しさゆえに複雑な経路をとらざるを得なかった。敦賀は三方山に囲まれたせまい土地で、前方は深く切れ込んだ敦賀湾である。敦賀は越前だが、越前から孤立している。しかし若狭とも違う。

敦賀は古来、良港であった。しかし、琵琶湖までは、たいした標高差はないのに険しい山道だ。北岸からは湖上水運で南岸の坂本まで運び、再び陸路で山越えをして京都に運ぶ。塩津《しおつ》と坂本の馬借《ばしゃく》は栄えたが、北陸道の隘路《あいろ》にほかならなかった。

地理的には不利な敦賀に鉄道を敷いたのは、大陸航路が敦賀発であるためだ。ヨーロッパに向かうには敦賀を発してウラジオストクに至り、そこからシベリア鉄道を使うのがもっとも早道だった。大連からの満鉄が整備されたのちにも、敦賀―清津《せいしん》航路の方が東満からハルビン方面に限っては大連経由にまさった。第二次大戦後は引き揚げ港として短期間不規則な繁栄を誇った。日本近代史は敦賀を無視することができない。

敦賀を出た富山・直江津方面へ向かう鉄道は、いったん東行して内陸に入る。二キロほど行くと、旧深山《みやま》信号場を過ぎたあたりで北に向きを変える。ここまでは木《き》ノ《の》芽《め》川を遡行《そこう》する。旧新保《しんぼ》駅ではすでにスイッチバック方式を使って、ゆるい崖の中腹を這《は》い登る。

その中途に杉津駅があった。海岸まで一キロ、トンネルを抜けて視界が突然ひらける。眼下は敦賀湾、その向こう側に敦賀半島が横たわる。

二五パーミルの勾配《こうばい》を登るため、こ

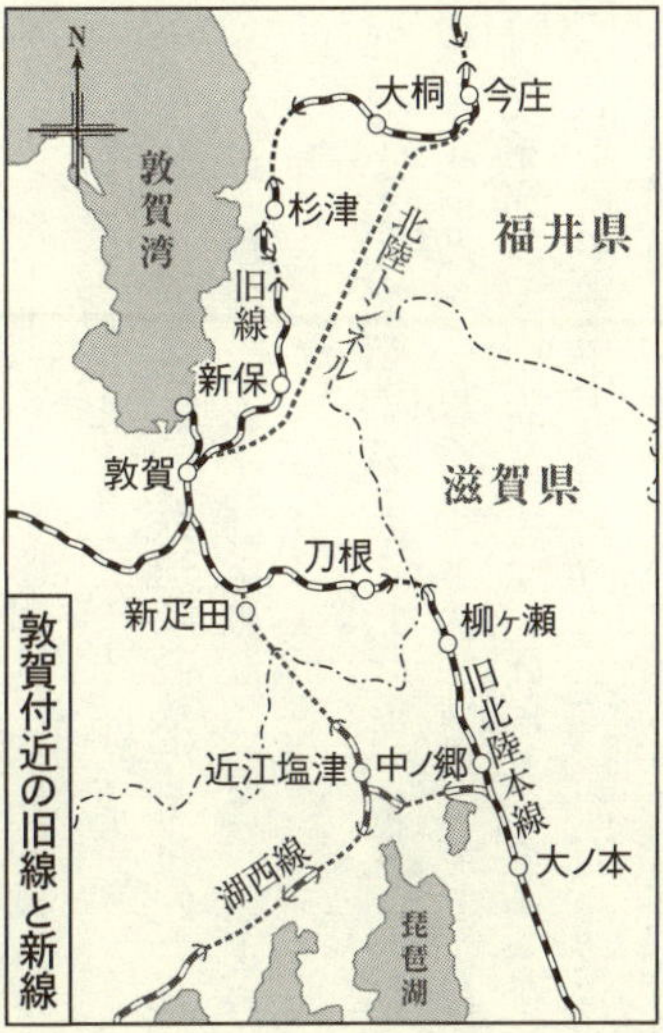

敦賀付近の旧線と新線

の区間は蒸機の重連、または列車後部に補機をつけて押した。杉津駅は、牧歌的風景と「働く機関車」との劇的な対比を好む鉄道ファンの撮影適地として知られていた。

北陸本線敦賀以北の工事着手は一八九二（明治二十五）年の「鉄道敷設《ふせつ》法」で決定された。翌九三年二月、第一回鉄道会議で報告された「線路ノ形勢設計ノ概況」には、以下のようにある。

「（杉津から先、三個の隧道《ずいどう》を貫いて、二五パーミルの勾配を登り）是より一層渓山相逼《あいせま》り、隧道橋梁《きょうりょう》交互接し、即《すなわ》ち橋梁は六十フィート乃至《ないし》二百フィートの三ヶ所を架し、隧道は八十チェーン乃至二十三チェーンの三ヶ所を穿《うが》ちて山中峠に達す。此《これ》に五十五チェーン半の隧道を穿ち、初《はじめ》て北陸道の地に出《い》ず。此地《このち》は本線路中の最高点にして、海面を抜く九百四十五フィート有余とす。葉原《はばら》より此に至る、四マイル三十六チェーン」（原文カタカナ漢字混じり文をひらがな漢字混じり文に改め、句読点を付した）

一マイル（一哩）は一・六キロ、一フィート（一呎）は三〇センチ余、二〇〇フィートは六〇メートル余である。一チェーン（一鎖）は二〇メートル、その下の単位はリンク（環）で一〇〇分の一チェーンである。日本国鉄は発足以来マイルとフィートを距離・高度単位として使用した。また鉄橋長はフィートだが、トンネルと線路の回転半径に対しては鉄道独特の単位、チェーンを用いた。

この区間の回転半径は一五チェーン（三〇〇メートル）、トンネルの総延長は二マイル四二チェーン（四・〇四キロ）、そして建設すべき鉄橋は合計九七〇フィート（二九〇メートル）であった。

杉津から三キロほど北上して線路は東に向きを変えながら山中《やまなか》トンネルに入る。この区間で最長、三九〇〇フィート（一二〇〇メートル）のトンネルであり、そのトンネル内においても東方向へとカーブしつづける。内部の勾配は二二・二パーミルである。すなわち一〇〇〇メートル行って二二・二メートル登る。

トンネルを抜けた場所に山中信号場があり、ここが北陸本線中の最高地点で、やはりスイッチバックになっていた。この山中信号場でさえ西側の越前海岸から二キロ強しか離れてはいない。にもかかわらず山中峠が分水嶺《ぶんすいれい》となっているため、北陸本線が今庄へ向けてつたいおりる谷の鹿蒜《かひる》川は東方の内陸へ向けて流れ、やがて九頭竜《くずりゅう》川に合流するのである。

山中信号場を過ぎればあとはただ下るだけ、大桐《おおぎり》駅を経て今庄駅に達する。敦賀より二六・四キロ、かつては後部に補機をつけた急行列車でも四十分近くかかっていた。

長く北陸本線のボトルネックとなっていたこの区間の解消のため、一九五〇（昭和二十五）年から測量を開始、いくつかの案が出された。

在来線の脇《わき》にもう一線敷いて複線化する「腹付」案、単線をもう一本海岸の国道八号線沿いに敷き、杉津からは単線トンネルをあらたに掘削して今庄に至るという在来線併存案。

しかしどちらも時間短縮・輸送力強化にはつながりにくいので捨てられた。

余呉湖《よごのうみ》脇の木ノ本《きのもと》のひとつ先、中ノ郷《なかのごう》駅から一八キロの複線大トンネルを掘るという案も出された。今庄まで旧北国街道とほぼおなじ経路を走る。しかしその先はトンネルで一挙に栃ノ木《とちのき》峠を貫通させるというアイディアは壮大だが、工事費用の厖大《ぼうだい》さの点で難がある。そのうえ、敦賀が見捨てられるのである。支線として残すにしろ、盲腸線の運命はきびしい。

結局、一三キロ隧道案、すなわち現在の北陸トンネル案が採用された。敦賀を出た複線新線は旧深山信号場手前から敦賀経由の最短距離をとって木ノ芽峠下を貫き、今庄に達する。敦賀―今庄間は一九・二キロに短縮され、普通列車でも十五分で結ばれることになった。

北陸トンネルは一三・八七キロという世界有数の長さである。しかし国鉄は戦前の清水トンネル、丹那《たんな》トンネル掘削の技術を生かし、四年半で完成させた。着工は五七（昭和三十二）年十一月、完成は六二年六月であった。荒川洋治はおそらく小学生のときに北陸旧線を通過して、杉津駅で汽車が「海を見ながら、ぼうっと止まるような感じ」を味わったのだろう。

SL運転士の視界

いま北陸旧線跡はそのまま市道となっている。自動車も通れることになっているが、車の姿もまれな山中の道である。旧軌道であることは、スイッチバック跡などを見逃さない目の持主でないとそれとはわからない。

しかしトンネルは鉄道時代の煉瓦《れんが》積みの単線用そのままだ。当然内部での擦れ違いはできないから、十一個あるトンネルのうち距離の短いものは先入車優先である。対向車はトンネル内に前照燈を見たら入口で待機する。葉原トンネル（一〇〇〇メートル）と山中トンネルは片側交互通行で、閉塞用の信号機が設置されている。待ち時間は相当長い。

葉原トンネルと並行して、海側に北陸自動車道上り線のトンネルが、山側に北陸自動車道下り線のトンネルが掘られている。敦賀―今庄間が上下別線で建設されているのは、やはり山と谷が複雑に入り組んだ難工事区間だったからだ。葉原トンネルの先にかつて杉津駅があった。だがそれはいま、北陸自動車道上り線の杉津パーキングエリアにかわり、旧杉津駅からとまったくおなじ眺めはそこからしか得られない。

杉津駅は棚田の頂点にあった。駅裏は山で、その斜面が恰好《かっこう》の撮影ポイントとして鉄道ファンに愛されたのだが、そちらは高速道路下り線のパーキングエリアとなっている。それでも旧駅跡を少し進んだ今庄寄りでなら、旧軌道の道路からも敦賀湾と敦賀半島を見おろすことができる。海抜一八〇メートルから見る敦賀湾は、杉林の先端を越えておだやかに広がっている。

停止した戦前の時間のような風景のあとに通過するのが山中トンネルである。

全長一二〇〇メートルの山中トンネルは登り勾配を保ちながら、内部で東へ方向を転じるから、出口はまったく見えない。車の両端が壁に接触するのではないかと錯覚するほど狭く感じる。こわいが嬉《うれ》しいとも思えるのは、それが機関車の運転台からの眺めとそっくりおなじだからだ。遠い昔の憧《あこが》れを思う。

これだ。これが見たかったのだ。自分の車のヘッドライト以外には頼りになるものはない。フロントガラスは濡《ぬ》れる。屋根は漏水に打たれて音をたてる。昔の軌道面は光を反射して輝く。壁はゆるい曲線を描きつづける。回転半径は一五チェーンしかない。わくわくする。

しかしこの長さ、この曲がり方では機関士と乗客は煙に苦しんだだろう。私は鼻孔の奥に燃える石炭のにおいさえ感じた。やがて遠くに馬蹄《ばてい》型の出口が見えた。トンネルも終りに近づき、直線区間に入ったのだ。安堵《あんど》と名残り惜しさの念が、同時に湧《わ》いた。

あとはただ鹿蒜川の谷に沿う下りである。大桐駅の跡を通り過ぎて進めば、じきに現在線の北陸トンネル出口、市道も国道八号線と合流する。人里に還《かえ》ったと実感する。

そこから北に大きく方向をかえる谷に従って下ると今庄の町である。北陸トンネル開通によって蒸機の機関区が廃止され、現在は、宿場として、あるいは交易場としての往時の繁栄を忘れて眠りこんだような町である。町役場の前、広い駐車場の隅に、二二〇万キロを走ったD51の481号機が展示されている。私は今庄の町で昼食をとるつもりだったが、ついに食堂を見つけられず、駅前のスーパーでバタークリームパンと赤ウィンナーソーセージを買って食べた。なぜかそういうものが食べたくなった。

ところで今庄の静かな街路を歩いていたとき、私は既視感を持った。昔来たことがあるというのではない。昔見たことがあるという思いだ。それは写真であった。

今庄の旧街道沿いに並んだ商家の軒はみなおなじである。二階づくりの屋根は前さがり、つねよりも張り出している。左右の妻板は、一階の上部からその張り出した屋根の先端までを支えようとしている。一階は入口とおなじ場所、家々の前を流れる側溝から一歩半ほど踏みこんだところにあるのに二階の屋根だけは側溝の真上までかかっている。ということは二階屋根の先端に向かう妻板は前傾しているように見える。つまり二階屋の軒はとても深くなる。二階は風雪から保護されやすくなるが、採光はある程度犠牲にされる。きびしい冬に備えて独特の軒構造が工夫されたのだろうか。

私が記憶していたのは『新潮日本文学アルバム』の「山本周五郎」の巻に出ていた写真で、古い街道沿いとおぼしい家並みの前にたたずむ、和服姿の山本周五郎の姿であった。

あれはここだったのか、と記憶によみがえったのは、その前傾した（としか思えぬ）家並みがとても不思議で忘れられなかったからである。

山本周五郎が今庄を訪ねたのは一九六一年四月中旬だった。満五十七歳の彼は『虚空《こくう》遍歴』の取材のためにまず琵琶湖北岸の長浜へ行き、そこから今庄へ行った。そのあと加賀温泉郷の山中、粟津《あわづ》、片山津をめぐり、金沢、富山、新潟をへて横浜・本牧《ほんもく》へ帰った。

山本周五郎はこの年の二月、前年発表した『青べか物語』に対して文藝春秋読者賞に推されたが辞退した。それは『日本婦道記』に対する直木賞辞退（一九四三年、三十九歳）、『樅《もみ》ノ木は残った』に対する毎日出版文化賞辞退（一九五九年、五十五歳）につづく三度目であった。前払いか稿料引き換えでなければ原稿をわたさず、送られてくる雑誌や本には「恵送謝絶」と付箋《ふせん》をつけて返送し、また賞辞退に際しては、「つねづね読者諸氏からいただいている賞で十分」と相当にいやみなことをいった「曲軒《きょくけん》」（へそまがり）の面目躍如である。

「さよなら　さよなら　さようなら」

一九六五年、新潟から西へ向かう自転車旅行の最大の難所は、直江津から富山県の東端、泊《とまり》までだった。海岸沿いの悪路である。糸魚川をすぎると未舗装の国道は崖《がけ》を登ったり下ったりをくり返す。高温と白い埃《ほこり》に私は苦しんだ。しかし水を飲むことだけは怠らなかったせいか、もう脱水状態に陥ることはなかった。

二日目の夕方、富山県に入ったときは嬉しかった。平たい土地のありがたさが身に沁《し》みた。

富山の海岸を西行し、能登半島をめぐった。金沢から加賀大聖寺《だいしょうじ》、三国港《みくにみなと》を経て、越前海岸を走ったのが八日目だった。越前海岸は親不知《おやしらず》・子不知《こしらず》のような起伏こそ少ないものの、劣らずひどい悪路だった。宿泊は、小学校、親切な鉄道員の家、神社、ユースホステルなどであった。すべて海岸を走ったので、福井県には崖道しかないという印象で、猫の額のようではあっても、敦賀の平地に入ったときにも助かったという思いが強かった。しかし、そこはただただ暑くて、人影のまばらな町だった。

幼い頃、ラジオの「尋ね人の時間」で舞鶴、仙崎とともに復員者たちの入港地として耳になじみ、どんなところだろうと期待していた分だけ失望した。自分の濃い影だけが、舗装された路面をすばやく移動した。

いま敦賀の海岸には敦賀港駅が再建されて、市の歴史館となっている。隣接する公園の地面にはタイル文字で「清津」「京城」「浦塩斯徳《ウラジオストク》」などの文字がしるされている。それは近代の栄光の記憶である。海岸沿いは美しいボードウォークにつくられているが、人影は見えなかった。大陸から吹く肌寒い風に吹かれているばかりだった。敦賀港駅も美しい建築物だが、レールとプラットホームのない駅舎はさびしい。なんというか、ネクタイを締めているがズボンをはいていない男のように、少なからず場違いな気がしないでもない。

中野重治は福井の出身である。

さようなら　さようなら　さようなら　さようなら／さようなら　さようなら　さようなら　さようなら／おれ達はそれを見た／百人の女工が降り／千人の女工が乗りつづけて行くのを（中野重治「汽車　三」）

北陸本線が敦賀から福井まで線路をのばしたのは一八九六（明治二十九）年、富山まで通じたのは三年後の一八九九年であった。日本の繊維産業の発展とともに一九一〇年代から北陸本線は大量の労働者を運んだ。昭和初期、一九三〇年代のデフレ時代には、北陸の農村はさらに多くの労働者を吐き出した。その大部分が若い女性であった。

さよなら　さよなら　さよなら　さよなら／さようなら　さようなら　さようなら　さようなら／そこは越中であった／そこの小さな停車場の吹きっさらしのたたきの上で／娘と親と兄弟とが互いに撫《な》で合った／降りたものと乗りつづけるものとの別れの言葉が

／別々の工場に買いなおされるだろう彼女たちの／二度とあわないであろう紡績女工たちのその千の声の合唱が／降りしきる雪空のなかに舞いあがった

この詩を、よいと思ったのははるか後年のことである。一九六五年当時の私には歴史を生きようとする気持がまったくなかった。ただひたすら個人の「現在」に生きようとしていた。

それに私が北陸を旅したのは夏であった。夏には北陸の大地は熱気を噴き出しながら陽光にぎらぎらと輝いている。冬の劇的な陰翳《いんえい》は、どこにも感じられないし、だいいち私は福井県ではほとんど鉄道線路を見ず、駅舎を見なかった。そのような路線を選ばなかった。わずかに見た線路と駅は、東尋坊《とうじんぼう》に近い京福電鉄三国港のさびしい駅と、敦賀駅だけである。

敦賀から琵琶湖北岸に山を越えて抜けるとき新疋田《しんひきだ》の駅までは北陸本線と並走した。それから私は国道八号線をはずれて西近江《おうみ》街道に入り、琵琶湖西岸を南へくだった。

今回、四十年近い前の旅を直接に回想させるものは、当然のごとくなにもなかった。ただ直江津—糸魚川間の海岸と、実際には見たこともないのに、敦賀—今庄間の北陸本線旧線跡で、高度成長の激浪に砕けて消えた近代日本の遠い面影に触れた気がした。

一九六五年夏、私が神戸に着いたのは新潟を出発して十一日目のことだった。その後、紀伊半島と東海道をまわって家に帰り着いたのは、夏休みも終る直前だった。私はその日市民プールに行き、冷水のシャワーを長々と浴びて、十五歳の夏の塩を洗い流した。

清張の旅情、芙美子の駅

——香椎《かしい》線、鹿児島本線、筑豊本線

博多からまず香椎に行ったのは、松本清張『点と線』の「殺人現場」を見たかったからだ。

香椎には地下鉄と西鉄を乗り継いでも行けるし、ＪＲでも行ける。ＪＲなら、大牟田《おおむた》から門司港《もじこう》までは大都市近郊幹線と化した鹿児島本線の電車に乗り、小倉《こくら》方面へ向かって四つ目である。地下鉄だと中洲川端《なかすかわばた》で二号線に乗り換えて終点貝塚《かいづか》、そこから西鉄宮地岳線（貝塚線）の、やはり四つ目が西鉄香椎である。

〈西鉄香椎駅で降りて、海岸の現場までは、歩いて十分ばかりである。駅からは寂しい家なみがしばらく両方につづくが、すぐに切れて松林となり、それもなくなってやがて、石ころの多い広い海岸となった〉（松本清張『点と線』）

松本清張が「旅」に『点と線』を連載しはじめたのは一九五七年二月号からである。そのとき松本清張は四十七歳であった。連載は翌一九五八年一月号までつづき、五八年二月には単行本化されてたちまちベストセラーとなった。

それは鉄道時刻表を巧みに使ったアリバイ工作を軸とした本格推理小説であった。「旅」という雑誌の依頼だから時刻表にからんだ犯罪を、と発想したのでもあろうが、松本清張はもともと鉄道の旅と時刻表が好きであった。終戦直後の一時期、すなわち松本清張の三十代後半には、それは切実な生活手段であると同時に切実なたのしみであった。

つまり『点と線』は、松本清張の日々の暮らしの希望と恨みが、十年の歳月を経てかたちをなした作品であった。だが彼自身、『点と線』が、その後他の作家たちによって膨大な数が書かれ、消費される「時刻表もの」のさきがけになろうとは、想像もしていなかったはずだ。

香椎の海岸で男女の服毒心中死体が発見されたのは一九五七年一月二十一日朝ということになっている。死んだのは前夜だろう。

博多の刑事鳥飼と警視庁の刑事三原は、これは心中ではなく殺人ではないかと疑う。男は三十一歳の中央官庁の課長補佐、女は二十六歳の赤坂の料亭の仲居だが、ふたりの関係が見えてこないうえに、当の課長補佐の所属する官庁では大がかりな汚職事件が起こっていたからである。

だが、ほとんど接点がないはずのふたりが東京駅で目撃されている。それは夕方6時30分発の博多行寝台特急「あさかぜ」に肩を並べて向かう姿である。

目撃したのはその中央官庁出入りの業者と、死んだ女性の同僚の仲居たちで、彼らは業者の乗る横須賀線が発着する十三番線ホームから、「あさかぜ」の停車している十五番線ホームを歩くふたりを見とおしたのである。そして一週間後に課長補佐と仲居は香椎潟の岩の上で死体となった。

〈鳥飼は、いよいよ死体の発見された現場を見せた。こういう恰好《かっこう》で、と彼は当時の状況を説明した。三原はポケットから現場写真をとり出して見くらべ、ふん、ふんとしきりにうなずいていた。

「下は岩地ばかりですな」

三原は地面を見まわして言った。

「そうです。ごらんのように、砂地へ出るまでは、一帯が岩肌《いわはだ》ばかりです」

「これじゃ、痕跡《こんせき》は残らない」〉（『点と線』）

『点と線』の殺人現場

香椎は香椎宮で有名である。そこは神功皇后《じんぐうこうごう》の「新羅《しらぎ》征伐」として『古事記』に見える物語の出陣地である。

皇后の夫君仲哀《ちゅうあい》天皇は、筑紫の訶志比宮《かしいのみや》で、まつろわぬ熊襲《くまそ》を平らげることとなった。ところがある日、天皇が琴をかきなで、建内宿禰《たけうちのすくね》が沙庭《さにわ》にはべって神の命《めい》を請《こ》うと、皇后は神懸りして、「西の方に国あり、金銀をはじめとし、目炎《も》え輝く種々《くさぐさ》の珍宝多《さわ》にその国にあり。われいま、その国を帰せ賜《よ》わむ」と口走った。しかし仲哀天皇はこれを信じなかったので、神の怒りにふれて命絶えた——というくだりである。

物語はさらにつづく。

神功皇后が軍をととのえ船を香椎潟に浮かべると、海原《うなばら》の魚はことごとく御船《みふね》を背負った。追風を受けて御船は進み、新羅の国に押しあがった。新羅の王は霊感の前に降《くだ》った。妊《はら》んでいた神功皇后は、筑紫に帰還するとすぐ皇子を分娩《ぶんべん》した。のちの応神天皇である。ゆえに、その地は宇美《うみ》と名づけられた——

香椎から出ている香椎線の終点が宇美である。香椎線は香椎の北方、海の中道《なかみち》の先端西《さい》戸崎《とざき》までも伸びていて、この部分だけは海の中道線という愛称が残されている。海の中道線は香椎のひとつ先、西鉄宮地岳線と和白《わじろ》駅で交差してから海の中道へ入る。ここまでは鹿児島本線と並行して山側を走るのだが、鹿児島本線には九産大前《きゅうさんだいまえ》駅があるのに、香椎線にはない。一方、鹿児島本線にあってもよさそうな和白駅が、鹿児島本線にはない。東京でいえば、こちらはJR線同士だが高崎線と京浜東北線の関係に似ている。もっとも、上野—赤羽間には高崎線では尾久《おく》駅しかないが、並行する京浜東北線には同区間で鶯谷《うぐいすだに》から東十条まで、七駅もある。

海の中道線は完全な盲腸線である。宇美へ向から香椎線南半分は途中長者原《ちょうじゃばる》で、いまや通勤幹線のひとつとなった篠栗《ささぐり》線と交差するが、終着宇美ではどこにも連絡せず、やはり盲腸線となる。この奇妙なかたちは、香椎線が、北九州にかつて無数に存在した炭鉱と積出し港を結ぶ石炭輸送鉄道のひとつだったことに由来する。宇美のひとつ手前新原《しんばる》に海軍炭鉱があり、西戸崎が積出し港である。宇美まで敷いたのは、山の反対側太宰府に連絡する計画があったためだ。

この線は国有化以前には博多湾鉄道といい、一八九六年、「天狗《てんぐ》煙草《たばこ》」の岩谷松平、資生堂の福原有信など東京の資本家がコンソーシアムを組んで認可された。しかし着工は一九〇二年暮れまでずれこんだ。〇四年二月に日露戦争が起こると今度は突貫工事となり、仮線を設置して石炭搬出を行なった。日露海戦は、この海軍炭鉱の石炭で戦われたのである。香椎以北でJRとあえて別線をたどるのも、香椎以南で近郊線に似つかわしくない不思議な経路をたどるのも、歴史的には理由のあることなのである。

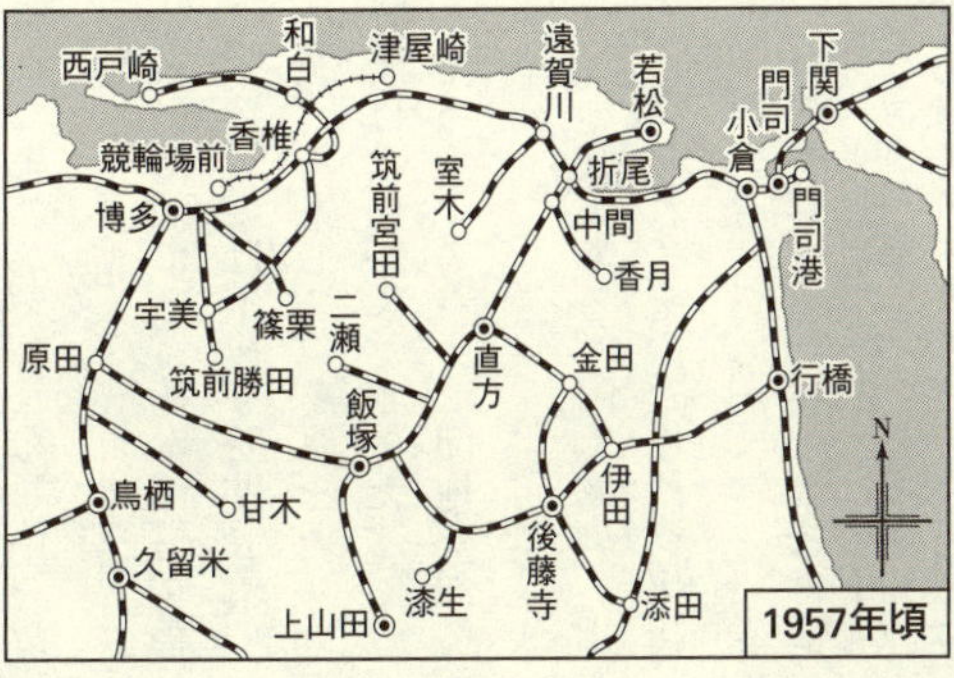

りを目撃した者はいないのである。
　ところで『点と線』で心中させられた男女はどうやって香椎に来たか。それらしいふたりを目撃した者はいないのである。

　西鉄香椎から山側へ五分足らず、並行する国鉄香椎駅まで歩いた刑事は、死んだ男女がそれぞれ別の女と男にともなわれたのではないかと思いつく。ひと組は午後9時25分着の国鉄から降り、もうひと組は西鉄香椎9時35分の電車で着いた。そうして、それぞれがわずかの差で同じ道を海岸へ向かった。とすれば犯人はひとりではない。ふたりいた。

　香椎の海岸は一九五七年当時よりもさらに埋め立てが進んでいる。アパート団地が海に迫り、いまや露出した岩や砂地はほとんど見えない。

『点と線』には、海岸まで「歩いて十分ばかり」とある。真冬の夜である。暗く寒い。上司の命令で博多の旅館に四日も隠れていた課長補佐は、犯人に誘われてそんな場所へ出掛けた。

　仲居の方も愛人からの指示で熱海の旅館にやはりおなじだけ滞在し、その男の妻であるもうひとりの犯人、というより真の犯行計画者といっしょに急行「筑紫」で二十一時間かけて博多へ行き、夜更《よふ》けに香椎の海岸へ向かった。そこで彼らはそれぞれの相手に青酸カリ入りのウイスキーを飲まされ、死体は並べて置かれた。

「上司の命令」といい「愛人の指示」といい、被害者は唯々諾々《いいだくだく》と従う印象で、とても気の毒だ。松本清張は一般に、被害者に対して冷淡なのである。その気の毒さ加減にひかれて、私は小説の現場を踏んでみようという気を起こしたのである。

『点と線』では、列車が輻輳《ふくそう》する東京駅で、十三番線から十五番線が見とおせる「四分間の空白」が有名だ。たしかにこれは傑出したアイディアである。

だが『点と線』をもっとも早く評価した平野謙が、これに疑問を呈している。たんなる顔見知りにすぎず、「あさかぜ」乗車の約束もかわしていない男女が、なぜ発車三十三分前から二十九分前までの間に、申し合わせたようにおなじホーム上を連れ立って歩いていたかがわからない、というのだ。キャリアの上司の命令ならなんでも聞くノンキャリアの課長補佐（三十一歳で中央官庁課長補佐なら、キャリアより出世が早い）という設定もやや不自然で、松本清張には「社会派」の異名にふさわしくないところが少なくないのである。

松本清張の汽車

松本清張は、ただひとつ自らの来し方をしるした『半生の記』につぎのように書いている。

〈もし、私に兄弟があったら私はもっと自由にできたであろう。家が貧乏でなかったら、自分の好きな道を歩けたろう。そうすると、この「自叙伝」めいたものはもっと面白くなったに違いない。しかし、少年時代には親の溺愛《できあい》から、十六歳頃からは家計の補助に、三十歳近くからは家庭と両親の世話で身動きできなかった。――私に面白い青春があるわけではなかった。濁った暗い半生であった〉

松本清張の父峯太郎は鳥取県の山村に生まれた。それは、一八九〇年に松江に向かうことになるラフカディオ・ハーンが通った出雲街道沿いの町で、西に小さな山を越えれば『砂の器』の舞台となった木次《きすき》線亀嵩《かめだけ》がある。長男なのになぜか米子に養子に出された峯太郎は、長じると徒歩で山を越えて大阪へ出た。さらに広島へ行き、紡績女工をしていた岡田タニと結婚した。

自分は小倉生まれとされているが、実は広島で生まれたのだ、と後年松本清張自身語ったことがある。とすればその生年は一九〇九（明治四十二）年二月で、公《おおやけ》にされているものより十ヶ月ほど早まる。日露戦後不況のさなかでも石炭のおかげで活気のあった小倉へ転じたのちに出生届が出された、ということかも知れない。

新聞インタビューで松本清張は、「父からは向学心とロマンチスト、母からは勤勉努力とリアリスト」を受継いだ、といっている。

かげりある出生にもかかわらず父親はおおらかな人であった。しかし山っ気にも富み、そのせいで松本家は経済的浮沈に富んだ道程をたどった。松本清張が中学校に進学しなかったのはおもに貧乏のせいだが、松本家は赤貧とはいえなかった。彼と同年、一九〇九年生まれの男子の中学校進学率は八パーセントにすぎない。六〇パーセントが高等小学校まで進み、残りは尋常六年で終るという時代であった。しかし、頭がよく負けん気の強い少年は不遇感に苦しんだだろう。

彼は十四歳から電気会社の給仕となった。三年後の一九二七（昭和二）年、金融恐慌《きょうこう》で会社がつぶれると、印刷所の見習いに転じた。「手に職をつける」ためである。二十代を図版印刷の職人として勤勉にすごした彼は、その間一時小倉を出た。博多の印刷所にオフセット印刷を習いに行ったのである。

「その半年間、私は初めて両親のもとから離れて、自分だけになった。一人息子の私は全生涯を通じて、両親のもとからはなれたのは、このときと、兵隊にとられたときだけである」（『半生の記』）

松本清張は一九四四年六月、三十四歳のときに臨時召集されて朝鮮に渡った。ニューギニアに送られるかと覚悟したが、すでに輸送船が底をついた状態で、そのまま一年間龍《りゅう》山《ざん》基地で衛生兵として勤務した。彼は兵隊時代を懐《なつ》かしげに回想する。

戦闘も空襲もなかった朝鮮で、家族から解放された彼はむしろ自由だった。おまけに兵隊には学歴差別がなく、平等であった。入営前に働いていた朝日新聞社とは、そこが決定的に違っていた。

松本清張は一九三七年、二十七歳のとき、小倉に進出してきた朝日新聞社に職をもとめた。当時小倉の街の東はずれであった砂津に建てられた新社屋は、背後に印刷工場を従えた円型のガラス張りの建物で、面接に出向いた彼はその明るさとモダニズムに圧倒された。案に相違して採用されたが、それは一枚いくらの契約の版下製作者としてであった。二年後、広告部の嘱託に昇格した。

朝日新聞社では大学出の「社員」、専門学校出の「準社員」、中学卒の「雇員」と呼称も待遇も画然と分かれていた。準社員、雇員も年月をかけて社員に昇格して行くのだが、雇員の給料日は一日遅れ、祝い事の席にも参加できなかった。そのうえ大阪本社採用のキャリア組は、小倉の九州本社に転勤してきても二、三年で昇格し、小倉駅から「脱出絶望組」に見送られながら意気揚々と大阪に帰って行くのである。

「しかし、現地採用組にはそんな資格も希望もない。一生九州の外に出ることのない立場は、そのまま生涯の運命を象徴している」（同前）

松本清張の官僚的序列への憎悪《ぞうお》は、朝日新聞時代につちかわれたのである。小倉は彼を育て、作家として出発させた土地ではあるが、同時に九州脱出への強い願望もこのとき以来彼の内部に宿った。

『点と線』の犯行で主導的役割を果たしたのは官庁出入り業者の妻である。結核を病む彼女は、時刻表のよい読者であった。

「長い間、寝たきりでいるといろいろな本が読みたくなる。しかし、このごろの小説はみんなつまらなくなった」（『点と線』）

彼女は、小説よりも時刻表の駅名を読んでいるときの方が想像力をかきたてられた。かすかな幸福感を味わった。

「豊津《とよつ》、犀川《さいがわ》、崎山《さきやま》、油須原《ゆすばる》、勾金《まがりかね》、伊田《いた》、後藤寺《ごとうじ》」、これらはいま平成筑豊鉄道となっている線の駅名だが、彼女は「油須原という文字から南の樹林の茂った山峡《やまかい》の村を」思い、「その村や町を囲んだ山のたたずまい、家なみの恰好、歩いている人まで浮ぶ」のである。

松本清張は復員後、朝日新聞社に勤めながら「買出し休暇」を利用して各地に汽車で旅した。ワラボウキの仲買い人として関門海峡を渡り、広島や大阪まで出向いて注文をとった。品物は佐賀平野の生産者から仕入れた。時刻表を熟読しながら効率のよい旅程を組み、混雑した列車ではあっても、それは父母を含む家族八人から一時離れられる自由を意味した。

『点と線』で「空白の四分間」を発見し、また列車を巧みに使った夫のアリバイ工作を考えた彼女の手記からたちのぼるものは、三十代後半の松本清張の心情の反映であった。

たとえばいま午後一時三十六分であるとする。彼女は時刻表を繰る。

「すると越後線の関屋という駅に１２２列車が到着しているのである。鹿児島本線の阿久根《あくね》にも１３９列車が乗客を降ろしている。飛驒宮田《ひだみやた》では８１５列車が着いている。山陽線の藤生《ふじう》、信州の飯田《いいだ》、常磐線《じょうばん》の草野《くさの》、奥羽《おうう》本線の北能代《きたのしろ》、関西本線の王寺《おうじ》、みんな、それぞれ汽車がホームに静止している」

「私は、今の瞬間に、展《ひろ》がっているさまざまな土地の、行きずりの人生をはてしなく空想することができる。他人の想像力でつくった小説よりも、自分のこの空想に、ずっと興味があった。孤独な、夢の浮遊する愉《たの》しさである」（同前）

「松本清張的旅情」の実質がここにある。小倉時代の松本清張の旅への憧《あこが》れ、強烈な「九州脱出」への意欲が「旅情」の源泉であったわけだが、「時刻表的旅情」こそが『点と線』を高度経済成長時代初期の超ベストセラーとした原動力であった。「旅情」はその商業化に成功したのである。

新幹線が発着する小倉駅にかつての面影はみじんもなく、小倉の朝日新聞西部本社も福岡に移って、さらに本社とは名ばかりの存在になりかわったが、かすかに「戦後」の記憶をとどめるJR香椎駅の黒光りする木のベンチにすわって湾曲したプラットホームを眺め、また移転新築工事中の西鉄香椎駅の脇《わき》を歩きつつ、私はそんなことを考えた。

生まれながらの放浪者・林芙美子

門司港駅は一九一四（大正三）年、東京駅と同年にローマ・テルミニ駅をモデルにつくられた櫛形《くしがた》ホームを持つ美しい駅である。鹿児島本線起点で、もとはここが門司駅であった。

一九四二（昭和十七）年、関門海峡に海底鉄道トンネルが開通すると、トンネルの九州側取り付け口近くに置かれた駅が門司駅となり、旧門司駅は門司港駅にかわった。同時に、門司から小森江を経て門司港に至る五・五キロメートル区間は、幹線中の盲腸線という不思議な立場となった。門司旧市街が高度経済成長時代の「建設的破壊」の波を浴びずに済み、門司港駅の駅舎が手つかずで保存され得たのは、むしろメインルートからはずれたせいであった。のみならず、近年は「門司港レトロ地区」整備事業によって、門司港駅はたんに鉄道ファンの愛好対象ではなく、広く一般に知られるところとなった。

近代化のエネルギー源である石炭を産する北九州には明治二十年代はじめ（一八九〇年頃）から著しい人口集中があった。洞海湾《どうかい》という良好な泊地の北岸に位置した石炭積出し港若松と、炭田地帯に隣接して国営大製鉄所が建設された洞海湾南岸の八幡には、西日本各地から労働力が流入した。一方門司は明治二十年代後半になって貿易基地および大陸航路の起点として急速に発展した。門司は横浜、神戸と並び、当時もっともモダンな街区を誇った。門司港駅の落着いたたたずまいは、当時の繁栄の置き土産である。

「林芙美子は明治三十六年新緑のころ、旧・門司市大字小森江五五五番地のブリキ屋板東忠嗣（通称安吉）の二階で生まれた」

北九州市門司区小森江の山側の小公園に、このように刻んだ林芙美子生誕の小さな石碑がある。一九七四年十二月に建てられたとあるが、まったく目立たない。見当をつけて探せば見つからないことはない、そういう感じだ。

しかし林芙美子自身が書いている。

「他国者と一緒になったと云うので、母は鹿児島を追放されて、父と落ち着いたところは、馬関《ばかん》の下関であった。私が始めて空気を吸ったのは、その下関である」（『放浪記』改造社版、以下同）

林芙美子の生誕地が、それまで下関とされてきたのは、本人の「証言」のせいである。門司の対岸、下関市田中町の、やはり「ブリキ屋の二階」ということになっていた。

実際、門司港からの高速旅客ボートが着く下関市唐戸《からと》桟橋から山側に十分ほども歩いた場所、田中町の神社の境内にも生誕地をしめした石碑がある。

「私は宿命的に放浪者である。／私は古里《ふるさと》を持たない。／私は雑種でチャボである」（『放浪記』）とする林芙美子にとって、誕生の地はどこでも大差はなかったのであろうか。だが、芙美子のパーソナリティをつくったのが、この関門海峡と北九州の炭鉱地帯であることはたしかなことだ。

芙美子の母林キクは鹿児島で生まれ、桜島の古里温泉で育った。キクと芙美子はよく似ていた。一卵性双生児のような親子であった。

キクは、テキ屋として九州各地をめぐっていた宮田麻太郎という青年と古里温泉で知り合い、いっしょに門司へ行った。ふたりで石炭景気にわく北九州に活路をもとめたのである。一九〇三年の、おそらく五月に門司で芙美子を生んだとき、キクは三十五歳、愛媛県周桑《しゅうそう》郡出身の宮田麻太郎は二十一歳であった。彼もまた北九州に吸引された西日本人のひとりであった。

宮田麻太郎と知りあう以前、キクはそれぞれに父親の違う子供を三人生んでいる。私生児である。芙美子もまた宮田の籍には入らなかったから、その四人目といえる。芙美子自身は子供を生まなかった。晩年近くになって生まれて一週間の男の子を養子としたが、男性に対する寛大さ、惚《ほ》れっぽさはキク譲りである。

芙美子には同性の長年の友がいない。みな喧嘩《けんか》別れしている。または利用価値がなくなったと見なしたときに捨てている。ほとんど例外的に若いときから晩年まで距離を保ったつきあいをつづけ、母キクのことも知っていた作家の平林たい子は、芙美子の死後に書いた評伝中でこういっている。

「このひと（キク）程、男性のよさを深く知ってその海に溺《おぼ》れた女はあるまい。その点では、芙美子さんの方は求めすぎたわけでもないけれども、いつも空《むな》しいものを握らされて地団駄をふんだ。そして結局飢えたまま世を去った」（『林芙美子』）

愛媛県から北九州に出てきた青年横内種助は、一九〇六年春先、下関でひさびさに同郷の友宮田麻太郎に再会した。そのとき麻太郎が、かたわらで遊んでいた三歳の芙美子を指して、この子は門司・小森江のブリキ屋の二階にいたときキクが階段から落ち、急に産気づいて生まれたのだ、というのを聞いた。下関に移ったのはその年のうちで、そこでようやく半年遅れの出生届けを出した。横内種助の娘佳子と芙美子は親子二代の幼なじみとなり、その経緯が佳子の息子井上隆晴の著書『二人の生涯』で明らかにされて門司出生説を確定した。芙美子自身も自分の出生地を知らなかった可能性がある。

芙美子北九州漂泊

一九〇七年、宮田麻太郎は若松に移った。火野葦平《ひのあしへい》の父親玉井金五郎（この人も愛媛の出身だ）が興したばかりの玉井組をはじめ、石炭仲仕たちであふれる若松の方が門司より大ざっぱな商売には向いている。

少しのち、大正中期のことになるが、若松の人口は約四万一千人で、旧城下町であり明治以降は軍都となった小倉の三万四千人を凌駕《りょうが》している。八幡は八万人、門司は七万三千人と、北九州の市域全体では小倉を除いても福岡市の二倍の人口を擁した。そのうえ北九州は、遠賀《おんが》郡、鞍手《くらて》郡、嘉穂《かほ》郡、田川郡という炭鉱地帯を背後にかかえていた。この四郡だけで五十六万人いるが、この地域の人口は明治中期以降に急増したのであり、西日本における北九州の吸引力は甚大だった。

テキ屋の発展形である軍人屋という宮田の店は繁盛したが、キクは一九一〇年、番頭をしていた沢井喜三郎と芙美子を連れて家を出た。芙美子七歳、岡山県児島郡出身の沢井喜三郎はキクより二十歳下で、まだ二十二歳だった。またまた年下の男である。奇妙な三人家族の、行商放浪はこのときはじまった。

長崎、佐世保、久留米、下関、門司、戸畑、折尾と彼らはめぐった。それはだいたい鹿児島本線、長崎本線、筑豊本線がかたちづくる三角形の内部におさまっている。芙美子は四年間に七度小学校をかわったといっているが、学籍が確認できるのは佐世保と下関だけである。

一九一一年、八歳の芙美子は一時鹿児島のキクの実家に預けられた。そのとき芙美子は体に荷札をつけられて門司からひとり汽車に乗せられた。だが、その年のうちに再びキクに引きとられ、炭鉱地帯の直方《のおがた》に三人で暮らした。

「門司のように活気のある街でもない。長崎のように美しい街でもない。佐世保のように女が美しくもない。／骸炭《がいたん》のザクザクした道をはさんで、煤《すす》けた軒《のき》が不透明なあくびをしている」（『放浪記』）

そんな直方の木賃宿が、強いていえば芙美子の「古里」であり、木賃宿につどう怪しげな人々と、気が荒くて明るい、その日暮らしを苦にしない炭鉱長屋の住民たちが芙美子にとっての「世間」であった。

「お父《と》つあん、俺《おら》アもう、学校さ行きとうなかバイ……」と芙美子は、父というには若すぎる沢井喜三郎にいった。キクは、「ふうちゃんにも、何か売らせましょうたいなあ……」と、芙美子に一本十銭の扇子や一個一銭のアンパンを炭鉱をまわって売らせた。

芙美子はむしろはつらつとしていた。商売がたのしいのである。沢井喜三郎はテキ屋としては人がよすぎたが、キクはやり手だった。芙美子にもその血は流れていた。キクは直方の多賀神社近くの露店でバナナを売り、それなりの収入を得ていた。だが自炊の木賃宿で炊《た》く一升十八銭の米を、芙美子は五合ずつ、その日の分をザルを片手に買いに行かされた。

芙美子一家が尾道《おのみち》に移ったのは一九一六（大正五）年五月、第一次世界大戦好況で日本が日露戦争後の長い不況を脱しはじめた時期である。

「夜汽車、夜汽車、誰も見送りのない私は、スイッとお葬式のような悲しさで、何度も不幸な目に逢《あ》って乗る東海道線に身をまかせた」「神戸にでも降りてみようかしら、何か面白い仕事が転がってやしないかな……」

これは『放浪記』の関東大震災後にあたる時期の記述だが、尾道でも車窓から見えた街の風景が商売になりそうだったから衝動的に降りたのだと書いている。

直方以後、三人は下関から瀬戸内海沿岸を行商して歩いたようである。松本清張の一家も一九一七年まで下関の東はずれ、壇ノ浦の海べりに住んでいた。半分石垣からはみ出し、海に打った杭《くい》の上に乗った家だったそうだが、そういう家なら彼らは行商に訪ねたかも知れない。まして松本清張の父は鳥取県、母は広島県からの流入者である。放浪の人々は、相手にもそのにおいを敏感に嗅《か》ぎとって親しもうとするのである。とすれば、芙美子は六歳下の清張少年と顔を合わせていたかも知れない。

庶民の海を泳ぎつづけたキクもすでに四十八歳、旅疲れが、つてを頼っての尾道住まいとなった可能性がある。

芙美子はひさびさ定住した尾道で小学校に通い、普通より二年遅れで卒業した。そして、この階層の娘としてはまったく異例のことだが、尾道市立高女に進んだ。夜は帆布工場で働いた、夏休みには神戸でトルコ人の家の女中にもなったと本人はいっている。実父宮田麻太郎からの援助もあったらしい。尾道住まいはかわらなくとも、芙美子が恋人を追いかけて上京するまでの六年間のうちに彼らは市中を十一回転居している。すべて間借りである。移動していないと生きている気がしないかのようである。

上京したのは、知りあったときは中学生であった相手が明治大学の専門部に入学して去ったので、高女卒業と同時に追いかけたのである。しかし、それほど時間のたたぬうちに芙美子は恋人と別れている。逃げられたのである。

ひとりになる前から芙美子は、封筒の表書き、作家の家の女中、セルロイド玩具《がんぐ》の女工、銭湯の番台、古着の夜店などを経験したが、カフェーの女給がいちばん性にあった。身長一四〇センチとチビで小太り、鼻が低くて美人には遠くとも、声がよくつねに座を明るくする彼女は、どこへ行っても人気女給だった。放浪と男好きのたちだけではない。女給の才能もまた母親譲りといえるだろう。

やがて芙美子は、辻潤、萩原恭次郎、岡本潤、壺井繁治《つぼいしげじ》、小野十三郎《とおざぶろう》らアナーキスト詩人たちと交わり、一九二六年に画家と正式に結婚するまでに二度事実上の結婚をした。平林たい子とは一時女給同士として同居した。お金がなくなると、玉の井へ行こうかしら、などとなかば本気でつぶやいた。それは娼婦《しょうふ》になるという意味であったが、彼女ならさしたる抵抗もなくそうしかねないと思わせる空気があった。林芙美子は政治思想としてのアナーキズムなど信奉していなかった。ただアナーキーな生きかたしかできない人だったのである。そして、彼女の生きかたを決定づけたその少女時代は、いつも汽車の汽笛や走行音とともにあった。移動を保証する汽車は、彼女の人生そのものであった。

世間という名の汽車

いま直方の空は煤煙《ばいえん》で黒くはない。「骸炭のザクザクした道」も、西日本や朝鮮から流れこんできた人々のつくりだした雑駁《ざっぱく》な熱気も消え果てて静かである。ここが、一九七六年までの百年間で八億トンの石炭を出した筑豊炭鉱地帯の中心地であったとは想像しにくい。幼い林芙美子がその移動の車窓で嗅いだであろう石炭のにおいは、もはやどこにも存在しない。

筑豊本線直方駅から分岐する重要な石炭運搬鉄道であった伊田線は、田川伊田—行橋《ゆくはし》間の田川線、金田《かなだ》—田川後藤寺間の支線である糸田線とともに第三セクター平成筑豊鉄道となったが、往時の繁忙ぶりは夢のようである。直方近辺では、香月《かつき》線、室木線、宮田線の三盲腸線、それに上山田線、漆生《うるしお》線、添田《そえだ》線が廃止になっている。日田彦山《ひこさん》線香春《かわら》とおなじ日田彦山線の添田を短絡するという不思議な経路の添田線は、一九七〇年代には北海道北端の美幸線と収支係数最下位を争う赤字線だった。一九七六年の収支係数は三三七六、百円を稼ぎ出すのに三千三百七十六円かかったということである。

筑豊本線ももはやちっとも「本線」らしくないが、一九六八年に篠栗《ささぐり》線篠栗と筑豊本線桂川《けいせん》の間のトンネルが完成して飯塚方面から博多へ、飛躍的な時間短縮がなされた。現在は鹿児島本線と筑豊本線の分岐点折尾から直方、飯塚、篠栗を経て博多へ至る線を福北ゆたか線と愛称し、大都市近郊鉄道として隆盛している。そのかわり筑豊本線の折尾以北、終点若松に至る部分はローカル鉄道と化し、桂川より南、鹿児島本線原田《はるだ》を結ぶ線は原田線と別称され、というより格下げされて列車数も急減する。鹿児島本線原田の北では、そのさびしい分岐ぶりが身にしみる。レールは全部存在しているのに、筑豊本線という線は、石炭産業の落日とともに事実上姿を消したのである。

林芙美子は一九五一年六月、突然死した。一種の過労死である。戦後になってから異常なまでに働いたのは、他の女性作家に書かせたくないからだという観測には、どこか真実味があった。年譜上は満四十七歳半だが、ほんとうは満四十八歳一ヶ月余であった。

「故人は自分の文学的生命を保つため、他に対して、時にひどいこともしたのでありますが」「死は一切の罪悪を消滅させますから、どうか故人を許してもらいたいと思います」

むしろ明るい、あまり悼《いた》む雰囲気のなかった葬儀を、川端康成のこんな挨拶《あいさつ》がひきしめた。そのあと、小額の香典を手にした下落合町内のおかみさん連が大挙して焼香に訪れ、会葬者を驚かせた。

松本清張にとって汽車は、扶養すべき家族からの自由と九州脱出の希望の象徴であった。旅そのものを「古里」とした林芙美子にとっては、汽車は「移動する世間」にすぎなかっただろう。

林芙美子は、捨て身の明るさと強烈な上昇志向、ずるさと親切さ、意地の悪さと虚栄心、たくましさと嫉妬《しっと》心、努力と色好み、すべてを兼ね備えた生まれながらの庶民であった。母親の遺伝と二十世紀はじめの北九州という土地が、そのような女性をつくった。

太宰治の帰郷——津軽海峡線、津軽線、津軽鉄道

津軽海峡トンネルを通過してみたのは二〇〇三年晩秋だった。サハリンからの帰り、飛行機は函館に着いた。函館駅に行き、「スーパー白鳥」八戸行の切符を買った。ついでに吉岡海底駅の見学切符も買った。吉岡海底駅には上り列車は一日に四本しか停車しない(二〇〇六年三月から定期列車は停車せず)。それも日中だけである。見学者は二時間後に停車するつぎの「スーパー白鳥」に拾われて青森方面に向かうことになっている。

吉岡海底駅のプラットホームは相対式二面二線の構造だが、非常に狭い。客扱いを想定していない。上り下りとも厚い壁の裏側、連絡誘導路でつながっている作業坑、先進導坑が、仮りにホームとして機能している。列車のひとつだけ開くドア前に集められていた見学者がこの駅で降りると、他の乗客はみな不審そうな顔をする。「ツアー」参加者は初老の夫妻、三十代のカップル、それに私だけだった。

地下駅は広い。どこをどう通ったかよく理解できないから、よけい広く感じられる。本トンネルのほかに、作業坑、先進導坑、斜坑とある。「００７」の敵役スペクターの秘密

基地のようだが、男の子はたいてい秘密基地が好きだし、私の場合はその上にトンネル好きなのである。

つねに相当な風圧をかけて換気し、トイレのバイオ処理にもたいへんなお金を投資しているという、海面より一五〇メートルも下の秘密基地にはいつか新幹線が通るのだが、本州と北海道を結ぶライフラインの保守基地としての役割の方が重たい。

見学中、青森方面からやってくる特急列車の通過をわざわざ見せてくれた。「ホーム」の端近からうかがっていると、遠い彼方《かなた》にぽつんとヘッドライトの光点が見える。

それからが長い。なかなか近づかないのである。温度変化の影響を受けない地下トンネルだからほとんど継ぎ目のないレールが敷かれていて、特急列車は二〇キロ近い完全な直線区間を時速一四〇キロで走るというのに、である。

しかし先頭車の姿がはっきり見えてからは早かった。特急列車は流れる光の帯を視界に残し、風を巻いて、あっという間に駆け去った。

二時間後、私たちは八戸行の特急列車に再乗車した。帰宅するというJR北海道の案内役もいっしょだった。

「あれ？　函館に帰るんじゃないんですか」

「もう函館行は停まらないんです。いったん津軽の蟹田《かにた》まで行って、特急で戻るんです」

たった五人のために二時間働いてくれた彼がいった。

「あ、そうそう。先頭車輛《しゃりょう》に行くと、トンネルの前がずっと見通せますよ。とてもよい眺めですよ」

吉岡海底駅を見学するのは、程度の差はあれ鉄道ファンに決まっている。だからそんなことをいうのだ。

トンネル好きを見透かされた私は、自由席の車輛から先頭車までえんえん歩いた。「スーパー白鳥」の運転席は二階にある。最前部は、他の編成と連結できるようにフルサイズのドアになっている。そのガラス張りの部分から、運転席とおなじ視野が得られるのである。

先客がいた。小学生がひとり前方を眺めていた。しばらくうしろで待っていると彼は去った。悪いことをした。

吉岡海底駅から出口まではまだ三七キロ近くある。竜飛《たっぴ》海底駅まででも二三キロ、トンネルの出口など見えるわけもない。その「かぶりつき」の場所からは、えんえんと車体の下にたぐりこまれつづけるレールが二条、薄闇《うすやみ》の中に見えるばかりだ。

何がおもしろいか。なんにもおもしろくない。だが、おもしろい。

鉄道ファンはえてして瑣末《さまつ》なものを好む。それはたいてい、常人が理解に苦しむようなものである。私の場合は、トンネルの前方の眺め、盲腸線の終着駅、プラットホーム上の大きな洗面台、跨線橋《こせんきょう》、ペンペン草の生えたレールの車止めなどである。

二十五分後、特急列車はトンネル後半の一〇〇〇分の一二勾配《こうばい》をのぼりきった。夢からさめたように、もう津軽である。晩秋の美しい夕暮れだった。

新中小国《なかおぐに》信号場と思われるあたりで、右側から別線が寄り添ってきた。津軽線だ。つぎの中小国駅までの二キロほどがJR北海道とJR東日本の重複部分で、中小国から先はJR東日本の領分になる。

中小国のつぎが特急停車駅の蟹田だった。ホームと駅舎には、すでにあかりがともっている。その黄色味を帯びた光が、とても懐《なつ》かしく思われる。

私にはもうひとつ好きなものがあった。それは田舎の小駅の夕景であった。

蟹田の、海を見晴らす丘

いつか降りてみたいと思った蟹田で実際に降りたのは、二〇〇四年の春だった。風はまだ肌寒いが、弘前では例年より早い桜が満開である。私は今度は青森からやってきた。

小さな木造、白塗りの駅舎だ。しかし全長五五・八キロの津軽線十八駅のうち、JR東日本の職員が詰めているのは青森駅を除くと、蟹田、終着三厩《みんまや》の二駅だけである。ほかに後潟《うしろがた》と油川《あぶらかわ》が委託駅、あとは無人駅だ。

昔、このあたりは「外ヶ浜《そとがはま》」と呼ばれた。

さらに外ヶ浜街道を北上して三厩から渡海するのである。北辺探検家だけではない。寛政期の旅行家にして日本民俗学の創始者ともいうべき菅江真澄《すがえますみ》もおなじルートをたどった。古くは平泉で死んだはずの源義経が、実は生き残って、弁慶と亀井六郎のふたりを供に蝦《え》夷《ぞ》の渡島《おしま》へ船出したという伝説があり、三厩には竜馬山義経《ぎけい》寺という寺まである。

津軽線は、その外ヶ浜街道にだいたい寄り添って北上、三厩で尽きる。そのなかばあたりの蟹田は波おだやかな陸奥《むつ》湾に面している。右手に八甲田山と夏泊《なつどまり》半島、正面に下北半島が見える。津軽半島西海岸よりこちらの方が静かな良港と思われる。少なくとも「表日本」に近い。なのに外ヶ浜と呼ばれたのは、日本海側の方が海運のメインルートであったからだ。

津軽藩の重要な海港「四浦」のうち、青森を除いて十三《とさ》、鰺ヶ沢《あじがさわ》、深浦の三浦が日本海側にあった。三内丸山遺跡における糸魚《いとい》川・青海《おうみ》産の翡翠《ひすい》の出土から見ても、日本海側こそが「表日本」であったのだとわかる。

タクシー二台が客待ちしている以外ひと気のない蟹田駅前から、ゆるい坂道がつづき、一〇〇メートル先で海に突きあたる。その直前、立派な木造二階建てがある。太宰治が蟹田を訪れる少し前に建てられ、外ヶ浜一の建造物といわれた蟹田警察署だが、老朽化のため間もなく取り壊される。

国道二八〇号線をへだてた斜向かい、すでに閉鎖された森林管理事務所は、その大きな敷地とともに売りに出されている。このあたりのブナ林はかつて有名だった。しかし津軽藩祖津軽（大浦）為信《ためのぶ》以来の林業も、もはや産業としては成立しない。

護岸された岸壁の上を、海と並行にカモメが一羽ずつ滑空している。まるで雷撃機の訓練のようだ。平和、停滞、どちらとも形容できる国道沿いに長くのびた町並みを、上町、中町、下町と順に北へ歩いて蟹田川を渡る。住宅がとぎれたあたりの右手に、巨大な駐車場を従えたフェリー乗り場がある。陸奥湾口、平舘《たいらだて》海峡を横断して下北半島脇野沢《わきのさわ》と往来するフェリーである。といっても一日二便だから、まことに閑散たる広がりである。

その反対側の小丘を観瀾山《かんらんざん》という。

急な坂道と石段を登る。海を見晴らす場所に太宰治の文学碑があった。

「かれは人を喜ばせるのが何よりも好きであった！」

太宰治の短編「正義と微笑」から井伏鱒二《いぶせますじ》が選び、佐藤春夫が筆をとった、と説明文にある。小説『津軽』に出てくる蟹田の友人Nさんこと中村貞次郎が尽力して、一九五六年八月六日に建てられた。中村貞次郎は太宰治の青森中学の友である。

そういえば「北緯41度線上の駅」という蟹田駅のプラットホームにも太宰治の文学碑があった。こちらは石碑ではない。不規則なかたちの大きな一枚板で「蟹田ってのは　風の町だね」と墨書してある。『津軽』の中にある太宰治の感想である。

『津軽』はこのように書き出される。

「或《あ》るとしの春、私は、生れてはじめて本州北端、津軽半島を凡《およ》そ三週間ほどかかって一周したのであるが、それは、私の三十幾年の生涯に於《お》いて、かなり重要な事件の一つであった。私は津軽に生れ、そうして二十年間、津軽に於いて育ちながら、金木《かなぎ》、五所川原、青森、弘前、浅虫《あさむし》、大鰐《おおわに》、それだけの町を見ただけで、その他の町村に就いては少しも知るところが無かったのである」

金木は太宰治の生育の地である。本名津島修治、大地主津島家の六男（長兄、次兄が夭《よう》折《せっ》したので実質は四男）であった。五所川原には津島家に入婿《いりむこ》した父源右衛門の実家があった。

太宰治は金木の小学校を出ると「学力補充」のため高等科に一年籍を置いたのち、青森中学、弘前高校と進んだ。弘前高校には四年修了で入った。秀才の誇りにかけて一年の遅れをとり戻したのである。

酒を覚えたのは青森中学時代で、導き手は太宰治同様滅法酒に強い体質の蟹田のNさんこと中村貞次郎だった。浅虫と大鰐は、幼い頃に病弱の母の保養によくついていった温泉場だが、浅虫の料亭には弘前高校時代によく遊びに行った。そこで、のちに結婚までして津島家から義絶される原因となる芸妓と親しんだ。彼は十代のうちからいっぱしの遊蕩児《ゆうとうじ》であった。

太宰治が旅行記を書く目的で上野駅を発《た》ったのは一九四四年五月十二日金曜日の午後五時半、彼は満三十四歳であった。

北上するにつれ寒さを増す車中で、彼は紫色のジャンパーの襟をかきあわせた。それは有り合せの木綿の布切でつくった自家製である。紺に染めたのだが、二、三度着るうち色がさめて紫色になった。ゴム底の白い布靴の上には緑色のスフのゲートルを巻き、やっぱりスフのテニス帽をかぶった。スフはステイプル・ファイバー、安物の人造繊維のことである。

折しも戦争末期である。その年の四月一日からは百キロ以上の切符を買うには証明書が必要となっていた。同時に一等車、寝台車、食堂車が全廃された。だが、終戦一年あまり前まで、一等車、寝台車、食堂車が運行していたことの方に現代人は驚く。

太宰治の胸中には、地方へ行けばまだ豊かな酒と食べものにありつけるだろうという期待があった。東京の食糧事情は四四年に入ると急激に悪化した。五月からは東京に百四ヶ

所の「国民酒場」が指定されて、午後六時から八時までに限って、ひとり日本酒一合かビール一本を供することになった。新聞には「野草の食べかた」やクローバーやハコべなどを粉末化したあやしげな食物の記事が出はじめた。

だが太宰治は真情半分の見栄《みえ》をはる。

「私は津軽へ、食べものをあさりに来たのではない。姿こそ、むらさき色の乞食《こじき》にも似ているが、私は真理と愛情の乞食だ、白米の乞食ではない！」

五月十三日、朝八時、青森に着いた。十四時間半の長途の旅だった。青森で病院の事務をとっているT君の家を訪ねた。T君は昔、金木の津島家で働いていた人である。一度出征したが南の島で病に倒れて後送され、召集解除になった。

さっそくT君に酒をすすめられた。遠慮しなければと思ったが、もう囲炉裏の鉄瓶の中で燗《かん》がついている。結局飲んだ。聞けば、青森中学に近い合浦《がっぽ》公園の桜が満開だという。現在より二週間以上遅い。

それからバスに乗って蟹田へ行った。海峡線はむろん、津軽線もまだなかった。

津軽線の開通は蟹田までが一九五一年、三厩までが五八年である。津軽線は改正鉄道敷《ふ》設《せつ》法で津軽半島周回線として計画されたのであるが、津軽平野中央部、五所川原から金木を経て津軽中里までの二〇・七キロが私鉄として一九三〇年に開通したあと停止した。現在の津軽鉄道である。

蟹田のN君は太宰治を歓待した。訪問は手紙で予告してあった。

その文面。

「なんにも、おかまい下さるな。あなたは、知らん振りをしていて下さい。お出迎えなどは、決して、しないで下さい。でも、リンゴ酒と、それから蟹だけは」

つまりは、ねだっている。これが太宰治のスタイルである。彼は蟹が大好きなのである。そして蟹田は、その名のとおり蟹の産地で、それがお膳《ぜん》の上にうずたかく積み上げられていた。

酒はリンゴ酒ではない。日本酒である。ほんとうは日本酒が飲みたかったのだが、当地では安価なリンゴ酒でよいと、いちおう遠慮してみせた。そういう、つつましさと図々《ずうずう》しさの同居は、古いつきあいのN君にはよくわかっている。

その夜は鶏が鳴くまで、精米業を営んでいるN君の家で飲んだ。風の強い日で、戸障子が終夜カタカタと鳴りつづけた。「蟹田ってのは、風の町だね」という言葉は、このとき発せられた。

翌五月十四日は日曜日だった。青森からT君がやってきた。T君は同じ病院に勤めるHさんを連れてきた。Hさんは若い小説好きの人だ。事務長のSさんも来た。Sさんの家は蟹田にある。北の今別の町からは、やはり小説好きの青年Mさんがわざわざ訪ねてきた。

Mさんは志賀直哉のファンである。

六人で観瀾山へ花見に行った。桜がちょうど見頃であった。

「爛漫《らんまん》という形容は、当っていない。花弁も薄くすきとおるようで、心細く、いかにも雪に洗われて咲いたという感じである」「ノヴァリスの青い花も、こんな花を空想して言ったのではあるまいかと思わせるほど、幽《かす》かな花だ」

花の下にすわり、N君の奥さんが持たせてくれた弁当をひらいた。また蟹を食べた。太宰治の好きなシャコもあった。ヤリイカの胴にその卵をぎゅうぎゅうに詰めこんでつけ焼きにした料理は、ことのほかうまかった。ビールをたらふく飲んだ。

Mさんがしきりに志賀直哉をほめる。それが直哉嫌いの太宰治には気にいらない。貴族的などというが、あれは貴族の下男によくある型だ、などと放言した。

「要するに、男振りにだまされちゃいかんという事だ」

志賀直哉はこのとき六十一歳、押しも押されもしない大家であった。太宰治は天敵と思っているが、先方は太宰治のことをまるで気にしていなかった。

「でも、あの人の作品は、私は好きです」

悪口をいいつのる太宰治に、Mさんはこうきっぱりいった。

「日本じゃ、あの人の作品など、いいほうなんでしょう？」

病院勤めの小説好き、Hさんもいった。

「そりゃ、いいほうかも知れない」太宰治の旗色はやや悪い。「まあ、いいほうだろう。しかし、君たちは、僕を前に置きながら、僕の作品に就いて一言も言ってくれないのは、ひどいじゃないか」

太宰治が本音を吐くと、一座の空気がまたほぐれ、みな笑った。

その歓談の場所に、太宰治の訪問から十二年後、N君・中村貞次郎は碑を建てたのである。私がその場所に立ったのは、彼らの花の宴から、ちょうど六十年のちのことであった。

素直なヘソ曲がり

津軽鉄道は、津軽五所川原から津軽中里までの二〇・七キロメートルを、だいたい四十分弱で走る。私が四月のある日の午後、終点の中里から乗ったときには最初の乗客は三人だった。金木で席が埋まるかと思ったが一人降りて三人乗っただけだった。そんな調子でのんびり走り、五所川原駅で降りた乗客は七人だった。もっとも朝夕は高校生たちでにぎわう。四時二十五分、五所川原発中里行は彼らでだいたい満席になりそうな気配だった。

私が記憶しているのは別の日、秋の終りにこの一輛だけのディーゼルカーで見かけた二人の女子高校生である。ひとりが就職が決まったことを友人に報告していた。東京の「スターバックス」だといった。その子の目は明るく、とても嬉《うれ》しそうであった。私は、皮肉な気分は少しもなく、彼女の幸せを祈った。

この鉄道は津軽半島周回線の一部であった。五所川原から川部までの鉄道が国に買収され、出資額の二倍を受けとった土地の資本家たちが建設した。しかし日本海側の津軽中里―小泊《こどまり》間、および算用師《さんようし》峠を越えて三厩へと至る線はついに着工されなかった。

算用師峠は一八五二（嘉永五）年三月、吉田松陰が沢づたいに、ときに雪に没しながら小泊側から三厩へと越えた峠である。松陰はそのとき二十一歳だった。十歳年長でのちに京都池田屋で新選組に襲われ自刃《じじん》した肥後熊本藩士宮部鼎蔵《ていぞう》とともに江戸を前年十一月に出発、水戸、会津、越後、佐渡、秋田を経て、碇ヶ関《いかりがせき》から津軽藩領に入った。三厩をめざしたのは東北のみならず蝦夷地を見る意図があったからである。しかし船に乗ることはかなわず、やむなく青森、仙台、米沢をめぐって江戸に帰った。

太宰治が三厩に行ったのは一九四四年五月十七日である。蟹田のN君こと中村貞次郎宅にさらに二日滞在、その間に急ぎの原稿を一本書いた。船便はあいにく強風つづきで欠航、バスで今別まで行ってMさんの家に寄った。Mさんは日曜に蟹田の観瀾山でいっしょに花見をした文学青年だが、実は酒が狙《ねら》いであった。この先、三厩、竜飛《たっぴ》とわびしげな漁村がつづく。少しでも補給しておきたかったのである。

Mさんの書斎には小さな囲炉裏が切ってある。五月なかばというのに、炭火がぱちぱちおきている。書棚にヴァレリィ全集や泉鏡花全集が揃《そろ》っている。地方の知識人はこのようであった。

Mさんは、飲みましょうといった。いやいや、ここで飲んでは、と太宰治はためらった。それは大丈夫、とMさんがいった。竜飛へお持ちになる酒は、また別に取って置いてありますから。それじゃ酔わない程度に。

Mさんの机の上に志賀直哉の随筆集が見えた。太宰治は気になって仕方がない。ちょっと、その本を貸して、と手にとった。

「何かアラを拾って凱歌《がいか》を挙げたかったのであるが、私の読んだ箇所は、その作家も特別に緊張して書いたところらしく、さすがに打ち込むすきが無いのである。私は、黙って読んだ。一ページ読み、二ページ読み、三ページ読み、とうとう五ページ読んで、それから、本を投げ出した」（『津軽』）

太宰治はいった。いま読んだところは少しよかった。Mさんはうれしそうだった。装釘《そうてい》が豪華だから立派に見える。太宰治は負け惜しみをいった。

「Mさんは相手にせず、ただ黙って笑っている。勝利者の微笑である。けれども私は本心は、そんなに口惜《くや》しくもなかったのである。いい文章を読んで、ほっとしていたのである。アラを拾って凱歌などを奏するよりは、どんなに、いい気持のものかわからない。ウソじゃない」

それから三厩まで歩いた。Mさんもつきあった。その日は三厩泊まりである。

三厩は現在、津軽線の終着駅である。

北緯四一度一一分〇〇秒。

これは三厩駅の待合室のスタンプ台に書かれた数字だ。プラットホームの先には車止めのかわりに、かわいい車庫が見えた。そのたたずまいがよかった。

降りたのは三人だけ、私ともうひとりの青年がプラットホームで写真を撮った。彼もローカル線ファンなのだろう。土地のおばあさんは、早々と岬にある漁港行の連絡バスに乗りこんでいた。

この青年とは二時間後、竜飛発のバスでも乗り合わせた。三厩駅は、漁港よりずっと内陸側にぽつんと建っている。ラーメン屋の看板があるのに店が見えない。住宅としか思えぬ家の反対側にまわってみた。奇跡のようにのれんがかかっていた。私は、つぎの青森行を待つ間に、昼食をとることにした。古い週刊誌が山と積まれている。

野菜炒《いた》めなどを食べていると、JR職員がふたり入ってきた。若い方がチャーシューメンを注文し、年かさの方がラーメンとカツ丼《どん》を注文した。それからローカル線好きの青年が入ってきて、ラーメンください、といった。JRの職員は運転士と車掌である。

みながまだ食べ終らぬうちに食堂の奥さんがのれんをしまった。毎日、このようにして遅い昼食がしたためられるのだろう。そして、この店の客四人が三厩からの二輛《りょう》編成の車上の人となった。

太宰治とN君は翌日の昼頃、雨のやむのを待って竜飛へ徒歩で向かった。Mさんは今別へ帰った。Mさんは、太宰治に志賀直哉のよさをみとめさせてすっきりした気分だっただろう。彼は、太宰治が死んでしまう年に(それはわずか四年後のことだ)、こんな悪口を書くとは想像もしなかったはずだ。

〈志賀直哉という作家がある。アマチュアである。六大学リーグ戦である〉〈あの「立派さ」みたいなものは、つまり、あの人のうぬぼれに過ぎない。腕力の自信に過ぎない。本質的な「不良性」或《ある》いは、「道楽者」を私はその人の作品に感じるだけである〉(「如是我聞《にょぜがもん》」)

太宰治が志賀直哉を「無頼派」とののしっている。『斜陽』を読んだが閉口した、という志賀直哉の雑誌座談会中の発言が直接の動機となったが、酒と薬物、というより働きすぎで肉体と神経を痛めた三十八歳の太宰治は、やたらヒステリックな印象で、そこには『津軽』の闊達《かったつ》さはもはや見られない。

竜飛までの海岸道は悪路であった。それでもここ五、六年でずいぶんよくなった、以前は波の引き際《ぎわ》を見はからって駆けぬけたものだ、とN君はいった。

雨が降る。波しぶきが顔にかかる。強風に帽子をもって行かれそうになる。つばをぐっと引き下げたら、スフの帽子がびりりと破れた。

風景がかわってきた。凄愴《せいそう》という感じがする。

「この本州北端の海岸は、てんで、風景にも何も、なってやしない。点景人物の存在もゆるさない。強《し》いて、点景人物を置こうとすれば、白いアッシを着たアイヌの老人でも借りて来なければならない。むらさきのジャンパーを着たにやけ男などは、一も二も無くはねかえされてしまう。絵にも歌にもなりやしない。ただ岩石と、水である」(『津軽』)

こんな風景だから津軽人は「物語」をもとめるのだろう、と太宰治は思った。

三厩の義経渡海伝説がそうだ。今別には大野九郎兵衛の書があった。これは本物かも知れない。大野九郎兵衛は元赤穂藩家老のひとり、藩主の江戸城中刃傷《にんじょう》沙汰《ざた》を聞いて匆々《そうそう》に城下を立ちのいた「不忠臣蔵」の人である。歌舞伎の「仮名手本」で中村仲蔵《なかぞう》が演じて名をあげた浪人斧《おの》定九郎の父である。四十二歳で今別で死んだということになっている。

津軽人は丹後人を忌《い》み嫌うという。鷗外の「山椒大夫《さんしょうだゆう》」にある安寿《あんじゅ》と厨子王《ずしおう》の姉弟が岩木山の故郷を母とともに旅立ち、直江の浦(新潟県直江津)で船頭にかどわかされて丹後由良《ゆら》の山椒大夫に売られ虐待《ぎゃくたい》されたという説話に基づく。しかし実際は、岩代国《いわしろのくに》(磐《いわ》城国《きのくに》)信夫郡《しのぶごおり》という姉弟の出生地を岩木山の岩木ととり違えた伝説にすぎない。外ヶ浜には体長二、三里、鯨を呑《の》む大魚がいるというホラ話と似ている。津軽人の判官びいき、自らもそうだと任じた弱者への同情心の発露であろう。

「路《みち》がいよいよ狭くなったと思っているうちに、不意に、鶏小舎《とりごや》に頭を突込んだ。一瞬、私は何が何やら、わけがわからなかった」

「竜飛だ」N君がいった。「ここが?」。見まわせば「鶏小舎」すなわち竜飛の集落であった。

「ここは、本州の極地である。この部落を過ぎて路は無い。あとは海にころげ落ちるばかりだ」

『津軽』の一文が、竜飛港脇《わき》、文字どおりどん詰まりの駐車場の石碑に刻みこまれている。スポーツカーで訪れたカップルが石碑を声に出して読んでいた。「ここは、本州の袋小路《ふくろこうじ》だ。読者も銘肌せよ」。メイキせよだってさ。ちょっとかっこいいね。

太宰治はいまや津軽最大の観光資源のひとつなのである。

少し戻って横町に入る。太宰治とN君が泊まって酒を飲んだ宿屋があったあたりだ。N君は酔って牧水《ぼくすい》や啄木《たくぼく》を吟じた。宿のおばあさんに、うるさいから早く寝ろといわれた。いまは、鶏小舎どころではない立派な家と家の間に小路がある。小路は鉤《かぎ》の手に曲がる。また曲がって山に向かう。整備された石段である。その小路と、海抜にして一〇〇メートル近く登る石段が、実は「日本唯一《ゆいいつ》の階段国道三三九号線」である。海岸と岬の高台、両側の三三九号線をいちおう途切れずにつないでいる。

苦労して登りきれば、風の強い竜飛岬は風力発電機の巣だ。眼下は潮流のはげしい海峡だ。

みな夢のようだ

太宰治は津軽ではどこへ行っても知り合いがいた。名家の息子なのである。木造《きづくり》町で父の実家である薬品問屋の前に立った。生まれてはじめてのことだった。「死ぬまえにいちど、父の生れた家を見たくて」などといったら気障《きざ》だろう、とためらいながら声をかけると、「やあ、ほう、これは、さあさあ」とたいへんな勢いで招じ入れられた。まだ正午になったばかりというのに、「ああ、これ、お酒、とお家の人たちに言いつけて、二、三分も経《た》たぬうちに、もうお酒が出た。実に、素早かった」

木造から五能線で港町深浦に行った。とくに目的はない。依頼されて書くべき原稿が「新風土記叢書《そうしょ》」の一冊だから、津軽をまんべんなくめぐろうとした。真面目《まじめ》な人なのである。

深浦の宿屋に泊まった。主人がやってきて、こういった。

「あなたは、津島さんでしょう」「私はあなたの英治兄さんとは中学校の同期生でね、太宰と宿帳にお書きになったからわかりませんでしたが、どうも、あんまりよく似ているので」

津軽の果てまできても兄たちの余恵をこうむっている。小説は読まれていない。

五所川原に戻って中畑さんの娘さんに会った。太宰治の数々の不始末の面倒を見てくれた、津島家の家宰格だった人が中畑さんだ。

「あした小泊へ行って、たけに逢《あ》おうと思っているんだ」と娘さんにいった。

「たけ。あの、小説に出て来るたけですか」

小説は読まれている。

たけは津島家のねえやである。三歳から八歳までの太宰治を、育ててくれた。その頃はまだ娘だったたけの影響は、太宰治に濃厚である。たけはある日彼のもとを去り、小泊に嫁に行った。それきりである。

たけを訪ねたいのだと、今度は五所川原の従姉《いとこ》に告げると、従姉は顔色を改めて、こういった。

「それは、いい事です。たけも、なんぼう、よろこぶか、わかりません」

翌日、太宰治は津軽鉄道に乗り、小泊へ向かった。

ところで彼は外ヶ浜からどうやって津軽平野の方へ出たか。

竜飛から三厩までは歩いた。蟹田まではバスで戻った。蟹田でN君に別れを告げて船で青森へ行った。そこからは汽車である。川部で五能線に乗り換えた。五所川原から津軽鉄道で金木へ。津軽半島を長方形と見れば、その最短の一辺以外の三辺を、蟹田から金木までまるまる半日かけてたどったのである。

自殺未遂一回。心中未遂二回（うち一回は相手が死亡）。非合法活動で自首。薬物中毒一年半。放蕩《ほうとう》と無軌道を重ねて長らく義絶されていた生家だが、やはり懐《なつ》かしい。居心地がよい。心身ともに癒《いや》される思いがした。

津軽鉄道では太宰治の生家のある金木の北、つぎの駅が芦野公園である。桜の名所だ。大きな池があって津島家もボートを寄贈していた。かわいい駅舎がいまもある。もっとも駅舎の方は食堂になりかわって、すぐ隣りにもっと小さな無人駅がくっついている。

その芦野公園駅に着いたとき、太宰治は、久留米絣《がすり》の着物におなじ布地のモンペをはいた娘が、大きな風呂敷《ふろしき》包みをふたつ持ち、小走りに改札口に向かう姿を見た。両手のふさがった娘は切符を口にくわえていた。改札係は美少年だった。彼は、その真白い歯にはさまれた切符に、そのまま器用な歯科医のように鋏《はさみ》を入れた。娘が汽車に乗った瞬間、待っていたようにごとんと発車した。

私が芦野公園駅を通ったときは桜の花盛りだった。桜のトンネルの下にディーゼルカーは停車する。おばあさんがひとり、無人駅のプラットホームをゆっくり歩いて、花びらを踏みしだきながら乗り込んだ。やはり運転士は彼女をがまん強く待った。

「修っちゃあ」

中里駅で降りたとたんに声をかけたのは、親戚《しんせき》の呉服屋の女性だった。年は一つ二つ上である。しかしあまり老《ふ》けていない。

久し振りだのう、どこへ。小泊だ。帰りには、うちへも寄って下さいよ。

日に一本のバスは、「浅い真珠貝に水を盛ったような、気品はあるがはかない感じ」の十三湖のほとりを北上した。小泊に着き、たけの家を訪ねたが留守だった。みな国民学校の運動会へ行っているという。それは村で最重要な年中行事、最大の娯楽なのである。「国運を賭《と》しての大戦争のさいちゅうでも、本州の北端の寒村で、このように明るい不思議な大宴会が催されて居る」

一度は再会をあきらめて中里行のバスに乗る心づもりになったが、偶然たけの娘に会った。運動会の会場へ連れて行ってもらった。たけがいた。

「修治だ」といって彼は帽子をとった。「あらあ」。たけは、それだけいった。「ここさお坐《すわ》りになりせえ」

自分はきちんと正座している。そのモンペの丸い膝《ひざ》に両手を置いて、子供たちの走るのを熱心に見つづけている。けれども太宰治には何の不満もない。たけのそばにいるだけで心が安らぐ。

しばらくして、たけが「竜神様の桜」を見に行こうと誘った。ふたりで歩いた。

立ちどまって、たけが話した。

「修治だ、と言われて、あれ、と思ったら、それから、口がきけなくなった。運動会も何も見えなくなった。三十年ちかく、たけはお前に逢いたくて、逢えるかな、逢えないかな、とそればかり考えて暮していたのを、こんなにちゃんと大人になって、たけを見たくて、はるばると小泊までたずねて来てくれたかと思うと、ありがたいのだか、うれしいのだか、かなしいのだか」

たけは、折りとった八重桜の小枝の花を、むしり取っては捨て、むしり取っては捨てている。

「そんな事は、どうでもいいじゃ、まあ、よく来たなあ、お前の家に奉公に行った時には、お前は、ぱたぱた歩いてはころび、ぱたぱた歩いてはころび、まだよく歩けなくて、ごはんの時には茶碗《ちゃわん》を持ってあちこち歩きまわって、庫《くら》の石段の下でごはんを食べるのが一ばん好きで、たけに昔噺《むがしこ》語らせて、たけの顔をとっくと見ながら一匙《ひとさじ》ずつ養わせて、手かずもかかったが、愛《め》ごくてのう、それがこんなにおとなになって、みな夢のようだ」

みな夢のようだ。六十年たって、人はかわったが津軽の花はかわらない。

オホーツク発、銀河行

——樺太《からふと》東部本線終点 栄浜《さかえはま》（サハリン・スタロドゥプスコエ）

北緯四七度の北辺にあっても、海岸に朝顔の群落咲く夏だ。まだ肌寒い風は吹かない八月四日午前、宮沢賢治は樺太東部本線の終点、栄浜（スタロドゥプスコエ）駅に降り立った。一九二三（大正十二）年のことである。彼は満二十六歳、岩手県立花巻農学校教諭となって二年目の夏休みを利用して樺太までやってきた。

栄浜駅を降りて歩く。草の花の露が足元を濡《ぬ》らす小道は、はるか北、敷香《しすか》（ポロナイスク）へ向かう細い街道と交差する。線路もまた街道を横切っている。それは旅客線ではない。栄浜海岸荷扱所へ向かう貨物線とSLの方向転換用の三角線、その東端部分を兼ねている。

賢治は通りかかった荷馬車の男に、「浜のいちばん賑《にぎ》やかなとこはどこですか」と尋ねた。年老いた白い輓馬《ばんば》に荷を引かせた男は、「そっちだろう」と鉄道線路の行く方をしめした。彼は不愛想で親切であった。通りすぎるその男の目に、樺太の白い雲が映っている。

眼前に海が広がった。それは賢治がはじめて見るオホーツク海である。

海面は朝の炭酸のためにすつかり銹《さ》びた／緑青《ろくせう》のとこもあれば藍銅鉱《アズライト》のとこもある／むかふの波のちゞれたあたりはずゐぶんひどい瑠璃液《るりえき》だ（「オホーツク挽歌」）

賢治はダンディだった。いやみな気どりはないが服装には気をつかった。白リンネルの背広にネクタイを締め、パナマ帽をかぶっていた。赤革の靴に黒革のカバンを抱えていた。シャープペンシルを愛用し、手帖《てちょう》といっしょにポケットに入れていた。

海岸に群生する「チモシイの穂」が風に吹かれ、「それは青いいろのピアノの鍵で／かはるがはる風に押されてゐる」と賢治は書いている。「チモシイ」は牧草である。

しづくのなかに朝顔が咲いてゐる／モーニンググローリのそのグローリ（同前）

時刻は午前十一時十五分であった。

彼はなぜはるばるそこまできたか。

死者に会いに来たのである。

八ヶ月前の一九二二年十一月二十七日、賢治のすぐ下の妹とし子が満二十四歳になったばかりで死んだ。肺結核であった。とし子は花巻にみぞれの降る寒い朝に逝《い》った。賢治の悲しみは癒《いや》しがたく、それは直後に書かれた詩篇「永訣《えいけつ》の朝」「松の針」「無声慟哭《どうこく》」に刻みこまれた。この樺太への旅でも彼は、妹への挽歌をひそかに歌いつづけた。

わびしい草穂やひかりのもや／緑青《ろくせう》は水平線までうららかに延び／雲の累帯構造のつぎ目から／一きれのぞく天の青／強くもわたくしの胸は刺されてゐる／それらの二つの青いいろは／どちらもとし子のもつてゐた特性だ／わたくしが樺太のひとのない海岸を／ひとり歩いたり疲れて睡《ねむ》つたりしてゐるとき／とし子はあの青いところのはてにゐて／なにをしてゐるのかわからない（同前）

あいつはこんなさびしい停車場を

学校が夏休みに入って間もない七月三十一日火曜日の夜、宮沢賢治は花巻駅21時59分発青森行普通803列車に乗った。青森着は夜明け直後の5時20分である。翌年卒業する教え子ふたりの就職を王子製紙樺太分社に勤務する旧知の人、細越健に依頼するため、というのが樺太行きの表向きの理由であった。

細越健は一九一五年、盛岡高等農林学校に賢治とともに入学した。賢治は農芸化学科、細越は農林学科であった。賢治は盛岡中学卒業後に一年のブランクがあり、細越より一年の年長であるが、細越も高農の卒業が一年遅れた。細越は卒業後王子製紙に入社、森林の宝庫として注目され、すでに大泊《おおどまり》（コルサコフ）、泊居《とまりおる》（トマリ）、豊原《とよはら》（ユージノ・サハリンスク）、落合（ドリンスク）にパルプ工場が建設されていた樺太勤務となった。一九一九年秋には樺太工業の真岡《まおか》（ホルムスク）工場も操業開始し、樺太は日本内地で消費する紙料の最大の供給地であった。

　これよりのち一九三三年には樺太工業、富士製紙はともに王子製紙に吸収合併され、樺太は「王子製紙の島」と別称されるほどになった。実際、一九四一年の樺太総人口四十一万五千のうちの半数以上が、王子製紙九工場の関係者とその家族だったのである。一九二三年の人口は二十五万人前後と推計されるが、九州の面積に近い南樺太全体でこの程度の人口だったのだから、そこは北辺の過疎《かそ》の島、さいはての島にほかならなかった。

　賢治の樺太行きの真の目的は、とし子の鎮魂であった。また、とし子との「再会」であった。鉄路の尽きる海岸、その北の空の「あの青いところのはて」にとし子はいるはずだと賢治は考えた。彼は当初から栄浜を目的地と決めていた。

　すでに青森行夜行８０３列車のなかから挽歌は歌われはじめている。

> こんなやみよののはらのなかをゆくときは／客車のまどはみんな水族館の窓になる（乾いたでんしんばしらの列が／せはしく遷《うつ》つてゐるらしい／きしやは銀河系の玲瓏《れいろう》レンズ

／巨《おほ》きな水素のりんごのなかをかけてゐる）
あいつはこんなさびしい停車場を／たつたひとりで通つていつたらうか／どこへ行くともわからないその方向を／どの種類の世界へはいるともしれないそのみちを／たつたひとりでさびしくあるいて行つたらうか（「青森挽歌」）

青函《せいかん》連絡船乗船は一九二三年八月一日7時55分、船は比羅夫《ひらふ》丸か田村丸である。12時55分に函館に着き、栈橋発旭川行3列車に乗った。この各駅停車はその日の深夜に札幌をすぎ、八月二日早朝4時55分、終着旭川に着いた。

その後賢治は、おそらく宗谷線の急行1列車、午前11時54分発稚内《わっかない》行に乗った。急行1列車の稚内到着は21時14分、23時30分発の稚泊《ちはく》連絡船に接続する。

賢治が樺太に出掛けたその年の五月から運航を開始した稚泊連絡船は当時まだ対馬丸による一船運航だったから、大泊行は偶数日に限られている。旅好き、というより鉄道好きの賢治は時刻表をつぶさに検討して乗るべき列車を決めただろう。旭川では待ち合わせが七時間ある。とすれば、この間に上川農事試験場を訪ね、見学したかも知れない。

宗谷海峡を越える対馬丸では、賢治はほとんどひと晩甲板上に立ちとおした。生前のとし子を追懐する悲傷と、「再会」への希望が賢治の脳裡《のうり》に同時に揺曳《ようえい》していたのだが、自殺志願者と疑われてしばしば船員たちの見まわりを受けた。

オホーツク発銀河行

何の用でこゝへ来たの　何かしらべに来たの　しらべに来たの　何かしらべに来たの。
（「サガレンと八月」）

八月三日午前7時30分、大泊に着いた賢治は栄町通りを歩き、本町通りの山側にある王子製紙分社へ行った。細越健に会い、その日は大泊に滞在した。細越の社宅に泊ったのだろうか。翌日、早朝の列車で豊原を経て、東海岸線の終点栄浜へ行った。

日露戦争の帰趨《きすう》を決定づけた日本海海戦に勝利したのち、日本軍は一九〇五年七月、樺太全土を占領した。ポーツマス講和条約によって、その北緯五〇度以南が日本領となることが確定すると、翌年大泊—豊原間に軍需品輸送用、軌間七六二ミリの軽便鉄道を敷いた。一九一〇年には一〇六七ミリへの改軌と、栄浜までの延伸工事が開始され、翌一一年十二月に完成した。当時の樺太庁長官は平岡定太郎、三島由紀夫の祖父であった。

樺太西海岸線、真岡—野田（チェホフ）間の開通は二二年だが、豊原と真岡《ほうしん》をトンネルとループの峠越えで結ぶ豊真線の開通は難工事のため遅れ、二八年までずれこんだ。好漁場であった真岡―野田間の鉄道は、ゆえにしばらくの間、孤立線であった。

賢治は、大泊から栄浜までの九九・六キロを四時間かけて旅した。途中落合では、いく筋もの白煙をたちのぼらせる製紙工場の偉容を、車窓から見た。落合工場は王子製紙の主力工場のひとつであった。ソ連接収後も、改築改造なしに基本メンテナンスだけで、他の多くの工場と同様一九九〇年代にソ連が消滅するまで稼動《かどう》しつづけた。真岡工場などは二十一世紀に入っても一部現役でありつづけた。

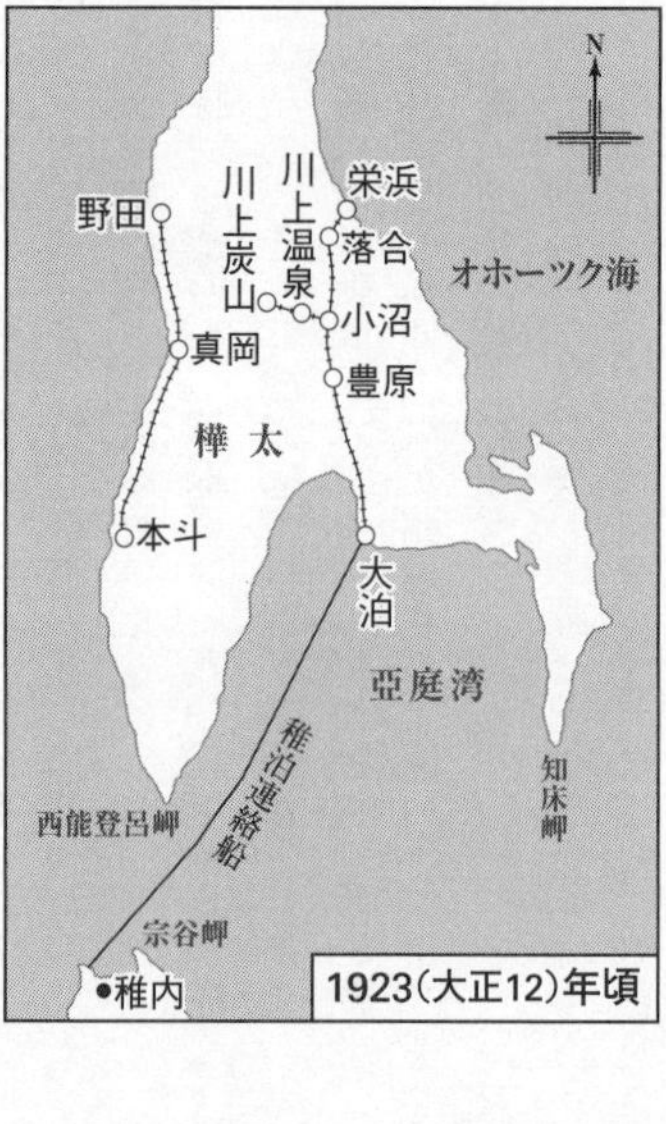

1923(大正12)年頃

栄浜で、「何の用でこゝへ来たの」と賢治に尋ねたのは、樺太西の山地から吹いてくる風である。

風は清涼であった。未完に終った童話「サガレンと八月」に、賢治はこのように書いた。

向ふの海が孔雀石《くじやくせき》いろと暗い藍《あゐ》いろと縞《しま》になつてゐるその堺のあたりでどうもすきと

ほつた風どもが波のために少しゆれながらぐるつと集つて私からとつて行つたきれぎれの語を丁度ぼろぼろになつた地図を組み合せる時のやうに息をこらしてぢつと見つめながらいろいろにはぎ合せてゐるのをちらつと私は見ました。

栄浜の北五キロ、相浜《あいはま》（ソベッコエ）付近にある潟のような湖、白鳥湖まで行ったのは八月四日午後のことだ。その日はおそらく栄浜か落合に宿泊したのだろう。

八月五日と六日の行動ははっきりしない。豊原にいたか、川上温泉にでも行ったか。しかし八月七日に大泊の北方の鈴谷《すずや》川の岸辺、貝塚か新場《しんば》まで汽車で行き、植物採集をしたことはほぼ間違いがない。樺太の山林は夏によく山火事にあい、至るところ焼け跡だらけであった。

七日か八日の夜、細越健は大泊の料亭で賢治を宴席に招いた。このときはじめて芸者と接したうぶな賢治は、懐中にあった金をすべて祝儀《しゅうぎ》にやってしまった。連絡船の切符は買ってあったにしても、汽車賃さえはたいたのだから、青森までの旅費を細越に都合してもらわなければならなかった。

八月九日、奇数日21時大泊発の船に乗船、翌朝稚内に着いた。

旭川で乗り継ぎ、八月十一日未明、八雲―森間で太平洋を見た。そして「噴火湾（ノクターン）」の詩想を得た。

その日の夜青森到着。そこで身の回りのものを売り払ってなんとか盛岡までの夜行列車の切符を買った。盛岡からは徒歩である。疲労しきった彼は松の根方で眠りながら、八月十二日日曜日のお昼頃、花巻に帰った。大泊を発してから船と汽車の移動に四十七時間、待ち合わせと徒歩を加えれば六十時間以上の長駆の旅であった。

いま落合―栄浜間は廃線となっている。東海岸線は手前の落合から直接北方へ向かう。敷香を経由、ツンドラ地帯を走って旧国境を越え、北サハリンのノグリキに達する。栄浜駅は高床式プラットホームの残骸《ざんがい》、そのごくごく一部を残して跡かたもない。しかし、SLが方向転換のために用いた三角線ははっきりと形状をとどめている。賢治が八十年前にたたずんだ砂浜には、座礁《ざしょう》した船が錆《さ》びきったスケルトンばかりの破船となって放置されている。だが、オホーツクの海の色、空の色は賢治が見たそれとかわらないであろう。

賢治が「冬と銀河ステーション」「『ベーリング鉄道』序詞」「銀河鉄道の一月」を同人誌「銅鑼《どら》」と「盛岡中学校校友会雑誌」に発表したのは樺太旅行の四年後、一九二七年のことである。童話『銀河鉄道の夜』に至っては、一九三三年、三十七歳で彼が死んだのちに「発見」されたのである。

しかし『銀河鉄道の夜』はこの樺太行きで発想されたのであり、「銀河鉄道」の始発駅は、樺太東海岸線の当時の終点栄浜駅、またそのオホーツクの岸辺であると私は思う。

賢治はそこからオホーツク発の列車に乗って、永遠につづくかと思われる「支手のあるいちれつの柱」を見はるかし、「さびしい停車場」のひとつひとつで停まりつつ、無窮の清潔な闇《やみ》を駆けて死者と再会したのだ。そう私は信じる。

宮脇俊三の時間旅行

蟬《せみ》しぐれの沈黙

左沢《あてらざわ》線、山形鉄道フラワー長井線、米坂《よねさか》線

米沢盆地の西北端にある今泉駅は、さびしい静かな町のさびしい静かな駅である。長い午後に待合室にいると、時が止まったかとさえ思えるが、私はそういう感じが嫌いではない。

女子高校生が三人、待合室のベンチにすわっている。長井から山形鉄道フラワー長井線に乗ってきた彼女たちは、米坂線との接続駅今泉で、つぎの米沢行を待つのである。しかし、それまでまだ一時間二十分もある。しばらくの間はおしゃべりしていた三人だが、やがてふたりはマンガ雑誌に、もうひとりは参考書に没入した。学校がひける時間には早いが、ちょうど中間試験にあたったようだ。

彼女らのほかにも高校生が三人、ここで降り、跨線橋《こせんきょう》をわたった。改札口に駅員はいなかった。女の子がひとり町の方へ歩み去った。男女の高校生は待合室の券売機で切符を買い直すと、ホームへ戻った。跨線橋をもう一度渡った女の子は、降りたホーム上の小屋のような待合室に入って行った。整った顔だちの賢そうな子だった。わずかな間を置いて現われた男の子は、そのホーム上のベンチに腰をおろし、リュックサックから本を取り出した。

駅前は小さな広場で、そこから真っすぐにメインストリート（？）がつづいている。しかし人影はない。車も走っていない。老人施設送迎用のミニバスが駐車スペースに停まっているが、ドアは閉じたままで運転手もいない。駅の向かい側の民家の庭に白いツツジが花盛りで、その脇《わき》にぽつんと飲みものの販売機がある。

時間待ちができる喫茶店があるだろうとは期待しなかったが、それにしてもなにもなさすぎる。商店さえ見えず、町全体が午睡の夢に沈んでいるようだ。

駅から直角の通りを誰とも会わずに歩き、T字路で突き当たった。見当をつけて左へ行った。はじめて一台の軽トラックに、ゆっくりと追い越された。

素朴な電飾看板が見えた。赤い文字が誰のためにか点滅している。田舎町には美容室が多いから、それだろうと思った。どこへ行ってもそうなのだ。中国山地の山ひだの乗り換え駅の、やっぱり何もない町で、新築した美容室がふたつ、間に三軒置いて張り合っているのを見た。だが、ここは違った。看板だけが虚《むな》しく生きていて、店はあけていないようだった。

バイパスにつながる橋のたもとまで歩いたが、ひとりの歩行者とも会わなかった。

引き返す途中で、もう一個の電飾看板を見た。「ラーメン」と書いてあった。町の気配で、私はその店が営業しているとは思わなかった。しかし、通りからだいぶ奥まった民家からふたり連れの男性が出て、前の駐車場に停めた車に乗ろうとする姿を見たとき、ひらめくものがあった。ひとりは口に楊子《ようじ》をくわえている。民家と見えた家のおもてに、「かめや」というのれんが出ていた。

玄関の引戸をあけて驚いた。かなり広いフロアのテーブルと小あがりの座敷が、八割がた客で埋まっている。時分どきはすぎたはずだが、この町のどこからこんなに人がわいたのだろう。

注文したラーメンは濃厚で、すばらしく盛りがよかった。この店は今泉でいちばんの「産業」かも知れない。山形駅以来の適度な喧騒《けんそう》の中で、私はラーメンを食べた。

私は朝九時に山形駅へ行った。9時18分の左沢線左沢行に乗った。左沢線の終点から引き返して、赤湯まで行き、山形鉄道フラワー長井線で今泉、今泉では米坂線米沢行に乗るつもりだった。とても五万石とは思われぬほど長い山形城の石垣を左に見て、北山形に着いた。左沢線は北山形から西北へ、寒河江《さがえ》を経て最上川左岸の左沢に至る二四・三キロの盲腸線である。以前は、この線の営業キロは山形から計算されていた。実際に分岐するのは北山形からだが、そのわずか直前に分岐ははじまっていて北山形駅のホームにはすでに角度がついている。それが山形から計算した理由だろうか。

　奥羽本線は現在新庄までが標準軌に改軌され、山形新幹線も奥羽本線の普通電車もその上を走る。しかし左沢線と、北山形のひとつ先、羽前千歳《うぜんちとせ》で分岐する仙山線は狭軌のままだから、その区間は二つの軌間が並存することになる。

　一輛《りょう》だけの車は北山形で九分間も停まり、仙山線の山形行と入れかわるように発車した。寒河江という美しい名前の駅がこの線の中心都市で、客の半分はそこで降りた。ちょうど田に水がはられた頃合いだった。まだ苗は幼く、盆地全体が区画された湖のようである。月夜なら田毎《たごと》の月というのが見られるだろう。いかにも「ものなり」がよさそうである。

　羽前金沢、羽前長崎、羽前高松、本家とは較《くら》べものにならないつつましさの駅がつづき、約五十分で左沢に着いた。土地の物産館と併設した駅である。その駅前にある案内板でも、左沢をひらいたのは、学問や歌を家業とした大江氏

の一族だが、なぜ「左」を「あてら」と読むのかはわからないとしるしてあった。つぎの山形行で引き返した。北山形に近づいて大きなカーブをとると遠く山形市街が見える。行きにはなにも思いもしなかったのに、湖のような田園地帯に忽然《こつぜん》とあらわれた山形市街に、これは大都会だ、と私は感動した。

山形からは山形新幹線で赤湯まで行った。旧長井線、現第三セクター山形鉄道フラワー長井線のありかがよくわからない。赤湯の改札口で、それはこちらではない、反対側だといわれた。いま降りてきたばかりの跨線橋をのぼり直すと、いちばん奥まったホームに一輛のディーゼルカーが停まっていた。荒砥《あらと》行である。運転士は、雑草の繁った数本の線路の向こうにある鉄道会社の木造の建物の出入口で、若い女性職員と談笑していた。南アメリカの田舎鉄道で見かけるような風景だった。

ダークスーツの男たちが四人、どやどやとホームに到着した。彼らも荒砥行を探していたのである。これだ、これだ、こんなところにあった、と口々にいいあった。そして、このホーム上の小屋みたいな待合室の中に灰皿を見つけると、みなタバコを吸いはじめた。この線にダークスーツは似合わない。しかしその筋の人たちとも思われない。葬式か法事か。私は乗客が増えて嬉《うれ》しかった。東京ではすいている電車が嬉しいが、ローカル線ではひとりでも客の多からんことを他人事ながら望むのである。

やがて運転士が線路を横断し、ホームによじのぼった。発車時刻が近づいたのである。山形鉄道は三〇・五キロを一時間と少しかけて走る。

運転士が去ったあと女性職員は、ゴミを分別しはじめた。缶とペットボトル、それに普通ゴミをていねいに仕分けする、その作業が終らぬうちに発車した。

今泉の手前で左手から米坂線が寄り添ってくる。単線同士の合流はけっこうさびしいものだ。分岐はもっとさびしい。つらいだろうが頑張るんだよ、と声をかけたくなる。今泉から先、最上川の支流白川の鉄橋を渡るまでは山形鉄道と米坂線はレールを共有する。橋を渡り終えると米坂線は新潟県境の遠い山なみをめざし再び別れて行く。

長井でダークスーツのグループは降りた。どこの駅にも駅舎側に小さな引き込み線と短いホームがある。そばに倉庫がある。いまは使われないが、昔は農産物の集貨という重要な役割を鉄道は果たしていたのである。農業と鉄道は三十年前までの百年間、まさに不即不離の関係にあった。いま不即不離の関係にあるのは、ローカル線の場合、高校生と老人である。

終点の荒砥から東に山を越えると山形市だ。つまり南北に横たわる山塊を南の端から割りこんで北上したわけで、山形市とのあいだを国道三四八号線が結んでいる。その途中の旧山元村狸森《むじなもり》に無着成恭《むちゃくせいきょう》先生が教えた山元中学校「山びこ学校」がある。

私は荒砥からおなじ車輛で引き返した。米坂線との接続駅今泉で降りてみたかったのは、宮脇俊三がその駅で終戦の放送を聞いたからである。

昭和二十年八月十五日の彼

一九四五年には宮脇俊三は十八歳だった。七年制成蹊《せいけい》高校を出て、その四月から東京帝大理学部の学生であった。成蹊など旧制私立の場合、もともと中学相当課程は四年で、そのうえ戦時下の繰り上げ卒業となったから、平時の平均より二年早く大学生になった。

だが戦争も末期、大学は授業どころではなかった。その年の三月十日未明、東京の江東地区は大空襲を受け、非戦闘員約十万人が死んだ。四月十三日には東京の北東部が焼かれ、四月十五日には大森、蒲田《かまた》、目黒など南東部がやられた。残るは西部の新宿、青山、渋谷、世田谷あたりである。その頃になると、まだ家を焼かれない東京人は、「肩身が狭い」という奇妙な感情を味わっていたが、五月二十五日に山の手大空襲があった。

ほとんど奇跡のように井の頭線沿いの宮脇家は焼け残ったが、もう東京にはいられない。つてを頼って七月初旬、新潟県北部の村上に疎開《そかい》した。

八月十日、まだ東京に残っていた父親が夜行列車で村上へ来た。山形県大石田の炭鉱へ行く用があり、その途中で寄ったのである。旅行好き鉄道好きの宮脇俊三は、父親に同行を願い出た。しかし父親はダメだといった。

「大事な用がある自分は弾丸《たま》に当って死んでも名誉の戦死だが、お前は犬死にだ」

東京はもう焼き尽したということか空襲の目標は地方都市に移っていた。新潟県でも八月一日に長岡が焼夷弾《しょういだん》攻撃を受けていた。八月六日には広島が新型爆弾で「相当の被害」という発表があったばかりだ。たとえ爆弾を落とされなくても列車は艦載機の機銃掃射を浴びる。当時の列車は天井に穴があき、斜めに光が射しこんでいるものが多かった。

だが、結局同行することになったのは、すでに六十五歳になっていた父親が、ひとり旅を多少心細く思ったせいかも知れない。宮脇俊三はその父が四十六歳のときに生まれた、ただひとりの男の子で末っ子だった。十七歳上から四歳上まで、四人の姉がいた。

宮脇俊三の父親は宮脇長吉といい、一九四二年春の「翼賛選挙」で落選するまで立憲政友会の代議士であった。選挙区は出身地の香川県である。宮脇長吉は、歴史に残る佐藤賢了《けんりょう》中佐の「黙れ事件」の相手であった。

一九三八年三月三日、衆議院で佐藤賢了中佐が「国家総動員法案」について長々と説明した。説明が「法の精神」から「自分の確信」にまでおよんだとき、議場は騒然とし、あいついで野次が飛んだ。「国家総動員法」への疑義のみならず、日頃から議会軽視の態度が明白な佐藤中佐への反発が野次にはこめられていた。

佐藤が「黙れ」とどなったのは宮脇議員の野次に対してであった。「黙れ、長吉」といおうとしたが、さすがに後段はのみこんだと佐藤賢了はのちに回顧している。宮脇長吉は一九四二年の「翼賛選挙」で大政翼賛会の推薦を得られず、議席を失った。

宮脇父子は村上から羽越線で北上、余目《あまるめ》で降りた。陸羽西線に乗り換えるためである。余目では宮脇長吉は水田のできの悪さを心配した。「色がわるいな、これでは(一反)四俵もいかんだろう」。当時普通で六俵、いまならとろうと思えば十俵はとれる。肥沃《ひよく》な庄内でこのようすなら、戦中よりも食糧事情を悪化させた四五年秋の大凶作はすでに明らかであった。

大石田の炭鉱で二日泊まった。ものすごい蚤《のみ》に悩まされた。八月十四日も快晴だった。宮脇俊三はその日、ひどい頭痛と吐き気で立ち上がれなかった。担架で病院に運ばれたが、徴用された朝鮮人坑夫は乱暴に彼を扱い、二度も担架から落ちた。負け戦は明白であった。病院で塩水を飲まされて横になっていると、どっと汗が出て、じきに元気になった。日射病だった。

天童温泉で一泊、翌八月十五日は赤湯まで行き、赤湯から長井線で今泉へ、今泉からは米坂線で坂町を経て村上へ帰る予定だった。往復のコースを違えたのは、こんな時期でもできるだけいろんな線に乗ってみたい宮脇俊三の計画である。

宿を出るとき、主人が正午に天皇陛下の放送があります、とつたえにきた。

〈「いったい何だろう」と私が思わず言うと、

「わからん、いよいよ重大なことになるな」と父が言った。しかし、宿の主人が部屋を出ると、

「いいか、どんな放送があっても黙っているのだぞ」

と小声で言った〉（『時刻表昭和史』）

宮脇長吉はなにごとかを覚悟しているふうであった。宮脇父子が今泉駅に着いたのは一九四五年八月十五日、午前十一時三十分であった。真夏の太陽に焼かれた広場の中央に机が置かれ、ラジオが載っていた。そこから、どこで探してきたのかと思われる長いコードが駅舎に向かって伸びていた。

正午が近づくと人々が黙々と集まり、数十人がラジオを半円形に囲んだ。父は息子の腕をぐっと握って、「いいか、どんな放送であっても黙っているのだぞ」とささやいた。

〈時は止っていたが汽車は走っていた。

放送が終ってもみな立ちつくしていた。真夏の蟬《せみ》しぐれの正午であった。

まもなく女子の改札係が坂町行が来ると告げた。父と私は今泉駅のホームに立って、米沢発坂町行の米坂線の列車が入って来るのを待った。こんなときでも汽車が走るのか、私は信じられない思いがしていた。

けれども、坂町行109列車は入ってきた。

いつもと同じ蒸気機関車が、動輪の間からホームに蒸気を吹きつけながら、何事もなかったかのように進入してきた。機関士も助士も、たしかに乗っていて、いつものように助役からタブレットの輪を受けとっていた。機関士たちは天皇の放送を聞かなかったのだろうか、あの放送は全国民が聞かねばならなかったはずだが、と私は思った。

昭和二〇年八月一五日正午という、予告された歴史的時刻を無視して、日本の汽車は時刻表通りに走っていたのである〉(同前)

宮脇俊三が乗ったはずの赤湯11時2分発の列車が当時の時刻表にはないという指摘がある。宮脇俊三が依拠したのは「時刻表」昭和二十年九月号だが、そこに記載がないというのである。長井線赤湯発荒砥行は午前中は二本、6時42分発と9時49分発があって、つぎは13時14分発となってしまう。しかし宮脇俊三が今泉駅に降り立って間もなく玉音放送を聞いたという記憶は揺るがない。

『鉄道の文学紀行』を書いた老鉄道ファン佐藤喜一氏の仮説は以下のようだ。

　宮脇父子は天童8時33分発の列車に乗った。それは赤湯に9時44分に着き、長井線赤湯発9時49分に連絡する。とすれば「赤湯での接続はもっとよかったような気がする」という回想にも符合する。この汽車は本来10時20分に今泉へ着く。今泉駅では、米沢を9時20分に出た米坂線105列車坂町行が10時17分に着いて長井線からの接続客を待っている。発車時刻は10時30分である。順調に行けば坂町13時17分着。羽越線に乗り換えて、十分日の高いうちに村上に帰れる。これが宮脇俊三の立てた計画だったのではないか。

「六月一〇日のダイヤ改正までは今泉発12時32分の107列車があった。この列車は15時05分に坂町に着き、一時間ほど待って16時18分の羽越本線の下り列車に乗ると村上には16時35分に着く」と宮脇俊三は『時刻表昭和史』に書いている。しかし昭和二十年六月十日改正の「時刻表」に今泉発12時32分の107列車も載っていない。107列車は休止になっているのである。

「どうもよくわからない」と宮脇俊三はいう。記憶と「時刻表」が整合しない。しかし「時刻表を信用することにしよう」「天皇の放送を聞いたあと、坂町行の列車が来るまでの間、私の『時』は停止していたのだから」

　たしかに終戦の日にも汽車は走っていた。しかし、さすがに時刻表どおりとは行かなかった、というのが佐藤喜一氏の推理である。汽車は少しずつ遅れた。赤湯発9時49分は、遅れて今泉へ着いた。それはおそらく11時すぎであっただろう。ところが米坂線105列車坂町行はもっと大幅に遅れた。まだ今泉には着いていなかった。そのため宮脇父子は今泉駅前で正午の玉音放送を聞くことになった。

放送の前半三分の一くらいのところまでが天皇の声である。聞きとりにくいうえに漢字語がやたら多い。当初は国民を最後の戦いにふるい立たせるための天皇の肉声と思っていた人々も、途中からそうではない、ひょっとしたら終戦の詔勅かと思いはじめたが、宮脇長吉のように事情に通じているわけではないから摑《つか》みきれない。人々がはっきり戦の終りを認識したのは、天皇の肉声につづいたアナウンサーの解説によってであった。そして放送全体としてはこちらの方が長かった。

放送は四十分近くつづいた。終了後間もなく米坂線坂町行が入ってきたというから、午後一時前後だろう。本来今泉着10時17分の105列車が二時間半あまり遅れてやってきた。この遅れは、おそらく東北本線下り、奥羽本線下りの遅れから派生したものであろう。宮脇父子は予定どおり105列車に乗った。105列車は15時30分頃坂町に着いて、16時35分に村上に着く羽越本線下りに連絡した。その場合、「村上に着いて風呂《ふろ》をわかしているうちに日が暮れてきた」という記憶と整合するのである。

私は現代にたたずんでいる。静まり返った駅前広場に車が一台入ってきた。ライトバンである。車は広場で転回すると民家の脇《わき》の自動販売機の前で停まった。スーツ姿の男が降りて飲みものを買い、また無人の町の方へと走り去った。

終戦の夏を思わせる風景は何もなかった。跨線橋《こせんきょう》はその後の設置かも知れないが、駅舎の構造はかわっていないはずだ。しかし、やはり何もない。いまも時は止まっているが、その質が違う。

時間が近づいて、私は三人の高校生、ひとりのおばさんとともに、また跨線橋を渡った。ホームのベンチには男の高校生がひとりですわっていた。待合室の中にいた女子高校生が立ち上がった。

坂町発米沢行の二輛《りょう》編成の席は半分以上埋まっていた。ほとんどが高校生だった。そのうちの数人が降りた。彼らはここで連絡するかつての長井線、山形鉄道赤湯行に乗り換えるのである。発車すると間もなく分岐した。車内は適度に喧騒《けんそう》しているが、森の向こう側に姿を消す単線には、やはり胸にこたえるさびしさがあった。

鉄道ファンの祖型としての宮脇俊三

宮脇俊三は編集者であった。東大文学部を出て中央公論社に入り、一九六〇年代前半ばからなかばにかけ、中央公論社戦後のピークをなす『日本の歴史』（全二十六巻）、『世界の歴史』（全十六巻）などを企画・担当した。あくまでも一般書という編集配慮がなされているとはいえ、歴史家たちがきわめて高度な水準を維持しながら記述した「通史」が百万部単位で売れたのである。一九六〇年代とは不思議な時代であった。同じ頃「中公新書」を創刊、信頼感あるシリーズに育てた宮脇俊三は、すぐれた編集者であった。

鉄道ファンであることを長く同僚に秘していたのは、それが「児戯にひとしい」所業と思っていたためである。週末や正月休みを利用して汽車に乗りに行っていた宮脇俊三が、骨がらみの鉄道ファンであることを「カミングアウト」したのは、その編集者キャリアも終りに近い頃である。宮脇俊三が国鉄二万キロ余の「乗りつぶし」（全線完乗）を思い立ったのは一九七五年初秋、四十八歳のときであった。

一九七〇年代は国鉄最盛期、というより総延長がもっとも長い時代であった。宮脇俊三が全線完乗を終えた直後の一九七七年十二月、気仙沼線が全線開通して、「国鉄旅客営業総キロ」は二万七九五・四キロとなった。宮脇俊三はこの気仙沼線にも乗りに行って『時刻表2万キロ』の旅を終えた。

最盛期にもかかわらず、あるいは最盛期だからこそ、国鉄の経営状態は悪かった。収支が悪化の一途をたどったのには、省力化不足による人件費の増大や貨物輸送の主力が鉄道からトラックに移ったことに加え、開通させても将来赤字の累積《るいせき》が目に見えている地方路線の建設など複合的な原因がからんでいた。

この時期、収支係数という用語が人口に膾炙《かいしゃ》した。百円稼ぐのにいくら経費がかかるか、を示した数字で、一九七六年当時、既設の東海道・山陽新幹線は百円稼ぐのに経費六十円、収支係数は六〇であった。山手線が七四、高崎線が八八で、黒字路線はこれだけ、残る二四一線はすべて赤字であった。

北海道北部、宗谷本線美深《びふか》から仁宇布《にうぷ》までの美幸線は七四年と七五年の全国最悪の不採算路線で、七四年には収支係数三八五九を記録した。宮脇俊三は『時刻表2万キロ』の旅の途次、美深駅前に「日本一の赤字線美幸線に乗って秘境松山湿原へ行こう美深町」という看板を見ている。七三年と七六年の「日本一」は収支係数三三七六の添田線であった。北九州の香春《かわら》と添田を結ぶ日田彦山《ひこさん》線の並行線で、炭鉱が廃山となった後は取り柄がない。

七八年十二月、小倉から日田彦山線で久大《きゅうだい》本線夜明《よあけ》に向かった宮脇俊三は、そのまま乗って行くのが普通なのにわざわざ香春で降り、添田線に乗り換えた。

〈これ（添田線）がバイパスの役割を果してくれる。香春―添田間のキロ数は日田彦山線より四・〇キロ短く、一二・一キロとなっている。したがって、私が小倉から乗ってきた列車より香春を四分遅く発車するのに、添田へは五分早く着く。私にとってこんな重宝な列車はない。時刻表を眺めていて、これを見付けたときは思わずニンマリした。私が日田彦山線の車掌だったら、「添田へお急ぎの方は、香春で添田線にお乗換えになりますと五分早く着きます」とやるのだが、そんな放送はなかった〉（『最長片道切符の旅』）

宮脇俊三はこんなふうに時刻表を熟読する人であったが、この場合はもうひとつ理由があった。添田線を利用すれば、おなじ線に二度乗らないという約束の「最長片道切符」の距離をいくらかのばせるのである。

宮脇俊三は小学生のとき以来の時刻表ファン鉄道ファンであったが、全線完乗など考えたこともなかった。心境の変化は早い退職を考えはじめたからかも知れない。

一九七〇年代に入り、組合運動の激化をはじめ、社内の雰囲気はそれ以前とは大きく変化していた。それは宮脇俊三が「カミングアウト」した時期とも重なるようで、週末に遠隔地の小さな「乗り残し」を「乗りつぶし」に出掛けるときには、同僚や後輩たちが寝台特急の発車時刻まで酒席をつきあってくれたし、七七年十二月に全線を乗り終えると祝賀会を開いてくれた。その席で宮脇俊三は、秋葉原の国鉄御用達の店でわざわざ求めたという駅長の帽子と切符のハサミを贈られ、みなで「線路はつづくよどこまでも」を合唱した。

「もう乗るべき線路は無いけれど、やはりいい歌であった」（『時刻表2万キロ』）

レポート用紙三枚分におよんだ経路指定

七八年六月、宮脇俊三は中央公論社を退いた。満五十一歳、最後は常務取締役であった。『時刻表2万キロ』は退職直後に刊行され、マニア以外にも広く愛される画期的な鉄道旅行記となった。

国鉄完乗を果たした宮脇俊三が虚脱感を味わったのは無理からぬことであった。退職したらあれをしようこれもしようと心づもりしていたが、いっこうに気はのらない。自由は、ありすぎると扱いに困る。制約の中に自由は発見され、不自由を克服してはじめて自由は価値を持つのである。

彼が「最長片道切符の旅」を実行したのは七八年十月であった。当時の国鉄旅客営業キロは二万一〇一一・七キロメートル、国鉄史上最長となっていた。その頃初期コンピュータの例題として「多経路システムにおける最長もしくは最短経路の探索」というのがあり、国鉄「最長片道切符」の経路が試されたりした。宮脇俊三は時刻表地図だけをたよりに挑戦することに決めた。

北海道十勝平野の南端、広尾線広尾を起点に買った「最長片道切符」の有効期限は六十八日、宮脇俊三が北九州に達したのは、たびたび東京に戻っては新幹線で出直してのことではあるが、その長大な旅行の実質三十日目であった。一九七〇年代まで鉄道のきわめて錯綜《さくそう》した地域で、「スジ屋」(ダイヤ作成者)の腕の見せどころといわれた北九州における宮脇俊三の経路の最初の部分、筑豊地区の最長コースはこのようであった。

関門トンネルを抜けて九州に渡り、鹿児島本線で香椎《かしい》に達する。香椎線で終点宇美《うみ》へ。香椎線宇美駅から勝田線宇美駅まで駅前の路地を歩いて乗り換え、鹿児島本線吉塚へ戻る。吉塚からは篠栗《ささぐり》線で筑豊本線飯塚へ。筑豊炭田南部をW字型に東西に走る上山田線で豊前川崎へ出て、日田彦山線で後藤寺に戻る。後藤寺―新飯塚間は後藤寺線である。新飯塚から筑豊本線で直方《のおがた》に行き、伊田線で伊田へ。つぎは田川線で行橋《ゆくはし》へ出て、日豊本線で小倉の三つ手前、城野へ。

この日は真夜中近くに小倉に着いて駅ビルのホテルに泊まった。翌日は城野から日田彦山線で香春へ行く。そこで添田線に乗り換えて添田。添田からは再び日田彦山線に乗って久大本線夜明である。添田線はたんに短絡線ということではない(「最長片道切符」の場合長い方がむしろよいわけだ)。添田線を通らないと前日にこの区間の日田彦山線の一部(後藤寺―豊前川崎)に乗っているためルール違反になってしまうのである。

宮脇俊三の「最長片道切符」の全長は一万三三一九・四キロ、うち鉄道連絡船分は二〇一キロ、値段は六万五千円であった。切符の裏にはすべての経路を書き出さなければならぬたてまえだが、宮脇俊三は自分でレポート用紙三枚に経路、乗り換え駅、キロ程をくわしくしるし、線路図を添えて渋谷駅の旅行センターに提出した。最初に相手をしてくれたのは愛想のよい中年男であったが、宮脇俊三の経路を見るなり眉《まゆ》の間に皺《しわ》ができた。

ついたての陰に入った中年男と係員たちが議論する声が聞こえた。「いつかこんなのが新聞に出ていたぞ」「一枚に書ききれるか」「何枚に分けてもいいんじゃないか」

やがてひとりの若い係員が呼ばれた。しばらく低い声でのやりとりがつづいたあと、若い係員がこういった。

「いいですよ、やりますよ、どうせ誰かがやらなきゃならないんですから」

「児戯」は波紋を呼ぶのであった。

七〇年代までの地方新線建設は田中角栄の「日本列島改造論」の余波であった。都会の過密化、というより人口増加圧力そのものを恐れた田中角栄の政策は、ひと口にいって地方への人口の分散であった。具体的には、工業の地方への配置転換（ついでに公害も分散）を行ない、新幹線と高速道路を日本列島に網の目のように張りめぐらそうとしたのである。ローカル線の建設も地方救済（地方過保護）の手段のひとつであった。田中角栄は七四年に首相から退いたが、その「社会主義的」精神は長く引継がれた。

　しかし厖大《ぼうだい》な赤字の累積は、八〇年代、国鉄分割民営化計画を進行させた。七〇年代に計画された新線のほとんどが棚上げとなり、不採算路線の撤廃が検討された。二〇〇四年、NHKBSで放送され、鉄道マニア以外にも広く見られた『列島縦断鉄道12000㎞の旅』もまた「最長片道切符」の実践であるが、その総延長はタイトルにあるごとく一万二〇〇〇キロ、有効期間は四十二日であった。

　私は芸備線から福塩《ふくえん》線への乗り換え駅塩町の待合室でこの番組のポスターを見た。駅務を委託された老人に自慢げに、塩町駅でも撮影したよ、と見せられたのである。私はしみじみポスターを眺め、「最長片道切符」というゲームの強靭《きょうじん》な生命力と、日本人の並み並みならぬ鉄道への愛着に感じ入った。同時に、その経路が宮脇俊三のよりだいたい一三〇〇キロほど短くなっていることに気づき、四半世紀の時の流れを見た。

　海峡線は完成したものの、七八年には三九〇〇キロあった北海道の国鉄は現在二三七〇キロ余、約六〇パーセント強にまで減少している。炭鉱地帯を走る短い線や、美幸線などの超赤字盲腸線だけが廃線となったわけではない。宮脇俊三の「最長片道切符」で使われた池北《ちほく》線（池田—北見、第三セクター北海道ちほく高原鉄道ふるさと銀河線となったが、二〇〇六年廃止）、標津《しべつ》線（厚床《あっとこ》—標茶《しべちゃ》）、湧網《ゆうもう》線（網走—中湧別《なかゆうべつ》）、名寄《なよろ》本線（遠軽《えんがる》—名寄）、天北線（音威子府《おといねっぷ》—南稚内）、羽幌線（幌延《ほろのべ》—留萌《るもい》）が時刻表地図から消えた。NHKBSの『鉄道12000㎞の旅』がかなり単純化した経路しかとれなかったのは無理からぬところだ。だいいち、出発点を宮脇版のように広尾という意外な駅に設定できない。稚内発しか考えられないのである。

本州の場合、廃線となったのはほとんどが盲腸線だから大きな変化はない。そのうえBS版「最長片道切符」では、新幹線を別線として、福島—仙台、高崎—越後湯沢、新横浜—小田原、新大阪—西明石などでは新幹線を使っていて、本州に限ってはむしろ距離がのびているようである。宮脇版では、東海道線で豊橋まで西行してから、飯田線、中央本線、小海線、信越本線、上越線、只見《ただみ》線とつたい、一挙に会津若松まで戻る設計がなされている。興味のない人にはなんの感慨ももよおさぬはずのそんなところで、私などは胸がすくような思いを味わう。

BS版にもそれはある。西は山科まで行ったあと、湖西線、北陸本線、東海道本線、高山本線と乗り継いで富山まで戻る。以下、再び北陸本線で敦賀《つるが》、小浜線で東舞鶴、舞鶴線で綾部、最後に山陰本線で山科のひとつ先の京都に達するという「ひと筆がきの技」には拍手を送りたくなる。しかし常識人はやはり「児戯」と見るだろう。

四国はもう「最長片道切符」の対象とならない。宇野—高松間、堀江—仁方《にがた》間の鉄道連絡船が両方とも廃されているためで、瀬戸大橋線だけでは、おなじ路線に二度乗らないというルールをまっとうできない。

九州も赤字線の廃線が進んだ地域だ。北九州で宮脇俊三がはなはだアクロバティックな経路をとったことは前に書いたが、その勝田線、上山田線、添田線は廃止となり、伊田線と田川線は第三セクターの平成筑豊鉄道になりかわった。

旧炭鉱地帯だけではない。盲腸線ではなく短くもない宮之城《みやのじょう》線（川内《せんだい》―薩摩大口）が消えた。錦江湾をはさんだ鹿児島市の対岸海潟《かいがた》駅までで途切れていた盲腸線をせっかく解消した大隅線（志布志《しぶし》―国分《こくぶ》）も廃止されて鹿児島県第二の都市鹿屋《かのや》は駅のない町となった。

乗り換えや途中下車のたびに駅印を券面に押してもらっていた宮脇俊三は、もう押すべき場所さえない切符に枕崎《まくらざき》駅の駅印をもらって長い旅を終えた。しかしBS版では九州を最後に北上、肥前山口で終っている。それも時の移ろいの結果である。

『時刻表2万キロ』の旅で九州を移動中の七七年四月、宮脇俊三は鹿児島本線の時刻表中に妙な列車を見つけた。それは久留米《くるめ》から大牟田《おおむた》に向かって三つ目、羽犬塚《はいぬづか》を発して船小屋、瀬高と、たった二駅しか走らない列車で、時刻表にぽつんと三段分だけ孤島のように浮いている。上りも同じだ。

「私はこの奇妙な列車のための車両がどういう経過で羽犬塚まで運ばれ、瀬高に着いてからどう運用されるかを知りたくなった」(『時刻表2万キロ』)

ヒントはいくつかあった。電化されている鹿児島本線をDの記号がついた列車(ディーゼルカー)が走ること、瀬高での折返し時間が二時間もあることなどである。羽犬塚は黒木までの盲腸線、矢部線の始発駅である。瀬高は、もっと北の鳥栖《とす》から分岐する長崎本線の佐賀との間を、南側の柳川、大川など水郷から短絡する佐賀線の始発駅だが、矢部線、佐賀線ともに未電化なのである。

「わかった！　と私は思った。いま私が乗っている矢部線のディーゼルカーが三つの線を股《また》にかけて佐賀まで行くにちがいない」

矢部線には一日に六往復しかない。そのうちの8時54分黒木発の列車は、羽犬塚からそのまま鹿児島本線に入って瀬高までの六・一キロを走り、ついで佐賀線に入って10時46分に佐賀に着く。

そして11時01分佐賀発。今度は逆のコースをたどって12時42分黒木着。列車番号はみな違うが、これはおなじ列車である。「矢部線を六回往復する間に一回だけ佐賀まで浮気をしに行く」というわけだ。

矢部線に乗って羽犬塚へ行くまでの間に時刻表を読みながら、宮脇俊三はこう推理した。

ならば、9時32分着のこの列車は羽犬塚駅の矢部線専用ホームではなく、鹿児島本線下りホームに入線するに違いない。

「果たせるかな、矢部線の426D列車は鹿児島本線の下りホームに入線した！　この喜びはわかる人にしかわからない」

たしかにわかる人にしかわからないだろう。私にも実はよくわからないのである。まだレベルが低いのである。ただ、「時刻表を読むたのしみ」とはこういう推理のプロセスのたのしみなのだと知らせたいだけである。そして、なぜ「鉄ちゃん」は掃いて捨てるほど隠れて棲息しているのに「鉄子」がまれなのか、その理由もなんとなくわかる。

矢部線、佐賀線ともに廃線となって久しい。

時刻表を「読む」ということ
のと鉄道、氷見《ひみ》線

富山港線は富山から北へ、富山湾に面した岩瀬浜へ向かう全長八・〇キロの盲腸線である。が、実際に乗ってみれば乗客は少なくない。午後も真ん中、もっとも閑散な時間帯と思われたのに、一輛《りょう》だけのディーゼルカーの座席は半分近く埋まっていた。本数もかなり多く、都市近郊線として立派に機能しているふうだ。この路線は全線電化だが、電車もディーゼルカーも走るのである。

富山を出ると東へ七〇〇メートルで富山口駅に着く。この駅は、北陸本線から離れて真北へ転針するカーブのはじまりに位置している。北山形駅の左沢《あてらざわ》線ホームのようだ。わずか八・〇キロの区間に富山駅を含めて十個の駅があり、駅間距離の平均は一キロに満たない。ただし終点のひとつ手前、競輪場前駅は競輪開催期間のみの臨時駅である。富山口駅から先はおおむね真っすぐだから、前方の窓からつねにつぎの駅が、ときにつぎのつぎの駅が見通せる。みな無人駅である。専用軌道の都電荒川線のたたずまいに似ている。

東岩瀬から競輪場前を間にはさんで一・一キロ先が終点岩瀬浜である。富山を出て約二十分。以前は、貨物線が海岸通りを越えてさらに埠頭《ふとう》まで敷かれていたが、いまは岩瀬浜駅構内にある車止めで遮断《しゃだん》されている。サハリンのスタロドゥプスコエ駅(栄浜《さかえはま》)を思い出す。もっともあちらはさびしい廃線、こちらは貨物以外は現役である。

岩瀬浜駅の、小ぢんまりと感じのよい民家のような待合室に一台だけある券売機で乗車券を買い直した。富山行は間もなく折返す。「乗りつぶす」のではない。たんに乗ってみる、それだけが私の目的である。

真っ赤な肌をした若い娘さんが六人、待合室に入ってきた。海水浴帰りなのだ。イルカ型マット型ドーナツ型の浮袋を、それぞれかかえている。

地方の人は一般に、電車の乗降がせせこましくない。駅に着いて誰も降りないのかと思っていると、やおら高校生が立ち上がってゆっくり降り口へ向かって歩きはじめたりする。大丈夫か、降りられるかと私は気をもむ。岩瀬浜駅の美女たちの態度もまことに悠揚迫らない。その最後のひとりが乗り込むのを待って、運転士兼車掌はドアを閉じた。

美女たちは座席についてから、イルカやドーナツの栓をひらいた。ぷしゅーっと夏の空気の抜ける音がした。

その前日は、のと鉄道に乗った。

まず金沢へ。金沢から特急で和倉温泉へ一時間、JRはここまでである。和倉温泉から穴水《あなみず》までが、のと鉄道七尾線、穴水より先、能登半島の富山湾側を、宇出津《うしつ》、珠洲《すず》を経て蛸島《たこじま》に至るのが、のと鉄道能登線、両線あわせて八九キロメートルになる。

もともとは国鉄能登線と七尾線だった。それぞれ一九八八年三月と九一年九月、第三セクターのと鉄道となったが、七尾線の穴水から輪島までの区間、全長二〇・四キロは不採算路線としてすでに廃止された。営業努力にもかかわらず、のと鉄道の輸送人員はその後も減少をつづけ、ついに年間二百万人を割った。経常損益は年間三億円の赤字である。

二〇〇一年度の決算で見る第三セクター鉄道の赤字額としては、北近畿タンゴ鉄道、北海道ちほく高原鉄道、岡山・広島両県にまたがる井原鉄道、秋田内陸縦貫鉄道につぐ五番目だが、北近畿タンゴ鉄道はこの年特急車輌購入にともなう経費の負担があるので、実質はのと鉄道が四番目だろう。〇五年三月に能登線部分が廃止になるというニュースも、のと鉄道に乗りに行く私の動機となった。

和倉温泉から穴水までは約三十分、乗客は二輌編成の座席の半分程度、両側の木々の葉をこすりながら走る。ときどき七尾湾が右手にひらける。

穴水駅では蛸島行が反対側ホームに待っていた。やはり二輌編成だ。のと鉄道は女性演歌歌手のキャンペーンに協力しているらしく、彼女の顔のヘッドマークを付けているし、車内の吊《つ》り広告も彼女のものだ。はじめて聞く名前だが、日系ブラジル人の若い女性だということはのちに週刊誌の記事で知った。

穴水までは切通しが多く、穴水から先ではトンネルばかりになる。切り立った地形を縫い、山に入り海に近づいて、懸命に場所を探す感じで進む。蛸島までにトンネルが四十八個ある。難工事だったはずである。宇出津など、家々が入江の周囲のせまい土地につくだ煮のようにぎっしりと並んでいる。

能登は古来貧しかっただろう。平地というものがほとんど見られない地形からそう察せられる。しかし、〇四年二月に亡《な》くなった歴史家・網野善彦《あみのよしひこ》氏は、奥能登時国《ときくに》家

穴水ー蛸島間は05年に廃止

の古文書調査を通じて、「百姓＝水呑《みずのみ》（加賀藩では頭振《あたまふり》）＝貧農」というそれまでの「常識」に強く異議を唱えられた。

能登半島では農業は副業にすぎず、「百姓」たちは海民として生き、主業は海運業であったと網野氏はいわれた。北海道（場合によっては樺太）で海産物を買いつけ、それを敦賀や小浜に運んで価格を見きわめながら関西の市場に売りさばく。能登半島はその日本海貿易の重要な拠点であり、能登人の多くはかなり投機性の高い仕事に従事していたというのである。時国家ではそのほかに製塩を行ない、鉱工業を起こして、あたかも工場と商社を兼ねたような存在であった。それでも持っている耕地は少ないから、土地本位制ともいうべき封建期には人別上「水呑（頭振）」に分類されていたのだという。

私はここで、津軽で思った森鷗外の『山椒大夫《さんしょうだゆう》』をもう一度思う。それは十一世紀末の説経節から鷗外が小説に起こしたものだ。まだ十代前半の安寿《あんじゅ》と厨子王《ずしおう》は今津（直江津）の海岸で人買いにさらわれる。人買いは越中、能登、越前、若狭の津々浦々で売ろうとしたが、ふたりが幼くて体もか弱く見えるので労働力にはならないと踏まれ、売りあぐねた。

やがて人買いの舟はめぐりめぐって西へ、丹後の由良《ゆら》の港に来た。

「ここには石浦と云う処《ところ》に大きい邸《やしき》を構えて、田畑に米麦《こめむぎ》を植えさせ、山では猟《かり》をさせ、海では漁《すなどり》をさせ、蚕飼《こがい》をさせ、機織《はたおり》をさせ、金物、陶物《すえもの》、木の器、何から何まで、それぞれの職人を使って造らせる山椒《さんしょう》大夫と云う分限者《ぶげんしゃ》がいて、人なら幾らでも買う。宮崎（越中は宮崎の三郎という名の人買い）はこれまでも、余所《よそ》に買手のない貨《しろもの》があると、山椒大夫が所へ持って来ることになっていた」（『山椒大夫』）

「大夫」というからには武士だろう。武装した人々を率い、かつ一種の産業コミューンを組織した実力者だろう。その労働力は、売られた人々、誘拐《ゆうかい》された人々ではあったが、ここには躍動的な中世、海運を中心として活発な日本海側が描写されている。

北京語で「老百姓《ラオバイシン》」といえば大衆一般を指す。農民のことではない。日本でも百《ひゃく》姓《しょう》はもともと百姓《ひゃくせい》であって、必ずしも農業民を意味しない。貴姓以外の姓を持つ人々を百姓と総称したわけだ。

駅名表示板マニア

奥能登の小都市珠洲からふたつ目の駅が終点の蛸島である。和倉温泉から穴水で乗り換えて、合計八九キロを二時間十四分で走った。蛸島の木立ちにかこまれたホームは小ぢんまりと落着いていた。割れたコンクリートのジグザグなりに生えた草の緑が濃い。線路は農家の庭先の木立ちの中で果てている。終着駅らしいたたずまいである。

蛸島まで乗ってきたのは、私以外は二人だけだった。ひとりは地元の中年女性で珠洲から乗った。もうひとりは三十代後半くらいの男性で、穴水からいっしょだった。彼は蛸島まで三十の駅のホームにある駅名表示板を全部デジカメに記録していて、そのたびに車内をうろうろした。のっぺりとした表情の中年オタクという印象だった。自分のことは棚に上げていうのだが、鉄道マニアにはどこか気持が悪いところがある。彼も私のようにおなじ列車で引返すのだろう、ふたりだけというのは気まずいな、と思っていたら予想を裏切って蛸島の町並みの方へ歩み去った。

駅前に人影はない。宮脇俊三が折返す列車に乗る前、大急ぎで食べたといううどん屋も消えていた。無人駅にしては立派な駅舎の前に、通勤客のらしい自転車が十台ばかり並べてあるばかりだ。

閉鎖された旧駅務室のガラス窓の向こう側にビデオテープの見本が立て並べてある。「さよならのと鉄道　穴水↔輪島」「のと鉄道　穴水↔輪島を偲《しの》ぶ」「急行能登路」の三本である。のと鉄道七尾線には、かつて輪島まで急行列車が走っていたのだ。

折返しの列車は珠洲止まりだった。そこで車庫に入る。つぎの七尾行までは間がある。となりの飯田駅まで歩いてみることにした。珠洲駅は珠洲市街の果てたあたりにあって、車輛基地ではあるが駅前は閑散としている。ならば飯田駅前はやや繁華なはずだ。

そう見込んで歩き出したが、珠洲駅からつづく能登線はすぐにトンネルに入ってしまった。トンネルを出ても耕地の向こう側、低い山沿いを線路は走っていて線路が目安にはならない。そのうえ街区の中心部がどこだかわからない。だいたい中心部なんてあるのか？

困ったのは飯田駅の所在を示す案内板が見当たらないことだ。そうこうしているうちに家並みは途切れた。農地の中を歩き、再会した線路の踏切を渡ったりするうち、もう隣町に入ってしまっていた。

一輪車に花の苗をのせてのんびり押しているおばさんに尋ね、ていねいに教えられた道をたどって着いたのが上戸《うえど》駅だった。田んぼを背にした一本ホームの無人駅である。

ホーム上に待合室の小屋があり、つくりつけのベンチに有志が寄付した薄い座ぶとんが何枚も置かれているが、暑い。広場状になった「駅前」の大きな木の下で待つことにした。先客がひとりいる。年配の女性である。少し遅れてやってきた別の年配の女性は、日傘をさしてホーム上で待った。

大木の前の道を小学生たちが三々五々家に帰る。かわいい女の子が、「こんにちは」とおばさんか私に、あるいは両方に声をかけた。「あ、こんにちは」。盛夏の午後の時間はものすごくゆっくり流れた。やがてレールがカタカタと震動して、遠い音が聞こえてきた。

上戸から三つ目か四つ目、鵜島《うしま》駅のホームをぼんやり見ていた。委託の女性が列車を出迎え、見送るために駅舎の表に出ている。と、彼女の前を通りすぎて駅の外へと向かったのは、あの鉄道マニアだった。私とは別の車輛に乗っていたのだ。彼が蛸島発のこの列車で引返したのは自然なのだが、何も観光ポイントのなさそうな町の駅で降りたのには驚いた。私が「車止めマニア」なら、彼は「無名の町マニア」なのか。いずれにしろ多少辛気臭い趣味だと思う。その日は和倉温泉に泊まった。温泉旅館にひとりとは落着きは悪いが熟睡した。


翌朝、七尾駅前からバスに乗った。

小さな峠を越えると富山湾に出る。直角に右折し南へくだる。富山県に入ったすぐのところの海岸に、脇《わき》という集落がある。そこまで石川県の会社のバスが行く。富山県の会社のバスに乗り換えて氷見駅まで。氷見からは氷見線・北陸本線で富山まで。

たまたま問われたので、和倉の宿の主人にそんなコースについて話したら、それは普通じゃありませんなあ、といい、少しばかり気持悪そうな目で私を見た。

普通じゃないコースは、多少心細くともおもしろい。当初の十人ほどの乗客は七尾市街のはずれあたりから降りはじめ、富山湾に突きあたった村でまとめて降りた。脇まで行ったのは私だけだった。風の強い日である。目前にひろがった富山湾は一面の縮緬皺《ちりめんじわ》だった。

富山県のバスにはすぐ連絡しない。脇の、海岸沿いにある停留場のボックスは、暑くてとてもいたたまれない。村の中を歩いてみたり、道路の向かい側にある村いちばんの食料品店、というより、それしかなさそうな藪下商店の表を眺めたりした。防潮堤の下に降りて潮溜《しおだま》りを群をなして泳ぐ小魚を見に行った。村の小道では数人の老人が若い女性のリーダーを中心にして朝起き会（？）の相談をしていた。藪下商店に人の出入りはなかったが、四十分間のうちに自動販売機の清涼飲料が二度売れた。どちらも仕事着につば広の帽子をかぶった自転車のおばさんだった。

やがて、日にさらされて立っている私を、富山県のバスの運転手が道路の反対側から手招きした。まだ発車時間までだいぶある、エアコンのある車内で涼んでいたら、といってくれた。助かった。しばらくしてバスは動き出し、乗客を拾いながら海沿いの国道を南下した。そして誰も降りない氷見駅口で、運転手は私を促して降ろした。他の客はみな高岡まで乗って行くのだ。

氷見線で雨晴《あまはらし》へ行った。美しい砂浜のある町である。七〇年代末、ここで北朝鮮の工作員が日本人の若いカップルを拉致《らち》しようとして失敗したことがある。布袋をかぶせたが、男性の方に強く抵抗されて逃げ出したのだ。工作員は上は背広なのに、下はステテコ姿だったそうだ。私は北朝鮮にも拉致にもいくばくの思いがあるが、雨晴で途中下車したのはそのせいではなかった。遠い昔の記憶のためである。

一九六五年、高校一年生の夏休みの貧乏旅行の途次、ここで「駅寝」をしようとして駅員に同情され、彼の家に泊めてもらったことがあった。風呂《ふろ》と夜食と朝食をごちそうになった。その家はどこだったかと歩いてみたが、わからなかった。駅の待合室にも昔の面影は発見できなかった。三十九年の歳月は、個人にとってすでに考古学的時間に属するのである。

午後の列車に多数の高校生が乗っていた。席があいているのに入口近くに群れて立つのはどこでもおなじだが、氷見線では伏木《ふしき》、能町《のうまち》とロシア人の乗客が乗ってくる。ロシアの貨物船がよく伏木港に入るからだ。それにしてもロシア人女性の多さは意外だった。

混雑したせいか三分遅れで終点高岡に着いた。北陸本線富山行普通列車は正規到着時刻の三分後、つまりちょうどその時刻に出る。連絡しないはずはないと思いながら、高岡駅の北端にあるホームから北陸本線のホームまで、高校生ふたりと跨線橋《こせんきょう》を走った。たどり着いて車内で息をはずませていると、もう三人ばかり氷見線から乗り換えの高校生が歩いてきた。やっぱりだ。彼らが乗込むのを待って富山行は出発した。

そうして富山に着き、岩瀬浜まで富山港線を往復したのだが、蛸島行と岩瀬浜行は、終着駅好きの車止め好きだからというだけではなかった。ほかに理由があった。
珠洲—蛸島間三・六キロと東岩瀬—岩瀬浜間一・一キロは、宮脇俊三が乗り残し、あとで苦労して「乗りつぶし」に行ったところだった。『時刻表2万キロ』によると、この二区間のために宮脇俊三は、四国の小松島線一・九キロと牟岐《むぎ》線の南端部分、牟岐—海部《かいふ》間一一・六キロの未乗区間に乗るのを兼ねてではあるが、二一三三・二キロもの旅をしている。その「無意味の意味」の片鱗《へんりん》を体験してみたかったのである。

「乗りつぶす」には努力が必要

宮脇俊三はなぜ、のと鉄道（旧国鉄能登線）の珠洲—蛸島間、わずか三・六キロの区間を乗り残していたか。

簡単な理由だ。彼は一九七〇年、四十四歳のとき能登線に乗りに行ったのだが、そのときの列車が珠洲終着だったからである。たまたま蛸島終着の列車に乗ったとき以外、わざわざ時間待ちをして残る三・六キロを「乗りつぶす」には、たんなる汽車好き以上の情熱が必要となる。一九七〇年、国鉄時代の能登線では珠洲止まりの列車の比率が高かったし、当時の宮脇俊三には「全線完乗」の企図などなかった。ゆえに珠洲からは、その頃まだあった始発の急行で金沢方面へ帰ってしまったのである。

だが人はかわる。初老に近づくと少なからず頑固になる。もともとその人の内部にひそんでいた「完全主義」が芽をふく。

「しかし時がたつにつれて（未乗区間が）眼障《めざわ》りになってきて、こういう乗り残しの仕方に自分の粗笨《そほん》さが鉄道以外のことまで象徴されているかのように思われることさえあった。しかも蛸島なんていう駅名だから、ますますおもしろくなかった」（『時刻表2万キロ』）

「自分の粗笨さが鉄道以外のことまで」およんでいるように思われるというもの言いは、わかるようでわからない。しかし、わからないようでわかる。私も年をとったのだろう。

「完乗」の志を立てた宮脇俊三は、一九七七年五月七日、まず四国へ向かった。「乗り残し」は少しずつ全国各地にばらけている。「つぶす」には時間と労力、それに執念がもとめられる。

前夜遅くに思い立った宮脇俊三は、早朝の新幹線で新大阪に行った。そこから国電で三ノ宮へ。さらに水中翼船で鳴門に渡り、未乗であった小松島線に乗った。中田―小松島間の小松島線は全長一・九キロ、ただしほんとうの終点となるはずの小松島港駅は船客のために設けられた仮駅だから、小松島―小松島港間約二〇〇メートルは国鉄営業キロに入っていない。

小松島港駅で降りると、港になっている神田瀬川の河口を大まわりして歩き、対岸の南小松島駅へ行った。徳島県の海岸を南下する盲腸線牟岐線に乗るためである。実は、この線も牟岐までは一九七三年正月に乗っている。

会社員時代の宮脇俊三は正月休みによく汽車旅行をした。だいたい元旦の夜行で出掛けて、上りが混みはじめる直前の四日の午前中に帰るというケースが多かった。正月は在宅すれば来客が多い。みな酔っている。最初は適当に追い返してやろうと思っていても彼自身が酒飲みだから、そのうち帰るというのを引き止めたりすることになる。

「できれば年末年始を通して旅行したいのだが、一家の長としては管理上まずい。妻子を引率してでかければその面での問題は一挙に解決するが、これでは大散財になるし、四人分の、しかも往復の指定券の入手など至難である」(『汽車旅12カ月』)

宮脇俊三がもう一度牟岐線に乗らなくてはならなくなったのは、七三年十月、牟岐線が海部まで一一・六キロ延伸していたからである。全線完乗を志した身としては是非もない。現在は海部から先、隣りの高知県甲浦《かんのうら》までさらに八・五キロ延びて、その部分が第三セクター阿佐海岸鉄道となっている。

帰りは海部から徳島まで引き返し、高徳本線で高松へ。翌五月八日午前〇時すぎの宇高連絡船で宇野に行き、急行列車に乗り継いだ。早朝五時前に三ノ宮で降りた。新大阪まで行かずに三ノ宮で降りたのは、新大阪まで乗りつづけると通算距離が二〇〇キロをわずかに越えて、グリーン券ともどもでは一七〇〇円も高くなるからである。

新大阪まで国電で行き、新幹線で米原に行った。急行が十時前に金沢へ着くまでの間、缶ビールの朝酒を飲んで居眠りした。金沢からはまた急行に乗り継いで七尾へ。この急行は七尾以後は各駅停車となり、穴水で、当時はまだ現役だった輪島行を切り離すと能登線に入った。このような長く複雑な経路をたどる苦労の末に、その日の午後、珠洲―蛸島間の所要時間七分の未乗区間三・六キロは「乗りつぶされた」のである。

時刻表ファンゆえの失敗

蛸島から津幡《つばた》にとって返した宮脇俊三は、北陸本線で午後七時、富山に着いた。富山港線に乗り換えた。五月の日永とはいえ、もうほとんど暮れかかっている。

全線完乗にあたっては、日中に走って車窓を眺めるという個人的ルールを立てていた。しかし富山港線八・〇キロのうち未乗区間は東岩瀬駅から終点岩瀬浜駅までのわずか一・一キロ分だけ、それも前回は東岩瀬駅から岩瀬浜駅を怨《うら》めしく見通して富山へ戻ったのだから乗ったのも同然、このたびは外が全然見えなくても少しも気は咎《とが》めない。四線区一八・二キロに乗るために二一三三・二キロを旅したというのは、このときのことである。

しかし、なぜこの一・一キロ分を乗りそびれたか。それは、いかにも鉄道ファンらしい失敗だった。乗車経験と時刻表的知識がありすぎてうまくいかないときもある。

それより二年前の一九七五年九月二十三日、宮脇俊三は20時51分上野発の急行「越前」に乗った。二万キロ完乗の最初の旅である。会社が退《ひ》けて、発車時刻近くまで出版社の同僚が時間つぶしの酒席をつきあってくれた。

「越前」は寝台列車で、彼のベッドは進行方向右側だった。右側の窓からは上り列車が見える。乗りこんだばかりで眠る気にもなれず外を眺めていた。尾久《おく》では黒磯発622Mが停車中だった。つづいて新前橋発922M、赤羽を通過したとき秋田発特急「つばさ2号」が上野方向へ走り去った。西川口では仙台発特急「ひばり12号」、大宮までの間に高崎発2326列車、秋田発急行「おが1号」、新潟発急行「佐渡3号」と時刻表どおり正確に擦れ違った。

このような揺るぎない運行を体験すること、あるいはシステムとしての鉄道への信頼感が宮脇俊三の愛着の根源にある。だからこそ時刻表を駆使して旅を設計するたのしみも生まれる。機関車好き、電車好きだけが鉄道ファンではないのである。

大宮を過ぎ、上り列車の確認もきりがないからもう眠ろうと宮脇俊三は、枕《まくら》を進行方向の壁際《かべぎわ》に移して横になった。碓氷峠の急勾配《こうばい》を登るとき、頭が下になって目をさまさないようにするためだ。年季の入った鉄道ファンは周到なのである。

翌九月二十四日、午前4時50分富山に着き、4時54分発の神岡行に乗り換えた。最初の未乗線、神岡線である。

ところで、この神岡行の列車はなかなか複雑な運行をする。

名古屋から高山本線経由でやってきた夜行急行「のりくら7号」金沢行の後部六輛《りょう》を富山で切り離す。そのうち前の三輛が高山本線をいったん戻って猪谷《いのたに》から神岡線に入る普通神岡行となり、後の三輛がその高山本線猪谷止まりということであった。時刻表の愛読者なら熟読すれば複雑な車輛運用でも見当はつくが、この神岡行の運用は宮脇俊三にもまったく予想外であった。

神岡には良質の鉛・亜鉛の鉱山と、六〇年代から七〇年代にかけてイタイイタイ病公害で知られた精錬所があった。現在はその廃鉱跡を利用した世界的規模のニュートリノ観測施設スーパー・カミオカンデがある。一方、神岡線はいち早く、一九八四年十月に第三セクター神岡鉄道となって全国三十八社中で健闘している部類に入るが、やはり赤字は免れ得ない。第三セクター鉄道は二〇〇四年三月に肥薩《ひさつ》おれんじ鉄道が開業して全三十九社となった。

神岡まで行ったディーゼルカーはすぐに引き返した。猪谷で猪谷始発の富山行に乗るつもりだった。ところが猪谷へ着くと、宮脇俊三が降りないうちに客がどっと乗ってきた。列車は7時00分発でまた神岡へ戻るはずと思っていたが、この盛大な乗りこみようは異常だ。神岡の町に早朝から通勤する人がこれほどいようとは思われない。

鉄道ファンにして時刻表の読解者・宮脇俊三は考えた。

〈列車番号は神岡からが622D、富山行は843Dで、まったく別の列車であるが、おなじ車両がそのまま別の列車に化けることはよくある。さきほどの「のりくら7号」もそうであった。今日は休日だから臨時の車両運用もありうる。

半信半疑のままホームに降りて、扉の横の行先標を見ると「富山—神岡」となっている。やっぱりそうか、と私は思った〉(『時刻表2万キロ』)

この列車は富山まで戻ることになっているのだと踏み、宮脇俊三は車内ですわっていた。

6時58分、定刻である。発車の警笛が鳴った。なのに動き出さない。

おかしい、ともう一度ホームに降りて見回すと、猪谷駅のどこにいたのか別の四輛編成ディーゼルカーが富山方向のトンネルの中へゆっくり入って行くところだった。

二分後、「富山—神岡」というけしからぬ行先標をつけた列車が神岡へ向けて発車した。

駅をかこむ山々、神通川の谷、朝の風景は美しいが、そこにひとり残される気分は別だ。時刻表を精査して設計した旅程は完璧《かんぺき》でも、予定していた列車を一本逃がすとすべてに狂いが生じる。

だが鉄道を愛する人は不屈である。幸いわずか十七分後に富山行がある。7時17分猪谷発、8時14分富山着である。予定していた富山港線8時04分発には間に合わないが、タクシーでとばせば終点の岩瀬浜で8時31分に折り返す富山行に乗れる。

朝の、富山市中心から海岸方面へ向かう「下り」の道は、ほとんど富山港線と並行する県道である。間に合う可能性が高い。八キロの道のりを車で十五分はかからないと予想するなら、岩瀬浜で二、三分の余裕さえ持てるかも知れない。

宮脇俊三の腕時計は一日に二十五、六秒ずつきちんと遅れる。前日の朝、出社前に時報より十二、三秒進めてきた。急行「越前」が上野駅を発車する時刻でぴったりになるように配慮したのである。一夜明けたいまは十秒程度の遅れだろう。

高山本線は時刻表どおりに猪谷を発車した。各駅も時刻表どおりだ。

終着富山に近づくと混んできたので扉の近くに移って待機した。富山到着は8時14分30秒。三十秒の遅れだが、ダイヤは十五秒単位で作成されていて、時刻表には秒を切り捨てて記載する。つまり8時14分45秒までは8時14分である。三十秒の遅れは遅れではない。

急ぎタクシー乗り場へ行くと空車が待っていた。だが幸運はここまでだった。海岸に向かう道は広くてまっすぐなのに、やたら信号が多いのである。どんな交差点にも信号機をつけるのか、と宮脇俊三は富山県公安委員会を呪《のろ》った。しかも彼の乗ったタクシーが近づくと悪意を抱いているかのように赤になる。岩瀬浜駅の二キロ手前で腕時計は八時二十八分を指し、ついにあきらめた。

計画は頓挫《とんざ》した。宮脇俊三は岩瀬浜駅のひとつ手前、東岩瀬駅前でタクシーを降りた。

「東岩瀬の改札口は岩瀬浜寄りにある。古さびたホームの端に立って北へ伸びた単線の線路上を見すかすと、いましも岩瀬浜を発車したばかりの焦茶色《こげちゃいろ》の電車がこちらへ向かってくる。私はそれに乗って富山へ引き返した。東京か大阪で使い古した国電の車両であった」（『時刻表2万キロ』）

富山駅から急行で高岡へ向かった。氷見線に乗るためである。神通川の鉄橋を渡ると、左から高山本線富山行の三輌編成が近づいてきて擦れ違った。それは宮脇俊三を惑わせ、努力の甲斐《かい》なく一・一キロ分の未乗区間を残させたあの列車であった。あれからまた神岡へ行き、引き返して猪谷から今度こそほんとうに富山に直行してきたのであった。

「児戯にひとしい」には違いない。しかし真剣で、求道《ぐどう》的な味わいさえある「児戯」

である。有能な社会人としての顔を持つ人なら周囲に喧伝《けんでん》する気にはならないだろうが、趣味のありかたは人の根源に触れる。幼少年時代、人がその人になったときの体験と記憶の岩盤から生じている。とくに男性はそれを生涯持ちつづける傾向がある。ゆえに、女性たちは「コドモねえ」とときどき大のオトナの男にあきれ、憐《あわ》れむのである。

（付記。のと鉄道能登線は二〇〇五年三月、廃止された。富山港線は二〇〇六年三月、ＪＲ線としては廃止され、四月より富山ライトレールとなった。神岡鉄道神岡線は二〇〇六年十二月、廃止された。）

ローカル線車内風景

只見《ただみ》線、大井川鐵道《てつどう》井川線、わたらせ渓谷鐵道

会津若松駅のみどりの窓口で、「新潟まで一枚ください。只見線経由で」というと、若い駅員は一瞬私の顔を見た。そして「只見線経由、ですか？」と念を押した。制服の上に、観光キャンペーンのしるしらしいはなだ色のハッピをはおっている。「ええ。只見線経由なんですが」と答えると、「小出《こいで》からまわって行くんですね」ともう一度確かめ、それから手速くチケットを打ち出した。私には「鉄道マニア」と見られることをやや恥じる気分があったので、コンピュータによる一瞬の作業はありがたかった。細かく経路を問いただされ、面倒くさそうに切符をつくられるのはつらい。

会津若松駅は会津若松の町はずれにある。古い城下町ではよくあることだ。その後、駅が町の中心になりかわる場合もあるが、会津若松は違った。町はずれのままである。しかしさびしくはない。

一九六二年、中学一年生の修学旅行でこの駅に降りたことがある。たしか鶴ヶ城を

見学して、その後裏磐梯《うらばんだい》の五色沼へ向かった。そのときの記憶の風景と、大筋はかわりはない。だが、ずいぶん小ざっぱりしている。

駅にコンビニはあったが、ファーストフードはなかったので隣りのビルの地下の喫茶店に入った。四人掛けのテーブルはふたり以上で、と注意書きのある店で発車までの三十分ほどをすごした。一九六二年の秋に十二歳だった少年が二〇〇四年の秋には五十四歳である。六〇年代ならあと一年で定年退職である。歳月は酷薄だ。

昔、わが家の斜向《はすむ》かいの家は中川さんといった。三人姉妹がいて、末娘は足が悪かった。中川さんちのお父さんは国鉄勤めだった。五十五歳で定年退職して、踏切番になった。流れの速い用水のほとりの踏切小屋だった。赤茶色の一畳敷きに腰掛け、七輪で沸かしたお茶を飲んでいた。中川さんに私は憧《あこが》れなかったが、踏切小屋のせまさには憧れた。ああいうせまいところで、働きながらちんまり暮らすのは悪くないと思った。

会津若松駅に戻ると、二十代の女性にアンケート用紙を渡された。返信用の封筒がついている。それは第三セクター会津鉄道についてのアンケートだった。会津鉄道も赤字に苦しみ、存続か廃止かが問われる段階に至っているのだ。

会津若松駅は頭端式《とうたんしき》(櫛形《くしがた》)ホームと島式ホームの混成になっている。磐越西線は頭端式ホームに入り、会津若松で進行方向がかわる。ということは、機関車が牽引《けんいん》する客車の時代から、郡山《こおりやま》と新潟県新津《にいつ》を結ぶ磐越西線を通しで走る列車は少なかったはずだ。げんにいまは一本もない。郡山方面からきて会津若松の先、喜多方まで行く列車が一日に四本あるだけだ。福島県と新潟県は隣同士でも遠いのである。

只見線は跨線橋《こせんきょう》をわたった方の島式ホームに発着する。このホームには、西若松から七日町《なぬかまち》を経て会津若松まで、只見線の一部三・一キロ分を共用する会津鉄道も入線するのだが、そこに小出行二輛《りょう》編成のディーゼルが待っていた。

土曜日の午後一時である。車内はすでに適度に混雑していた。発車までにロングシートの座席はほぼ埋まった。ちらほら高校生の姿が見えるが、彼らの大半は、全国的性癖なのか、とびとびにあいている座席には目もくれず、出入口近くに立っていた。

地元の人とわかる乗客はいい。そうでない客の感じが通常とはだいぶ違っていた。単独の旅行者が妙に多いのである。小ぶりの旅行かばんやリュックサックを持った若い人が多数派で、判型はいろいろだが全員が時刻表を持っている。彼らは私とおなじく只見線乗車が目的なのだろう。私は少なからず驚いた。こんな列車ははじめてだ。居心地が悪い。

私はその日の早朝に地下鉄で浅草へ行った。始発の浅草から乗った東武鬼怒川《きぬがわ》線の六輛編成の快速は、下今市《しもいまいち》で日光行を二輛、新藤原でそこ止まりを二輛切り離し、だんだん痩《や》せながら第三セクター野岩《やがん》鉄道に乗入れた。浅草を出たときはまだ座席に余裕があった。草加、越谷《こしがや》あたりで満席になったが、下今市あたりから目に見えて客が減りはじめた。ゴルフ客たちも鬼怒川温泉までの間に降りてしまい、新藤原をすぎても残っていたのは、途中駅の売店に出勤するおばさんのほかは、観光やハイキングの年配者グループばかりである。

　会津田島がその電車の終着だった。だが、会津田島の五つ手前、会津高原駅からの一五・四キロ分は、もう野岩鉄道ではなく会津鉄道に入っているのだった。会津鉄道は国鉄時代の旧会津線である。会津田島では会津鉄道への接続に二十分ほどの待ち合わせ時間がある。その間、乗客たちはホームで山の空気を吸い、駅の売店で名物を買った。改札口の出入りは自由だった。

　いま野岩鉄道と会津鉄道が走っているのは、もともと会津西街道と呼ばれた険しい山道である。鬼怒川をさかのぼり、その上流の湯西《ゆにし》川、男鹿《おじか》川沿いに

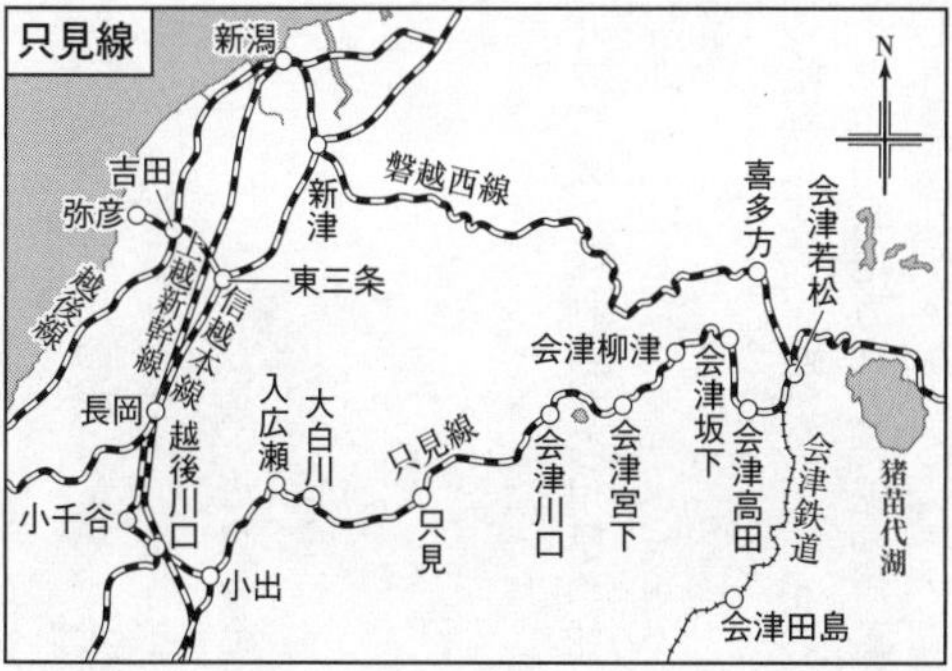

行くと山王峠に至って、ここで水系がかわる。会津高原駅からは荒海《あらかい》川の谷をくだる。荒海川はやがて幾多の谷川の水を集め、大川《おおかわ》と名をかえる。さらに会津盆地の西端で只見川と合流して阿賀野《あがの》川となり、福島と新潟の県境に深い谷を削り出しながら新潟北郊で日本海に注ぐ。野岩鉄道とは異な命名だが、下野《しもつけ》と岩代《いわしろ》を結ぶから野岩鉄道なのである。

イザベラ・バードの日本奥地の旅

一八七八年だから明治十一年の五月だ。東京・紀尾井坂で大久保利通が石川県の壮士らに暗殺された七日後、ひとりの英国婦人が横浜の埠頭《ふとう》に上陸した。イザベラ・バードという四十六歳の婦人は職業的旅行家だった。

若い頃から病弱であったイザベラ・バードは、英国の陰湿な気候を避けて、オーストラリア、ニュージーランド、ハワイ、アメリカのロッキー山脈地方などで転地療養しつづけた。その甲斐あって健康を回復した彼女が四十四歳のとき発表した『ハワイ諸島における六ヵ月』は好評のうちに迎えられ、それを機に旅行家兼紀行作家に転じた。ビクトリア女王治世下の時代を生きた、知的で逞《たくま》しい有閑婦人の典型であったイザベラ・バードには、第二革命ともいうべき西南戦争直後の日本、なかんずくその

「奥地」を旅して旅行記を書くことにためらいはなかった。

彼女は横浜ではヘボン博士宅に滞在し、旅行の助手兼通訳を雇う面接を行なった。彼女が選んだのはイトーという名前の、チビで賢くてずるい青年だった。青年が要求するので、持ち逃げされる危険をあえておかして報酬の一部を先渡しにした。しかしイトーは逃げなかった。

イザベラ・バードは、東京のパークス公使に国内旅行許可をとってもらい、サトウ書記官には日本事情の教えを受けた。あわせてサトウ自身の手になる英和辞典を贈られた。

出発は一八七八年六月十日、現在もお濠端《ほりばた》のおなじ場所にある英国公使館から近衛《このえ》連隊の前を通り、日光街道に出て北をめざした。人力俥《じんりきしゃ》二台にバードとイトーが乗り、一台には荷物を積んだ。荷物のうちかさばるものは、馬の鞍《くら》、組立式キャンバス・ベッド、ゴムの浴槽などである。最初の目的地日光には三日で着いた。しかし彼女は途中の宿で、蚤《のみ》と蚊、それに「サミセン」や念仏、人々の際限ないおしゃべりに悩まされた。日本の夜はひたすら騒々しかったのである。

日光では金谷家に泊まった。元は東照宮の雅楽の長であった金谷氏は、「瓦解《がかい》」で失職したのち、避暑にくる外国人たちを泊めることを家業としていた。のちには金谷ホテルとなるそのこざっぱりした家に、イザベラ・バードは、ツツジの花が咲き乱れる山を眺めながら十日間滞在した。

日光を出発したのは六月二十四日。今市から会津西街道に入った。いよいよ日本の「アンビートゥン・トラックス」（裏街道）である。彼女が馬の背と徒歩で越えた、藤原、五十里《いかり》、山王峠を経る山深いその道は、持参した当時もっとも信頼できたブラントンの地図にも出ていない。日本製の地図はまだない。陸軍参謀本部が兵要地誌のために精密な地図を作製するのはその六年後、明治十七年である。

日本の山の深さと青さ、川の水量と清らかさに彼女は深い感銘を受けた。しかし折しも梅雨の季節である。その水に、そののち苦しめられることになろうとは思いもしなかった。

山の暮らしの貧しさも彼女を驚かせた。山間の人々は、関東平野の住民とはまるで別種族のように見えた。年齢よりはるかに老《ふ》けて見える女たちは、家の中で炊《た》く火のために例外なく眼病を患《わずら》っており、子供たちはおやつがわりのキュウリを際限なく食べつづけていた。幼な子をかわいがるのは父親の役目で、朝になるとわが子を抱いた父親たちがつどって、コドモ自慢をしあう光景をどこででも目撃した。

山王峠を越え、荒海川の谷に出たイザベラ・バードは、会津下郷《しもごう》の少し先で道を北西に折れ、会津高田へ出た。そこから会津坂下《ばんげ》に行き、立派な浮橋で只見川を渡った。それにしても日本人の物見高さは驚異である。会津高田では千人、会津坂下では二千人が彼女を見るために宿の前に群がった。出発すると、彼女のあとを追う無数の下駄の音が地鳴りのように響いた。

越後との国境が車峠である。車峠から阿賀野川に面した町、津川にくだり、そこで舟に乗った。外国人の居住が許された開港場新潟に到着したのは七月四日だった。

イザベラ・バードの旅はこの後も山形、秋田、青森とつづき、函館に着いたのは八月十日だった。函館で苦楽をともにしていつか友情に似たものを育んでいたイトーと別れ、噴火湾から日高地方をめぐった。九月下旬に東京へ帰り着き、その年の十二月十九日、日本を去った。

私が野岩鉄道や会津鉄道の各駅で見かけたポスターにあった「日本奥地紀行の旅」とはこのイザベラ・バードの旅からとったのである。彼女は日本が日露戦争のさなかにあった一九〇四年、七十二歳で没したが、私が旅した二〇〇四年は、この勇敢で聡《そう》明《めい》な婦人の没後百年にあたるのだった。

一方宮脇俊三はバードの旅の九十九年後にこの線に乗った。それは一九七七年四月のことである。当時の国鉄会津線は、西若松—会津滝ノ原間五七・四キロの盲腸線だった。このうち会津田島までは以前乗ったことがあったので、会津田島—会津滝ノ原間だけが未乗区間だった。

現在は会津高原と駅名をかえている会津滝ノ原へ、宮脇俊三は鬼怒川温泉側からたどり着こうと考えた。

野岩鉄道はまだない。東武鉄道の終点である鬼怒川温泉から田島行のバスに乗って国道一二一号線を北へ、一時間三十分あまりで山王峠下の早坂というバス停に着いた。檜枝岐《ひのえまた》村や尾瀬の裏側に通じている国道三五二号線との分岐点である。早坂バス停から会津滝ノ原駅まで登り坂を四キロ歩いた。五十分以内に着けば15時28分に会津若松へ折り返す列車に間に合うのである。

農作業をする人はみな軽トラである。誰も歩かぬ国道を宮脇俊三が懸命の速歩を進めていると、畑仕事をしている土地のおばさんたちは奇異の目で眺めた。犬たちは吠《ほ》えた。集落のはずれにあった会津滝ノ原駅には、無人駅なのにふたりの職員がいた。それは運転士と車掌で、折り返しの列車が滞留する二時間を、のんびりとつぶしていたのだった。

宮脇俊三は遅い桜が満開となった谷をゆっくりとくだり、夕方、会津若松に着いた。それから喜多方に行った。日中《にっちゅう》線を「乗りつぶす」ためである。日中線は喜多方―熱塩《あつしお》間一一・六キロだが、さらに四キロほど奥の日中温泉まで敷設《ふせつ》しようとして途中で力尽きた線である。午前一往復、午後二往復のみ、「日中は走らぬ日中線」と皮肉られたわびしい線を終点まで行き、車掌が途中駅の電気を消しながら走る最終列車で引き返した。

そのさらに二十七年後、私は会津西街道沿いを旅したわけである。

会津鉄道の先頭車のいちばん前の座席は小学生の兄弟に占領されていた。フロントビューが大好きなのだろう。運転席で前方の視界をさえぎられたその隣りの座席には、父親がすわっていた。しきりにはしゃいでいた兄弟だが、やがて車窓風景に飽きて眠ってしまった。父親もおなじだった。寝姿がよく似ているのは、やはり親子だ。

芦ノ牧温泉をすぎて会津若松も近くなった頃、小太りの青年が前方へ歩いてきた。いかにも「オタク」という容貌《ようぼう》の青年だった。眠った子供たちの頭が背もたれの下にあったから、そのもっともよい場所が空席になったかと思って接近したのだろうが、当てははずれた。いかにも悔しそうな表情を彼はつくった。浅草から会津若松まで、私が見た限り鉄道好きの乗客は彼らだけだった。

だが、只見線は違った。

会津若松を出て会津高田まで二輛《りょう》編成の列車は西へ走る。会津高田でほぼ直角に、終点の小出とは正反対の北へ転針、一〇キロばかり走って会津坂下の町をめざす。会津盆地の南端と西端をきれいになぞるうち、高校生たちも土地の人もあらかた降りた。

会津坂下からまた西へ。そうしてイザベラ・バードが渡河したあたりから、いよいよ只見川の谷づたいに南西へ、越後へと向かって走るのである。会津柳津《やないづ》、会津宮下、会津川口と、しだいに山は深さを増した。

小学生の男の子ふたりを連れた父親、高校生くらいの年頃の青年とその父親、カップルと思われる若い男女以外はひとり旅ばかりである。みな（私も）ベンチシートに横ずわりになり、窓枠に片肘《かたひじ》をかけて外を眺めている。

勾配《こうばい》のある線路をのろのろと登る車窓から、オニヤンマが一匹迷いこんできた。パニックを起こしたオニヤンマは、不用意にも天井で回転する扇風機の羽根にあたって落ちた。小学生の父親が拾い上げて窓の外に放すと、オニヤンマは失神から回復して飛び去った。

会津川口では会津若松行と行き違う。その十分ほどの停車時間には全員がホームに降りた。そして、車輛と駅名表示と駅舎の写真をてんでに撮った。この駅で、高校生の最後のひとりと土地の人ふたりが降り、残った全員が鉄道ファンという状態になった。動き出してから数えてみると親子連れを含めて、私の乗った車輛だけで二十三人だった。

高校生くらいの息子といっしょの五十近い父親がいちばん活発である。列車の前から後まで歩きまわる。窓外の写真を撮り、車内を撮る。一九七一年に全通したんだ、この線は、と息子に講釈する。まるで落着きがない。父親よりずっと背の高いもっさりした印象の息子は、無理矢理にでも鉄道マニアに仕立て上げられそうな気配である。

只見川はダムばかりだ。少し川筋が見えたと思えばもうつぎのダムがある。まるで巨大な棚田だ。左右にそんな大小のダムを見せながら、親子連れだけが会話に忙しく、あとは沈黙の鉄道ファン集団を乗せて、列車は上流へとゆっくりと走りつづけ、只見駅に着いた。ここから先、新潟県大白川《おおしらかわ》までが一九七一年八月に開通して、只見線は全通したのである。

只見駅でも長い停車がある。するとまた全員がホームに降りた。高校生の父親が私をつかまえて、カメラのシャッターを押してくれといった。駅名表示は必ず入れてね、と注文をつけてからポーズをとった。

小学生ふたりを連れた父親が、交替する列車乗務員たちといっしょに、駅舎の方へ向から姿が遠くに見えた。彼らは只見の民宿にでも泊まるのだろう。ホーム上の吸殻入れのある場所で、年齢不詳職業推測不能の初老の女性が、「よう止まる汽車やなあ」と私に声をかけた。「ええ、まあ」と私は答えた。あまり親しくなりたくないタイプだが、ずっと外を眺めつづけていた彼女もまた、ひとり旅の鉄道ファンなのである。

新線一番列車が出発した朝

一九七一（昭和四十六）年八月二十九日、只見―大白川間が開通して全通した只見線は、もともと一九二二（大正十一）年「改正鉄道敷設法」で予定された路線である。「福島県柳津ヨリ只見ヲ経《へ》テ新潟県小出《こいで》ニ至ル鉄道及《および》只見ヨリ分岐シテ古町ニ至ル鉄道」とあるが、いずれも難工事の不急線で建設は遅れた。

会津若松―会津柳津間は別の法律「軽便鉄道法」による線で、すでに一九二八年までに開通している。会津柳津―会津宮下間は四一年、新潟県側の小出―大白川間は四二年に開通して南北から六十里越《ろくじゅうりごえ》に迫ったが、そこで中断した。

「只見ヨリ分岐シテ古町《ふるまち》ニ至ル」線の方は、なぜ計画されたかわからない。只見川の源流のひとつ伊南《いな》川をさかのぼり、檜枝岐《ひのえまた》村の手前にある伊南村古町は、山また山のただ中である。永遠に開通しないと思う。

会津宮下から先、会津川口までは五六年に延びた。会津川口―只見間は田子倉《たごくら》ダム工事のために電源開発株式会社が専用軌道としてしいた線だが、ダム完成後に整備し、六三年、国鉄に編入した。最後に残った只見―大白川間は、六十里越の大トンネルを貫通させて七一年に開通、只見線は計画から約五十年かけて全通した。

その一番列車は午前5時17分に会津若松を出た。普通こういった列車は満員になる。なのにホーム上は閑散としていた。テープカットの行事もなく、一輛に三、四人の乗客を乗せて静かに出発した。そのひとりとなった宮脇俊三は、「これではふだんの日のローカル線の始発列車と何の変わりもないではないか」と困惑した。

だが事態は会津宮下で急変する。

「会津若松から二時間、会津宮下に着くと、突然、駅のホームで日の丸の小旗が一斉に振られ、人びとがどっと乗りこんできた」（『汽車旅12ヵ月』）

会津宮下は会津若松から四五・四キロ、この地より先の人々だけが東京に出るとき、郡山経由東北本線より小出経由上越線の方が近くなるのだ。「現金なものだな」と宮脇俊三は思った。

会津宮下を出ると、沿線至るところで打ち振る小旗が見られた。みな心から祝っている。会津若松から六〇・八キロの会津川口では運転士に花束が贈られ、ついに座席は埋めつくされた。

只見に近づくと徐行運転になった。小旗を持った人がびっしりと並んで軌道に接近しすぎているせいである。

「只見は全通による恩恵をもっとも受ける町である。どんな具合いかと窓から首を出して見ると、前方のホームの上は、ブラシを仰向けに置いたように人で埋まっている。構内の側線の上も人でいっぱいである」（同前）

列車は警笛を鳴らしながらゆっくり進入する。人々は万歳三唱でこれを迎える。高校生のブラスバンドが「クワイ河マーチ」を吹き鳴らす。まさに「戦場にかける橋」の完成を思わせる。とても高度成長下の日本の光景とは思われない。

ホーム上の全員が小出行の小さな編成の列車に乗りきれるわけがない。どうするのかと思っていると、じいさんとばあさんだけが乗り込んできた。試乗の栄誉に浴するのは老人だけらしい。通路はもとより、座席の間までが人で埋まるありさまとなったが、この老人たちがまことにけたたましい。ホームに残る者に別れを告げようといっせいに片側の窓に寄る。列車は傾きそうである。

「車内とホームとが互いに大声で怒鳴り合って騒然となる。窓から上半身を乗り出してホームの人に抱きつく爺《じい》さんがいる。婆《ばあ》さんたちはみんな泣きながら笑っている。泣いてないのは私だけのような気がして、すこしバツがわるい」（同前）

ここらは豪雪地帯である。只見川沿いに小出まで国道二五二号線が走っているが、冬は不通となる。鉄道はトンネルの多用と手厚い保安設備とで、厳冬期でもほとんど不通になることがない。一九七〇年代まで、鉄道は地方の希望だった。ことに新潟県側との連絡は、戦中以来の地域住民の悲願であった。

一九七一年の只見線の車中は、じいさんとばあさんの笑い声であふれかえっていた。しかし二〇〇四年のそれは、いたって静かなものだった。

私が乗った車輛の二十三人の鉄道ファンは、父親が息子にあれこれ講釈する親子二代の「鉄ちゃん」以外は淡々としたものだ。ベンチシートで体をなかば横向きに、外をぼんやり眺めているばかりだ。

二十代の女性は会津宮下で気づいたときから、ずっと読書している。最初は地元の人だろうと思った。しかしひとり旅のまま田子倉トンネルまできたからには、やはり彼女も鉄道ファンに違いない。只見駅のホームで私に話しかけてきた年齢不詳の女性は、ベンチシートの端を画するバーの中に小柄な体を差し入れ、バーを両手で摑《つか》んでいる。子供がお猿の電車に乗っているみたいだ。年齢不詳といったが、五十代から六十代前半までの年頃だろう。鉄道ファンにこういうタイプがいるとは寡聞《かぶん》にして知らなかった。

トンネルを抜けると田子倉駅である。駅全体がスノー・シェイドの下にあって、地下鉄の資材置場のように殺風景だ。誰も乗るまいと思っていたら、ハイキングの服装の初老の男性がひとり乗ってきた。鉄道ファンでない乗客は会津川口以来はじめてではないだろうか。そのおじさんは乗りこむとすぐ、車内を巡回していた車掌をつかまえ、東京までの乗車券を買った。

六十里越の長いトンネルの前半部分に福島・新潟県境はある。六十里越とは異な名称だが、とにかく遠くて険しいという意味だろうと思う。北側には八十里越がある。もっと遠くて険しいのだろう。高さは六十里越とかわらないが、連なった峠を二つ越えなくてはならない。

一八六八年、戊辰《ぼしん》戦争のとき新政府軍と戦い、善戦したが敗軍の将となった長岡藩の家老河井継之助は八十里越を越えた。会津若松に行こうとしたのである。しかし左脚に弾傷をうけて感染症を病んだ河井継之助は、下僕が自分の棺桶《かんおけ》をつくるのを見ながら只見で死んだ。四十一歳だった。その場所は、八十里越の国道二八九号線と六十里越の二五二号線が合流して少し会津若松方面に寄ったあたり、会津塩沢駅近くの農家である。

大白川駅でまた上下列車の行き違いがある。長い停車に鉄道マニアは、酸素不足の金魚のようにぞろぞろと降りた。しかし「名代《なだい》」と書かれた駅のソバ屋は閉店している。のぼりだけが風にはためいている。駅前に出てみても何もない。だいたい駅そのものに人がいない。大白川の集落は、信濃川の支流の魚野《うおの》川、その支流の破間《あぶるま》川、そのまた支流の大白川沿いに二キロほど溯上《そじょう》したところにある。ここは昔、さびしい終着駅だった。いまはさびしい行き違い駅である。

鉄道ファンたちが、目的もなくホームや駅舎でブラウン運動を行なっている午後五時少し前、その日最終の会津若松行が到着した。二輛編成の列車には一輛に二、三人しか乗っていない。小出行のそれなりの混みようとは対照的だ。

大井川鐵道とわたらせ渓谷鐵道

静岡県の山の中、大井川鐵道の最奥部、千頭《せんず》―井川間の井川線は、日本で唯一《ゆいいつ》アプト式が現役の区間である。アプトいちしろ駅から長島ダム駅までの一・五キロ区間を、専用電機にあと押しされながら一〇〇〇分の九〇の坂を登る。一〇〇〇メートル行く間に九〇メートル上がるわけだから、かつてアプト式運行をしていた横川―軽井沢間の一・五倍近い急勾配である。最後に人家らしい人家を見ることができる接岨峡《せっそきょう》温泉の先には、付近にあった集落が移転して、ほとんど絶対に客の乗降のない尾盛《おもり》という駅がある。それはそれはしみじみとしたたたずまいである。

宮脇俊三亡《な》きあと鉄道紀行文の第一人者となったばかりか、鉄道と日本近代政治史の研究を融合させるという画期的な仕事をつづける原武史が書いている。

「井川線のハイライトは最後の一区間、閑蔵《かんぞう》―井川間にあった。この区間は五キロしかないが、標高差は百メートル以上あり、たっぷり二十分はかかる。眼下には、山の斜面を覆《おお》うケヤキの緑と、V字谷に落ちる水を集めて流れる大井川の乳青色が、淡い日差しの中でとりわけ映えている。人工的なものは何一つない。こういう風景に接したのは、何年ぶりだろうか」（『鉄道ひとつばなし』）

大井川鐵道本線はＳＬの定期運行で有名だ。千頭駅のホームでＳＬを眺めていると運転士が、運転台に乗ってみてもいいですよ、といった。

しかし、千頭から先の井川線は規格が異なるので、ここで乗り換えなければならない。小学校の教室の椅子《いす》を思わせる小さな座席が片側に二人分、逆側に一人分、ミニチュア車輌のような井川線である。さぞ鉄道ファンが集まっていることだろうと思ったら、そうではなかった。韓流ドラマのファンとおぼしい中年女性のグループ客が主流だ。途中、アプト式電機を連結するところなどは見学に降りてくるが、本質的な興味はなさそうだ。只見線とは客筋がまるで異なっている。やはり鉄道ファンはＪＲ（旧国鉄）でないと愛せないのだろうか。

群馬県桐生《きりゅう》―栃木県間藤《まとう》間、四四・一キロを結ぶわたらせ渓谷鐵道は、国鉄時代には足尾線だった。

終点のひとつ手前に銅山で知られた足尾がある。宮脇俊三が『時刻表2万キロ』最後の「乗りつぶし区間」として足尾線の先端部、足尾―間藤間一・三キロ分だけに乗りに行ったのは一九七七年五月二十八日だった。その後七七年十二月に気仙沼線が開通して、これにも乗らなくてはならなくなったが、当初は足尾線で完了する予定だった。

足尾からひと駅分だけ乗り残していたのは全線完乗などという「野望」を持たぬ時代に、たまたま乗った列車が足尾止まりであったという、例のごとくの事情からである。

桐生から乗って足尾に着いた。一時間四十分ほどかかった。「海抜六四〇米」という表示のある足尾駅の手前、通洞《つうどう》駅が足尾の中心である。かつては人口四万を誇った足尾も、七七年当時で一万まで減っている。「近代」そのものが削り出した跡というべき銅山坑道跡を観光スポットとしたいまもおなじであろうか。足尾から間藤までは乗車時間四分である。列車はかつての鉱毒地帯を進む。

「にわかに沿線の山肌が荒涼としたものに変った。草木がほとんど姿を消し、鋭い岩が突き出ている。その間をディーゼルカーは思いなしか生気なくゆるゆると走り、しかしわずか一・三キロだからすぐ停まった。間藤である。コンクリート板を張った狭いホームに私は降りた。

ホームの前方に駅舎があるが、いまは無人で、待合室には発車時刻の案内板と風に吹かれるポスターしかない。駅の前は狭い道路を挟んで精錬所の門があり、背後は傾斜の急な禿山《はげやま》であった」(『時刻表2万キロ』)

二十七年後の現在はすっかり緑が回復している。間藤駅も改築され、うらさびしい風情《ふぜい》はない。

私は車で足尾へ行き、足尾駅で間藤までの往復切符を買った。そんな切符は印刷されたものがないらしく、ひとりだけの女性駅員が、大きな判型の切符にべたべたとスタンプを押してつくってくれた。結構な手間である。

すると土曜・休日運転のトロッコ・わたらせ渓谷号が入線してきた。しかし、この列車には乗れないと女性駅員にいわれた。群馬県主催の催し物があったらしく、ぞろぞろと乗客が降りてきた。昭和三十年代をしみじみ回想させる静かな足尾駅は、ときならぬにぎわいを見せた。

人々が去ったあと定期列車が入ってきた。こちらも乗車率はよかった。座席はだいたい埋まっている。みなピクニック気分で、やっぱり「ぺ様ヨン様」的集団だが、なかに若い母親と子供が混じっている。のどかな光景だ。しかし、ざっと見たところ鉄道ファンはいない。鉄道ファンはこういう線も好まない？　どうも基準がよくわからない。

只見線の小出行は、大白川を出て破間川の谷を下った。入広瀬《いりひろせ》では、駅務を委託された枯れた感じのおじいさんが、列車をお辞儀で迎えてくれた。悪いなあ、そこまでしなくともと思っていると、発車のときも深々としたお辞儀で送ってくれた。昭和三十年代だ。

山は少しずつ暮れている。ここから先は田園地帯の風情になる。会津盆地以来である。一階は倉庫とガレージ、二階建て三層の「雪国造り」の住宅が目立つ。越後須原駅で重たそうなカメラを持った軽装の客が降りたのには驚いた。三十代か。この人も会津若松からの道連れのはずだ。私は鉄道ファンだと思っていた。いや鉄道ファンには違いなくとも、まさか越後須原の人だとは。無人駅を出て行く彼の足どりにはまるで迷いがない。

午後六時少し前、列車は小出駅に着いた。

一九七一年八月二十九日の只見線一番列車の場合、車内満載のじいさんとばあさんは全員小出まで行った。まだ午前中、十時すぎだった。小出で弁当でも食べてまた只見まで引返すのだろう、と宮脇俊三は思った。

宮脇俊三は七八年十一月二十六日にも只見線に乗っている。そのときは早朝の列車に小出から乗った。三輛編成の三人の客のひとりだった。四時間半かけて会津若松まで行き、磐越西線で新潟へ行った。そこから越後線で柏崎、さらに信越本線で長岡のひとつ手前、宮内へ。宮内で上越線に乗り換えて越後川口に達し、飯山線で十日町へ行った。越後川口は小出の三つ手前の駅だから、四〇〇キロ以上遠まわりして一〇・六キロ先の駅に着いたことになる。『最長片道切符の旅』のために、こんなアクロバティックな「ひと筆がき」をしたのである。

半日をともにすごしながら、コミュニケーションというものがほとんどなかった鉄道ファンの集団は、ただ粛々と小出駅の跨線橋《こせんきょう》をのぼった。私たちが乗ってきた列車は、19時38分発の只見行最終となる。土曜・休日は帰宅する高校生用の17時54分発がカットされるのである。

跨線橋で、カップルだと信じていたふたりが実はそうではなかったと気づいた。女の子がひとりで、さっさと前を歩いて行く。男の子の方はあとからのろのろと進む。車内で男の子が女の子に接近したが、小出に着く前にふられたらしい。やはり鉄道ファンには孤独が似合う。

小出駅では、鉄道ファンのうち二人と、田子倉から乗ってきた初老の男性が上越線の上りホームに向かい、残りはみな下りホームに行った。17時51分発長岡行に乗るのである。

私は新潟で会津鉄道に関するアンケートを投函した。どうやって会津若松にきたかという問いには、東武・野岩・会津各鉄道経由のところにマルをつけ、会津鉄道は存続させるべきかどうかという問いには、ぜひ存続させるべきにマルをつけた。再び来るかどうかはわからないから多少無責任のうらみはあろうが、イザベラ・バードのためにも、あの鉄道と車窓風景は残したい。

少しのち、二〇〇四年十月二十三日の中越地震で越後川口を震度7の揺れが襲った。

上越線のレールは、路盤が崩れて宙に浮いた。小千谷《おぢや》―越後滝谷間のトンネルはすさまじい落石でふさがれた。すぐとなりの道路トンネルでは親子連れの車が落盤に埋められ、数日後小さな男の子がひとりだけ救出された。奇跡だった。只見線も越後須原付近に被害を受け、只見―小出間が不通となった。只見線は十一月二十日に復旧したが、上越線の方は長びいた。越後川口駅付近を中心に多くの家が全壊、半壊したが、「雪国造り」の住宅は、ほとんど倒壊をまぬがれた。

汽車好きの原風景
宮脇俊三と昭和戦前

一九二六年生まれの宮脇俊三は、国鉄昭和戦前の全盛期に幼少年期をすごした。はじめて自分で切符を買って電車に乗ったのは三三年春、小学校一年生のときである。当時彼は渋谷の山手線内側、宮益坂近くに住んでいた。坂を登り降りする市電の音、山手線の電車の走行騒音に囲まれてものごころついた。渋谷駅の手荷物引受所のぶ厚い一枚板のカウンターの下には、主人を失ったハチ公という名の秋田犬がいつも横たわっていた。

線路に面した原っぱで遊びながら、蒸機に牽引《けんいん》された長大貨物列車が山手線の貨物線を通過するたびに車輛《しゃりょう》の数を声を出して数えていた宮脇俊三は、ある日友だちといっしょに電車に乗ってみた。子供は二銭だった。車内から見た原っぱは意外に小さかった。おなじ風景なのに、まるで別の場所のようだった。それが彼の車窓風景の原体験だった。が、緊張に耐えきれず、ひとつ目の原宿で降りた。しばらくホームにいて気をとり直し、つぎの電車で代々木まで行った。鉄道との長いつきあいのはじまりであった。

時刻表を読むたのしみの方は、小学校二年生からだろうと彼自身がいっている。その三四年の暮れ、家族で熱海へ行った。伊豆山温泉の近くにある東海道本線泉越《いずみごえ》トンネルの出口まで兄といっしょにわざわざ出掛けたのは、特急列車を見るためだった。時刻表を見るのが宮脇俊三の役割だった。トンネルの通過時刻は時刻表に出ていないから、熱海発の時刻から類推するのである。時計を見るのは兄の仕事だった。やがて宮脇俊三が読んだ時刻どおりにトンネル出口のカーブに車体を傾けながら轟々《ごうごう》たる走行音とともに姿を現わした特急「富士」は「後光がさしているかのように眩《まぶ》しかった」。

特急「燕《つばめ》」を見に行ったのは翌日である。丹那トンネル開通直後だから、横浜を出ると蒸機につけかえる沼津まで「燕」は無停車で走る。トンネル通過時刻はさらにわかりにくいが、特急「櫻」の熱海着時刻を参考に10時32分頃と宮脇少年は推定した。果たしてその時刻に「燕」はトンネルから姿を現わした。それは喜びだった。日本人の時間感覚は学校と軍隊が植えつけ、鉄道がそれを分単位にまで律した。そのようにして成立した近代というシステムの、数字的表現が鉄道時刻表であった。「燕」は宮脇少年の視界からたちまち去った。列車が行ってしまったあとは、なにかしらさびしい。誰もが地方の駅のホームで感じることだ。そのさびしさこそ、彼をさらに強く鉄道に魅きつける動機となった。

〈線路際《ぎわ》で見ていたのでは、「燕」はすぐ通り過ぎてしまう、乗っていればいつまでもいっしょにいられる、やっぱり乗らなくちゃ駄目だと思った〉(『時刻表昭和史』)

一九三七年夏、宮脇俊三は小学校五年生、満十歳で上越線新潟行に乗った。清水トンネルを通過できると大いに期待した。三一年秋に開通した清水トンネルは、丹那トンネル、関門トンネルと並んで、昭和戦前の鉄道技術の粋を誇る大工事であった。

その頃、小学生の「国語読本」にも鉄道関係の文章が多く採用されていた。六年生までで六本もあるうち、五年生の教科書の分が「清水トンネル」だった。

その書き出しはこんなふうである。

「三月といへば春はまだ浅いが、汽車の窓には関東平野がうららかに晴れて居る。ところどころに梅が咲き、麦の緑があざやかに広がる。雑木林《ざふきばやし》の梢《こずゑ》が、ぼつと煙つたやうに見えるのも、何となく春らしい眺めである」

目に石炭の細かな燃え滓《かす》が入る蒸気機関車を、長大トンネル通過のため電機につけかえるのが水上駅である。六分間は絶対発車しないからと不安がる母親を説得して客車を降り、機関車のつけかえの見学に行った。昭和戦前の少年宮脇俊三こそ「鉄ちゃん」の草分けであった。

ちょうど一年前の三六年二月末、弘前の連隊で二・二六事件の飛報に接して急ぎ上京する秩父宮を、東京からわざわざ水上駅まで出迎えに行ったのは平泉澄《ひらいずみきよし》だった。彼は車内で宮と対面、なにごとか熱心に言上した。平泉澄はすぐれた中世日本史学者であるが、この頃から極端に皇国史観に傾斜していた。

そういうことを宮脇俊三少年はむろん知らなかったし、まさか八年後の夏、無差別爆撃で焼野原となった東京から新潟県村上に疎開《そかい》する途中、機銃掃射を避けて、学童疎開で混雑をきわめる水上温泉に一泊することになろうとは夢にも思わなかった。

清水トンネル自体は感激がなかった。闇《やみ》の中からぬっと出現する機関車の姿に妙味があるので、乗客としてトンネルに入れば、当時の「国語読本」にあるとおり、「何の不思議もない。ただ暗やみの中をごうごうと走るばかり」なのであった。

戦前・戦後をつらぬいて走った汽車

時はくだって一九四五年八月十五日、十八歳の宮脇俊三は終戦のときを米坂線今泉《よねさか》駅前で迎えた。

天皇の放送が終ってしばらくたった頃だった。

戦争も末期、動員された男たちにかわって極端に数を増した国鉄の女子職員が、米坂線坂町行の接近を告げた。汽車が平然と走っていると知ったとき、蟬《せみ》しぐれのただなかにとまっていた宮脇俊三の時間は、また動き出した。

今泉を出た汽車は宇津《うつ》峠にさしかかった。粗悪な質の石炭のせいで息をつき、トンネル通過中に力が尽きた。運転士と助士が罐《かま》を焚《た》き直した。破れたままの窓から大量の煙が入りこみ、窒息しそうになった。けれども分水嶺《ぶんすいれい》を越えると、汽車は別人のように快走しはじめた。日本海へと注ぐ荒川の深い谷のほとりである。

当時の青年の誰もがそうであったように、二十五歳までの命だと覚悟していた宮脇俊三は、車窓風景に見入った。緑が目にしみるようだった。

「山々と樹々の優しさはどうだろう。重なり合い茂り合って、懸命に走る汽車を包んでいる。日本の国土があり、山があり、樹が茂り、川は流れ、そして父と私が乗った汽車は、まちがいなく走っていた」（『時刻表昭和史』）

鉄道は、人間の壮大な愚行の終りとは無縁に、また愚直に、日本の真夏の暑気を割り裂いて走った。そんな経験が、歴史は年表上の色分けとは関係なく連続するのだと実感させたのだろう。個人史と昭和時代史を融合させたすぐれた歴史記述『時刻表昭和史』を書いたとき、宮脇俊三ははじめ昭和二十年八月の米坂線で筆を置いたが、のちに昭和二十三年までをあえて書き足して「増補版」とした。

宮脇俊三の鉄道への愛着の根源は、戦前という時代の明るく落着いた生活への懐旧の念と、近代をつらぬく鉄道というシステムへの信頼感であった。ゆえに、鉄道というシステムの数字的表現、または計算的文学である「時刻表」を生涯愛し、読みこんだのである。

私の場合はどうか。鉄道好きの水源は高度成長時代の記憶である。

私は幼い頃から汽車を見に行くのが好きだった。流れの速い用水沿いの小道で、汽車に向かって手を振るのが好きな子だった。暮れなずむ山脈の向こう、東京の方へ、車窓に黄色い光を並べて走り去る列車は、希望の色調でえがかれた私の原風景である。

真夏の操車場、深紅のカンナの花むら越しに働く鉄道員たちの姿に「労働者」という言葉を思ったこともある。みんなが平等に貧しく、しかるに進歩と向上への希望に彩《いろど》られた一九五〇年代から六〇年代前半にかけての時代には、「労働者」という言葉に好ましさの印象がともなったのだった。

大正十五年十二月末に発行された「時刻表」は、「大正十六年一月号」と銘打たれている。年が押し詰まってからの昭和改元で、間に合わなかったのである。私は最近、鉄道の旅を好んで行ない、その途次に米坂線今泉、奥羽本線川部、上越線水上、羽越本線村上など地味な駅にあえて降りてみたのは、それらが宮脇俊三の『時刻表昭和史』にえがかれた駅だからであった。昭和戦前は私の見知らぬ時代である。しかし、それらの駅に私は昭和戦前と一九五〇、六〇年代、昭和でいえば三十年代との連続をたしかに感じとって、束《つか》の間《ま》の幸福を味わったのである。戦後生まれであるがやはり昭和人たる私にとって、その意味で、二〇〇五年は昭和八十年にほかならなかったのである。

冬のとりわけ寒い夜だった。十時頃だった。小田急線経堂《きょうどう》駅のホームで下り電車を待っていると、反対側のホームに上り電車が着き、数少ない乗客が降りた。みな改札口につづく階段にすぐに消えたが、ひとりだけ子供が逆の方向に駆け出した。その子はホームの新宿寄りの端まで走った。五、六歳くらいの男の子は、いったい何をしようというのか。まさかホームの端から線路に飛び降りるつもり？　私は少し緊張した。彼が乗ってきた上りの電車はもう走り出しているのである。

子供はホームの先端に達した。しかし飛び降りはしなかった。ホームの端に立てられた鉄パイプの安全柵《さく》に摑《つか》まって爪先立《つまさきだ》った。彼のかたわらを上りの電車が加速しながら通りすぎた。子供はおなじ姿勢のまま、何度か飛び跳ねた。

その姿を見てようやくわかった。彼は電車を見送るためにそこへ駆けてきたのだ。電車の赤い尾燈がふたつ、闇の中に浮かびながら少しずつ遠ざかった。それは美しかった。

尾燈が遠くなるのを確認した男の子は、今度はもときた方向へと駆けた。

あんな子供が、こんな時間にひとりで、という疑念は解消された。彼は階段のそばで待っていた母親のもとに真っすぐに近づいた。上りのホームにはもうその親子以外、誰もいなかった。合流したふたりは、階段の下へ消えた。

尾燈好きの男の子を、母親はしばらく自由にさせていたのだ。それはなにかしら懐《なつ》かしさの思いを誘うシーンだった。彼もまた鉄道ファンなのだろう。ならば、彼の鉄道愛好の原景は、去って行く電車の尾燈ということになる。きっと彼は生涯尾燈を愛するのだと思う。鉄道ファンの好みは多様である。

「坊っちゃん」たちが乗った汽車

漱石と汽車——九州鉄道、山陽鉄道、東海道線

坊っちゃんは四国に汽船で着いてマッチ箱のような汽車に乗った。城下町まではまだ二里あるという。しかし、ごろごろと五分ばかり動いたと思ったら、もう降りなければならなかった。そこから人力車を雇って勤め先となる中学校へ行った。しかしもう放課後で誰もいない。宿直の教師も出掛けてしまったという。仕方がないから車夫に宿屋へ連れて行けというと、威勢よく走って山城屋といううちへ横づけた。

二階の階子段《はしごだん》の下の暗い部屋に女中が案内した。蒲団《ふとん》部屋みたいで、暑くていられやしない。こんな部屋はいやだといったら、生憎《あいにく》みんな塞《ふさ》がっておりますといって革鞄《かばん》をほうりだして出て行った。湯に入りに行った帰りにのぞいてみると、涼しそうな部屋がだいぶあいている。客の足元を見やがった、失敬なやつだと腹が立った。

その日は夕飯を食べて寝た。清《きよ》の夢を見た。目覚めると相かわらず空の底が突き抜けたような天気だ。暦は九月だが、まだ夏はつづいている。

「道中をしたら茶代をやるものだと聞いていた。茶代をやらないと粗末に取り扱われると

聞いていた。こんな、狭くて暗い部屋へ押し込めるのも茶代をやらない所為《せい》だろう」

「おれはこれでも学資の余りを三十円程懐《ふところ》に入れて東京を出て来たのだ。汽車と汽船の切符代と雑費を差し引いて、まだ十四円程ある。みんなやったってこれからは月給を貰《もら》うんだから構わない。田舎者はしみったれだから五円もやれば驚ろいて眼を廻《まわ》すに極《きま》っている」（『坊っちゃん』）

坊っちゃんは、これを帳場へ持って行けと女中に五円渡した。初日の学校へ出て、校長やら同僚やらへの挨拶《あいさつ》にうんざりした。いっそこのまま清のいる東京に帰ってしまおうかとも思ったが、財布に残ったのが九円なにがしだ。これでは旅費に足りない。ぶらぶらと町を歩きながら山城屋へ帰った。すると帳場にすわっていたおかみが飛び出してきて、板の間に額をつけた。女中が、御座敷があきましたからと二階へ案内した。十五畳の表二階で、大きな床の間がついている。茶代の威力はてきめんだった。

五円にはどれくらいの重みがあったか。『坊っちゃん』を漱石が書いたのは明治三十九（一九〇六）年三月である。物語は明治三十八年秋を時間的舞台としているが、当時の東京では現在の四万円くらい、四国松山では五万円くらいの重みがあっただろう。茶代すなわちチップとしては破格、残りの持ち金から考えれば蛮勇である。

坊っちゃんの母親は明治二十九年に死んだ。父親は明治三十五年の正月に死んだ。「親譲りの無鉄砲」と自己を評価する坊っちゃんだが、その実、親には愛されない不運な子だった。坊っちゃんの顔さえ見れば「貴様は駄目だ駄目だ」と口癖のようにいっていた父親は「無鉄砲」どころか「何にもせぬ男」だった。このあたりが小説『坊っちゃん』の謎《なぞ》である。

父親が死んだ年の春、坊っちゃんは私立の中学を卒業した。坊っちゃんとは似ずハンサムで性格も大いに違う三歳上の兄も東京高商を卒業した。兄は「何とか会社」に就職して九州の方へ行くからと、家屋敷を処分した。家具、骨董《こっとう》もみな売り払った。兄が就職したのは三井物産や日本郵船なのだろう。行先は、当時新興のモダニズム都市門司に違いない。九州に発《た》つ二日前、兄は坊っちゃんの神田小川町の下宿にきて、商売の元手にするなり学資にするなり勝手に使えと六百円置いて行った。女中の清に渡してくれと別に五十円出した。兄にしては感心なやり方だと坊っちゃんはいうが、要するに家族解散である。そのうえ私などが気になるのは、家屋敷、家具骨董を売って兄がいくら手にしたかだ。六、七千円はくだらないだろう。坊っちゃんは次男だから、たとえ一割でも貰えるだけ御の字なのだが、ここらには地主だった夏目家の末っ子漱石のひそかな不満というか翳《かげ》りが透けて見える。

坊っちゃんはその金を三年分の学費と生活費にあてたいと考えた。一年あたり二百円、粗っぽく現代の二百万円ほどになると考えてよいだろう。では何を学ぶか。

「幸い物理学校の前を通り掛ったら生徒募集の広告が出ていたから、何も縁だと思って規

則書をもらってすぐ入学の手続をしてしまった。今考えるとこれも親譲りの無鉄砲から起った失策だ」（同前）

またまた「親譲りの無鉄砲」だ。三年間まあ人並みに勉強したら、席順は「いつでも下から勘定する方が便利であった」が「不思議なもので、三年立ったらとうとう卒業してしまった」とある。卒業は明治三十八年七月である。すぐに校長の周旋で松山の中学に赴任することが決まる。この決断もやはり「親譲りの無鉄砲」の結果なのである。漱石はよほど遺伝にこだわるところがあったようだ。無意識のうちにこだわりたかったともいえる。

物理学校はいまの東京理科大学だが、漱石が『坊っちゃん』執筆中の明治三十九年三月には牛込神楽坂下に新校舎を建築中で、間もなく神田神保町から移転した。それは小ぶりだが、セセッション式の美しい洋館である。工事を目撃したとき漱石は、物理学校を坊っちゃんの出身校とすることを思いついたのだろう。

東京大学仏語物理学科（フランス人教員がフランス語で授業を行なった）の卒業生と在学生が、中堅技師養成のために、明治十四年、ボランティアで開校した物理学校は、当初から誰でも無試験で入学させることで知られていた。しかし同時に進級も卒業も楽ではないことも広く知られていた。坊っちゃんと同期入学者は二百八名だが、そのうち規定の三年で卒業した者は二十五名にすぎない。とすれば、「いつでも下から勘定する方が便利」な成績であっても入学者の上位二十五番以内十五番目くらいが妥当なところだろう。坊っちゃんは勉強家だったのである。

このような背景は、当時の小説『坊っちゃん』の読者には諒解《りょうかい》されていたことだと私は思う。

松山までいくらかかったか

坊っちゃんは清に見送られて明治三十八年九月はじめの夕方、新橋ステーションを出発した。18時05分発の神戸行急行である。二等車に乗った。十七時間あまりかかって翌日11時19分に神戸に着いた。すでに私鉄の山陽鉄道が開通していたから、広島の宇品《うじな》まで汽車で行き、そこから船に乗って四国へ向かってもよいのだが、坊っちゃんが山嵐《やまあらし》といっしょに松山を退去した道筋とおなじと想定した。なにしろ「無鉄砲」な坊っちゃんはせっかく得た教師の職をわずかひと月あまりで捨ててしまうのである。

その場合、神戸までの二等の乗車券が七円二十三銭、それに急行券一円、通行税二十五銭であった。神戸からは大阪商船の九州宮崎通いの船で三津ヶ浜まで行った。高松、多度津、今治《いまばり》と寄りながらの船旅だから松山の外港三津ヶ浜まで十七時間四十分かかり、東京を出て三日目の午後1時40分に着いた。船賃は二等で二円八十銭だった。そこから軽便鉄道で松山に行ったのである。この汽車は七銭である。

六百円のうち三年間で三十円ほど余り、そこから切符代と雑費を引いて十四円残ったとする。汽車賃と船賃を合算すると十一円三十五銭、このほかに新橋ステーションまでと、神戸ステーションから埠頭《ふとう》までの人力車、松山で乗りまわした人力車の代金がある。旅に三日かかって食事を六回した。神戸では半日船待ちの時間があったはずだから宿屋で休息したかも知れない。それやこれやで十六円ばかり使ったという計算は、ほとんど正確なのである。

坊っちゃんは着いて二日後に宿をかえた。同僚の山嵐が宿屋にずっといるのは不経済だ、紹介してやるから下宿に移れ、といったからである。

「五円の茶代を奮発してすぐ移るのはちと残念だが」「成程十五畳敷にいつまで居る訳にも行くまい」と思い、町はずれの岡の中腹にある至極閑静な家へ移った。宿の主人は愛想がいい。しかしお茶を入れましょうといって、人の茶を自分で入れて自分で飲んでいる。主人は古道具屋で、品物をしきりに坊っちゃんにすすめる。鬼瓦《おにがわら》くらいもある大きな硯《すずり》を持ち込んで、「これは端渓《たんけい》です、端渓です」と二遍も三遍も端渓がる」。主人の屋号は「いか銀」という。いかにもあやしげで、事実あやしいのである。

現在の時刻表には巻末に旅館・ホテル案内がある。明治から大正にかけての時刻表は「滊車滊船　旅行案内」という。明治二十七年十月に創刊された。ここにも巻末に「各地旅館広告」が載っていて、本文とともに年ごとに厚みを増している。

明治三十六年一月号は「旅行案内」創刊百号で、そこに「いかごん」という名の旅館の広告を発見したとき、私は坊っちゃんの宿「いか銀」はこれから借りたのではないかと発想したのである。「いかごん」は越後直江津の旅館で直江津町中央に本店があり、停車場前に支店がある。かなり大きい宿らしい。「茶代謝絶」と余白に特記してある。

この明治三十六年当時の直江津は、高崎から横川、軽井沢、長野を経て直江津が終点である官有鉄道と、直江津から柏崎、長岡を経て新潟に至る私鉄北越鉄道の結節点だった。のちに北越鉄道は官有化されて信越本線となる。上野―高崎間はこの時期、やはりまだ私鉄の日本鉄道であり、現在の北陸本線は、直江津―富山間は予定された路線の多くが、親不知《おやしらず》をはじめ海岸沿いの切り立った崖《がけ》で、難工事のため未通であった。そのため直江津は、佐渡航路のみならず東京からの近道となる越中航路の客も集めて現在よりも繁華だったのである。

「いかごん」の広告は明治四十年三月の「旅行案内」第百五十号にも見える。こちらでは「いか権《ごん》事いかや旅館」となっている。「いか」は、いかものからきたのではなく烏賊《いか》からであろう。惹句《じゃっく》に「越中佐渡汽船切符取扱」とあるのは、まだ北陸本線が未通だからである。北陸本線は、明治末までに越中側が県境の泊《とまり》まで、越後側が名立《なだち》まで伸び、大正二年に全通、越中航路の意味は失われた。

北越鉄道もこのときはいまだ私鉄のままだが、上野―高崎間はすでに官有化されている。

「いかごん」は「毎日午前四時より入湯の設備あり」と自慢している。汽車旅は煤煙《ばいえん》で汚れたのである。いまでも米原《まいばら》や敦賀《つるが》のプラットホーム上に立派な洗面施設があるのは、乗客がジャンクションでの長い停車時間中に顔と手を洗った名残りである。

「いか権事いかや旅館」の広告にはこのときも「茶代謝絶席料等更に申受けず」と一文が添えられている。茶代は旅行者の悩みの種となっていたのだろう。そして漱石もそうであったから坊っちゃんに五円もの法外な茶代を置かせたうえに、あえてその効果を見捨てて「いか銀」に去らせたのだろう。茶代は帳場へのチップである。ほかに女中への心付けがある。漱石が「旅行案内」の読者であったことは否定しにくいように思われるのである。

上熊本駅頭の「憐《あわ》れ」

漱石は明治三十年十二月二十八日頃から一月四日頃まで、同僚の山川信次郎と熊本近郊、玉名郡小天《おあま》村方面に小旅行した。愛媛県尋常中学から転じた五高勤務時代である。荒尾山、熊ノ岳を越えて小天温泉にくだり、政客前田案山子《まえだかがし》の別荘に泊まった。旅館を兼ねていたそこで案山子と歓談、温泉で年を越した。漱石満三十歳であった。

翌明治三十一年の初夏にも狩野亨吉《かのうこうきち》、山川信次郎らと小天温泉を訪れた。帰りには案山子の次女前田卓子《つなこ》が河内吉野村まで一行を見送った。

小天温泉の湯船の中での描写が『草枕《くさまくら》』にある。

語り手の画工《えかき》は、ひとり湯につかっている。浴槽のふちに仰向《あおむ》けの頭を支えて体を漂わせながら、「土左衛門は風流である」などと考えている。

「スウィンバーンの何とか云う詩に、女が水の底で往生して嬉《うれ》しがっている感じを書いてあったと思う。余が平生から苦にしていた、ミレーのオフェリヤも、こう観察すると大分美しくなる。何であんな不愉快な所を択《えら》んだものかと今まで不審に思っていたが、あれはやはり画《え》になるのだ。水に浮んだまま、或《あるい》は水に沈んだまま、或は沈んだり浮んだりしたまま、只《ただ》そのままの姿で苦なしに流れる有様は美的に相違ない」(『草枕』)

浴室へ誰かが入ってきた。洋燈《ランプ》のか弱い光と、みなぎりわたる湯煙で人影はさだかではないが、女だと知れた。自分がここにあると注意をしたものかせぬものか、迷ううちに女の影は遺憾なく画工の前に現われた。

「室を埋《うず》むる湯烟《ゆけむり》は、埋めつくしたる後《あと》から、絶えず湧《わ》き上がる」「朦朧《もうろう》と、黒きかとも思わるる程の髪を暈《ぼか》して、真白な姿が雲の底から次第に浮き上がって来る。その輪廓を見よ」(同前)

漱石の初期作、明治三十九年の『草枕』は、明治四十年、東京朝日新聞入社第一作『虞《ぐ》美人草《びじんそう》』と並んであまり評価が高くない。理由は美文調だからということらしいが、私はその美文調ゆえにこれらの作品を好む。

女の影は、ようやく湯船の中の画工に気づいた。

彼女は去った。誇らかに、また挑発的に去った。

「ホホホホと鋭どく笑う女の声が、廊下に響いて、静かなる風呂場《ふろば》を次第に向《むこう》へ遠退《とおの》く。余はがぶりと湯を呑《の》んだまま槽《ふね》の中に突立つ。驚いた波が、胸へあたる。縁を越す温泉《ゆ》の音がさあさあと鳴る」(同前)

この女性那美《なみ》さんのモデルが前田卓子で、明治三十一年には三十一歳であった。彼女は早くに実業家に嫁《か》したが離縁して戻り、家事と接客を手伝っていた。のち軍人と再婚し、それも破婚となって上京、妹槌子《つちこ》の結婚相手である宮崎滔天《とうてん》の家で孫文とその一党の世話をした。孫文がはじめて民国の青天白日旗をつくろうとしたとき適当な布がない。困惑する孫文に、自分の新品の腰巻を与えたという逸話の主人公である。

その『草枕』のラストシーン、兵隊となって満州の戦場へ向かう久一《きゅういち》さんを送るために那美さんと画工が鉄道駅に行く。それは熊本のひとつ北寄り、上熊本駅である。

ここで漱石は汽車を批評する。

「汽車の見える所を現実世界と云う。汽車程二十世紀の文明を代表するものはあるまい。何百と云う人間を同じ箱へ詰めて轟《ごう》と通る。情け容赦はない。詰め込まれた人間は皆同程度の速力で、同一の停車場《ステーション》へとまってそうして、同様に蒸潙《じょうき》の恩沢に浴さねばならぬ。人は汽車へ乗ると云う。余は積み込まれると云う。人は汽車で行くと云う。余は運搬されると云う。汽車程個性を軽蔑《けいべつ》したものはない。文明はあらゆる限りの手段をつくして、個性を発達せしめたる後、あらゆる限りの方法によってこの個性を踏み付けようとする」（同前）

この汽車は久一さんを満州へ連れて行くのである。そこは「烟硝《えんしょう》の臭《にお》いの中で、人が働《うご》いている」世界である。「赤いものに滑って、無暗《むやみ》に転」び、「空では大きな音がどどんどどんと云う」世界である。

この汽車には那美さんの元の亭主も乗っていた。日本ではついにうだつのあがらなかったその男も、満州に行く。兵隊ではない。「御金《おかね》を拾いに行くんだか、死にに行くんだか」わからないが、とにかく行くのである。「死にに行く」とは、大陸浪人として中国革命の波濤《はとう》中に身を投ずる、の意だろう。

官有化される以前、この九州鉄道の汽車は当時の時刻表によれば上熊本発門司行10時37分の汽車である。門司には17時25分に着く。そこから久一さんは輸送船で大連へ運ばれる。元の亭主は客船で牛荘《ニューチャン》へ行く。

プラットホーム上の那美さんは、汽車の窓から首を出した元の亭主と期せず顔を合わせた。煙を吹き流して北方へ去った汽車を茫然《ぼうぜん》と見送る那美さんの表情に、かつて見たことのない「憐《あわ》れ」が一面に浮いている。

「それだ！　それだ！　それが出れば画《え》になりますよ」

画工の胸中の画面は「この咄嗟《とっさ》の際に成就」して『草枕』の稿は閉じられる。

漱石は汽車嫌いだった。軽蔑していた。そのわりには作品中に多く汽車を登場させたし、本人もよく乗った。作中の描写も正確だった。旅行するときはむろん、執筆中の漱石の机上にも「旅行案内」(時刻表)は置かれていたはずだと私は思う。

「三四郎」の旅

小川三四郎は一九〇七(明治四十)年九月はじめに九州から上京した。熊本第五高等学校をその年の七月に卒業、東京帝国大学文科大学に進んだ数え年二十三の彼は、夏目漱石『三四郎』の主人公である。

残暑の頃である。長い長い汽車の旅である。

「うとうととして眼が覚めると女は何時《いつ》の間にか、隣の爺《じい》さんと話を始めている。この爺さんは慥《たし》かに前の前の駅から乗った田舎者である。発車間際《まぎわ》に頓狂な声を出して、馳《か》け込んで来て、いきなり肌を抜いだと思ったら脊中《せなか》に御灸《おきゅう》の痕《あと》が一杯あったので、三四郎の記憶に残っている。爺さんが汗を拭《ふ》いて、肌を入れて、女の隣りに腰を懸けたまでよく注意して見ていた位である」(『三四郎』)

琵琶湖の南端を過ぎたあたりだろうか。暑いと日本の男は人前でも肌脱ぎになった。汽車のボックス席には入れこみの座敷という感覚があったようだ。それは戦後も、だいたい三十年近くつづいた。その人の見栄《みえ》と勇気にもよるが、年配の男性は上着を脱ぎワイシャツを脱いで下着姿になった。ズボンを脱いでステテコになる人もいた。それくらいエアコンのない汽車は暑かった。昔の人は、他者に対して無神経ともいえたが、いったいに人見知りしなかった。すぐに見知らぬ人に話しかけた。行儀の悪い年少者はアカの他人の年輩者が叱《しか》った。こちらの方がむしろ日本人の本質だっただろう。

新幹線が走りはじめた。在来線が電車化された。その頃からエアコンが普及して、車内で下着姿になる客は絶えた。日本人の公共の場でのお行儀がよくなった。「個人を確立した」といえなくもないが、むしろ人を恐れるようになったのだと思う。これらの変化は、日本社会のサラリーマン化と軌を一にしている。

いまは、不作法を目にすると眉《まゆ》をひそめて見て見ぬふりをすることになっている。他人はコワい。ヘタに注意などしたら刺されるかも知れない。

三四郎とたまたま乗り合わせた女は、京都からの乗客である。色が黒い。

三四郎は九州から東へ東へと旅してきた。九州の女の色は黒い。それが次第次第に白くなることに驚いた。女は九州人ではない。しかし三四郎にはその肌の黒さが故郷を思わせて、どこか懐《なつ》かしい。

女が爺さんに話している。三四郎は聞くともなしに聞いている。

子供のおもちゃはやっぱり京都の方が安くてよいものがある。途中下車をしたついでにみやげのおもちゃを買ったのだが、広島よりずっとよい。ひさしぶりで子供に会えるのが嬉しい。

若く見えるが女は子持ちなのだ。なのに子供とは離れて暮らしていたらしい。

女は話しつづけている。

「然《しか》し夫の仕送りが途切れて、仕方なしに親の里へ帰るのだから心配だ。夫は呉《くれ》に居て長らく海軍の職工をしていたが戦争中は旅順の方に行っていた。戦争が済んでから一旦帰って来た。間もなくあっちの方が金が儲《もう》かると云って、又大連へ出稼に行った。始めのうちは音信《たより》もあり、月々のものも几帳面《ちゃんちゃん》と送って来たから好《よ》かったが、この半歳ばかり前から手紙も金もまるで来なくなってしまった。不実な性質《たち》ではないから、大丈夫だけれども、何時《いつ》までも遊んで食べている訳には行かないので、安否《あんぴ》のわかるまでは仕方がないから、里へ帰って待っている積りだ」

日露戦争後の不況のなかに日本はある。大陸は職探しの場となった。

漱石が東京朝日新聞の社員作家として活発に書いたのは、日露戦争後の長い不況が第一次大戦バブル景気に転ずる直前までの十年間である。漱石は「不景気時代の作家」であった。

明治四十年の時刻表

鉄道の国有化は一九〇六年からはじまっている。それまで山陽鉄道という私鉄だった山陽線、北九州全域に根を張りつつあった九州鉄道があいついで官有化された。鉄道はまず、連隊所在地と軍港、それに炭鉱地帯を結んだ。九州鉄道も北九州を中心に、西は佐世保、長崎まで、南は八代まで、合計七〇〇キロ以上に達していた。

南九州ではのちの肥薩《ひさつ》線が鹿児島から発して六五キロ北の吉松《よしまつ》にようやく至ったが、人吉《ひとよし》へとつづく山脈をループ線で越えることはできずにいる。これだけが官設鉄道の孤立線である。私鉄十七社を買収した結果、官設鉄道の営業キロは従来の二四〇〇キロから七〇〇〇キロ強へと三倍近く増えた。

小川三四郎の汽車の旅はどのようであったか。一九〇七年の時刻表（「滊車滊船　旅行案内」）からさぐってみる。

三四郎の故郷は福岡県京都《みやこ》郡である。これは漱石宅に出入りしていた東京帝国大学文科大学学生小宮豊隆《とよたか》の故郷から借りた。小宮豊隆は京都郡犀川《さいがわ》村（小説では京都郡真崎《まさき》村）の出身である。三四郎の友となる選科の学生佐々木与次郎はやはり漱石の弟子で鈴木三重吉を思わせる。豊隆、三重吉ともに、一九〇八年九月一日から東京朝日新聞に連載されはじめた『三四郎』を読んで驚き、かつ喜んだ。ただし三重吉の面影濃い与次郎は軽快というより、やや軽薄、明治末年の「現代青年」である。

一九〇七年九月はじめの午前9時57分、上り列車に三四郎は行橋《ゆくはし》から乗った。この列車は宇佐《うさ》発門司行である。のちの日豊線はまだ宇佐までしか開通していない。小倉に11時06分、門司には11時44分に着いた。門司は現在の門司港駅である。

連絡船で海峡をわたった。船は門司駅のすぐ前から出る。下関で午後2時40分発の42列車に乗り継いだ。広島着9時23分。糸崎で日付がかわり、岡山着午前2時30分、神戸着6時25分。

42列車は京都行である。そのまま乗っていれば京都には8時58分に到着する。しかし『三四郎』の記述から見ると、彼はどうも神戸で降りたらしい。神戸始発に乗った方が座席がとりやすいと考えたのかも知れない。神戸からは東京行もあるのだが、三四郎は午後2時30分発の名古屋行に乗った。待ち合わせが八時間もある。駅前の旅館に入って休息したか、神戸の街の見物をしながら外で朝昼の食事をとったか。

京都には4時52分に着いた。呉の女はここで乗った。爺さんは馬場《ばんば》（現在の膳所《ぜぜ》）あたりから乗ったのだが、そのお喋《しゃべ》りな爺さんや他の乗客が降

りて、急にさびしくなった。

「日の暮れた所為《せい》かも知れない。駅夫が屋根をどしどし踏んで、上から灯《つ》の点いた洋燈《ランプ》を挿《さ》し込んで行く。三四郎は思い出した様に前の停車場《ステーション》で買った弁当を食い出した」

この駅はどこだろうか。草津には6時07分着でもう暮れかけている。彦根は7時15分着、しかし一分停車だ。米原には7時25分、すでに真っ暗なはずだが、ここでは七分間停車する。ひとつ前の弁当販売駅である彦根で買った弁当を、米原で食べはじめたと考えるよりない。

汽車嫌いのはずなのによく出てくる

漱石は汽車が嫌いだとつねづねいっている。

そのわりには漱石の小説に汽車はよく出てくる。本人も、松山、熊本、京都と汽車旅行をした。英国留学する際にジェノバで船を降り、大陸を汽車で横断してロンドンへ行った。ロンドン滞在中にはスコットランドへ汽車旅行した。『三四郎』を書いた翌年、一九〇九年には満鉄総裁となった学生時代の友中村是公《ぜこう》の招きで満韓を鉄道でひとめぐりした。

弁当を食べ終った三四郎が「空になった弁当の折を力一杯に窓から放り出した」というくだりには驚いた。翌日、名古屋から汽車で相客となった中年男（広田先生）も、豊橋のホームで買った桃をむしゃむしゃと食べ、その末に「核子《たね》やら皮やらを、一纏《ひとまと》めに新聞に包《くる》んで、窓の外へ抛《な》げ出し」ている。おそるべきモラルだが、いわゆる不燃物はない。いずれ土へ還《かえ》るものばかりだ。途上国の長距離列車では、いまでも平気で窓から捨てる。それを山羊《やぎ》やら犬やらが待ち構えている。

三四郎が風に逆らって放り出した折の蓋《ふた》が、舞い戻って相客の女の額に当たった。三四郎は謝罪した。「いいえ」と女は答えたものの、しきりに顔をハンカチで拭いている。三四郎には立つ瀬がない。

これがきっかけというわけでもないのだが、女は三四郎に、あなたも名古屋で降りるのか、と尋ねた。はあ、おります、と答えた。女は、名古屋に着いたら迷惑でも宿屋へ案内してくれないか、一人では気味が悪い、と頼みこんだ。もっともな言い分だと思わないでもなかったが、三四郎は知らない女にそんなことを頼まれるのが気味悪かった。

九時半に着くべき列車が四十分ほど遅れた、と『三四郎』にある。しかし明治四十年の時刻表にはその列車はない。36列車は10時39分名古屋着である。いずれにしろ「町はまだ宵の口の様に賑《にぎ》やか」だった。

駅前にも宿屋が二、三軒ある。三階造りだ。それは旅行客が増えて改築したばかりの志那忠旅館や佐東旅館だろう。自分には立派すぎると三四郎は前を通りすぎ、比較的淋《さび》しい横町の、相応と思われる汚ない看板の旅館の前に立った。どうです、と女に尋ねると、結構です、というので先立って玄関に踏み込んだ。旅館の者にあんまりてきぱきと応待され案内されたものだから、二人連れではないといいそびれた。おなじ部屋に通された。困ったと思ったがもう遅い。

三四郎は手拭《てぬぐ》いをぶらさげて風呂《ふろ》へ行った。薄暗くて不潔な風呂場である。どうしたものか思案しながら風呂に入っていると、女が風呂の戸を半分あけて、「ちいと流しましょうか」といった。三四郎はびっくりした。

〈「いえ沢山です」と断った。然《しか》し女は出て行かない。却《かえ》って這入《はい》って来た。そうして帯を解き出した。三四郎と一所に湯を使う気と見える。別に耻《はず》かしい様子も見えない。三四郎は忽《たちま》ち湯槽《ゆぶね》を飛び出した〉

部屋に戻った三四郎は女中に宿帳を書けといわれ、はたと困った。自分の名前所番地はいいが、女のがわからない。女は湯に入っている。しかたがないから並べて「同県同郡同村同姓花二十三年」と書いた。親戚《しんせき》の同い年の女にしてしまった。

そのうち女中が蒲団《ふとん》を敷きにきた。ひと組しか敷かない。ふたつないと困るといったのに、部屋が狭い、蚊帳《かや》が狭いと言を左右にする。要するに面倒臭いのだ。

湯から戻った女は団扇《うちわ》を使っている。弱った。このまま夜明ししてしまおうかとも思ったが、蚊がひどい。耐えきれず三四郎は意を決して蚊帳のなかへ入った。

〈「失礼ですが、私は疳性《かんしょう》で他人《ひと》の蒲団に寝るのが嫌だから……少し蚤除《のみよけ》の工夫を遣《や》るから御免なさい」

三四郎はこんな事を云って、あらかじめ、敷いてある敷布の余っている端を女の寐《ね》ている方へ向けてぐるぐる捲《ま》き出した。そうして蒲団の真中に白い長い仕切を拵《こしら》えた。女は向うへ寝返りを打った。三四郎は西洋手拭を広げて、これを自分の領分に二枚続きに長く敷いて、その上に細長く寝た。その晩は三四郎の手も足もこの幅の狭い西洋手拭の外には一寸も出なかった。女とは一言も口を利《き》かなかった。女も壁を向いたまま凝《じっ》として動かなかった〉

翌朝、ふたりは名古屋の停車場で別れた。女は四日市の方の実家へ行くという。そこにみやげのおもちゃを待つ子供がいるのだ。

女はていねいに礼をいった。三四郎はただひと言「さよなら」といった。その顔をじっと見つめていた女は、落着いた調子で、「あなたは余っ程度胸のない方ですね」といって、にやりと笑った。三四郎はどきっとした。改札をくぐって汽車に乗ったら急に両方の耳がほてりだした。

列車は24列車新橋行である。名古屋を午前8時に出た。この車中で三四郎は広田先生と偶然会った。もっとも名前はまだわからない。髭《ひげ》の濃い、面長で痩《や》せぎすの、どことなく神主じみた男だった。

三四郎は教師だろうと考えた。もう四十になっているようだが、「これより先もう発展しそうにもない」ようすである。汽車に乗っていかにも退屈そうにしているのは、車窓風景に興味がないということだ。乗り物好き、鉄道好きではない。豊橋でわざわざ買った桃を食べたとき、三四郎に相伴《しょうばん》させながら、「子規は果物が大変好きだった。かついくらでも食える男だった。ある時大きな樽柿《たるがき》を十六食った事がある。それで何ともなかった。自分などは到底《とても》子規の真似《まね》は出来ない」というようなことを話した。

三四郎も子規の名前を知っていた。三四郎が出た五高では俳句がさかんだった。それは子規の影響を受けた漱石の影響によるのであるから、広田先生は漱石の半分自画像であった。

浜松で停車したとき、ホームを歩く西洋人夫婦を見た男は、「ああ美しい」とつぶやいた。そして「御互《おたがい》は憐《あわ》れだなあ」と三四郎にいった。「こんな顔をして、こんなに弱っていては、いくら日露戦争に勝って、一等国になっても駄目ですね」

「然しこれからは日本も段々発展するでしょう」と三四郎が弁護すると、広田先生は「亡《ほろ》びるね」と断言した。

明治の汽車は、アカの他人同士が出会う場だった。そこではまだルールは確立していない。

だが汽車こそ大衆化する日本の象徴であり、現実だった。見知らぬ者たち同士の会話とふるまいのなかに、社会と経済の姿が現われた。戦争の影が見えた。ゆえに「現代小説」を生涯書きつづけた漱石にとって、汽車は欠かせない要素だったのである。

三四郎と広田先生の乗った24列車は、その日の晩8時02分に新橋へ着いた。名古屋から十二時間かかった。九州を出て以来三日目の夜に三四郎は東京に着いたことになる。彼が推定したような行程をとったとすれば、行橋—新橋間に五十八時間を要した。その間「現代社会」は、三四郎の鼻面《はなづら》をとって存分に翻弄《ほんろう》し去ったのである。

二十世紀を代表するもの──満鉄本線、三江《さんごう》線、東京路面電車

日本の線路の幅は狭い。JR在来線のすべてと私鉄の多くは、三フィート六インチ（一〇六七ミリ）の狭軌である。田舎の無人駅のホームにたたずみ、上下行き違い用の部分複線が合流して再び単線となる駅構内の尽きるあたりを遠く見ているときなど、狭い軌間《ゲージ》だなあ、としみじみ感じる。貧乏くさいともいえるし、けなげとも思える。大げさにいうと、もののあわれを見る。

やがて二輛《りょう》編成の列車が進入してくる。今度は、線路の幅に較《くら》べて車体が大きいなあ、と思う。大きすぎて、トップヘビーの危なっかしい印象さえ抱く。日本の車輛は、四フィート八インチ半（一四三五ミリ）の標準軌上を走るヨーロッパの車輛と、さして遜色《そんしょく》ない大きさなのだ。やはり貧乏くさく、同時にけなげである。

日本はなぜ狭軌を採用したのだろう。

国土が狭いから、というのは俗説だと思う。たしかに日本は狭い。アメリカやカナダやロシアやオーストラリアにはおよびもつかない。大陸部ヨーロッパも広いが、国ごとに分

割してみれば日本より広いのはスウェーデンとフランスとスペインだけだ。英国は日本の三分の二くらいの広さしかない。もちろん旧植民地を別にしての話である。それでも各国ともに標準軌のレールを敷き、それは国境を越えて結ばれている。

古代バビロンの石畳には馬車用の溝《みぞ》が二本掘ってあった。その幅は五フィートだった。溝自体が二インチ分だから、両方の溝の内側の間は四フィート八インチである。ローマの二輪戦車の内側の幅も四フィート八インチだった。つまり二頭立ての馬車が走りやすい幅ということで、それが鉄の馬である汽車にも引き継がれたわけだ。

ただし、イベリア半島とロシアは標準軌ではない。ゆえに乗り入れはできない。国境通過列車がフランスからスペインへ入るとき、車体だけをジャッキで高く持ち上げ、台車をとりかえる。かつてのポーランド・ロシア国境、ブレスト・リトフスクでも軌間がかわる。ロシア国内は五フィート（一五二四ミリ）のロシア軌である。標準軌より三インチ半（九センチ）広いだけだが、この差が相互乗り入れをはばんでいる。スペインが五フィート五インチ半（一六六八ミリ）という広軌なのは、ナポレオンの侵入にこりたからだという説がある。

汽車は軍隊と兵器を大量に運ぶことができる。近代戦争に鉄道はなくてはならない。近代戦争は鉄道を基準に計画された。ロシアの場合、システム設計を全面的に任されたアメリカの鉄道技師が売りこんだのが五フィートの軌道で、ニコライ一世がそれを飲んだせいだといわれている。ニコライ一世はペテルブルグ—モスクワ間の路線を地図上に定規で線を引いて決定したが、その際定規からはみだした指のせいで丸くえがかれた部分も、工事のとき忠実に再現されたという逸話がある。いずれにしろ、ヨーロッパの標準軌とは異なるロシア軌のせいで、大軍がそのまま相互に進入できないようになっている。

ロシアは、十九世紀末にその鉄道をシベリアにのばした。シベリア鉄道は二十世紀初頭には満州を横断して、日本海に面した軍港、その名も「東方を征服せよ」を意味したウラジオストクに達した。東清《とうしん》鉄道である。東清鉄道はアムール河北岸を蛇行してハバロフスク、さらに急角度で南下してウラジオに至るシベリア鉄道本線よりも七〇〇キロも短くて済む。そのうえ、本線はハバロフスクでアムール河を渡る長大な鉄橋を必要とするが、東清鉄道ならハルビンでアムールの支流松花江《しょうかこう》を渡河すればよい。

平原の寒村にすぎなかったハルビンは、東清鉄道の建設基地として街区をなした。さらにハルビンから黄海に面した不凍港、大連と旅順に向けて南満州支線が建設された。ロシアが清国から敷設《ふせつ》権を強引に獲得した東清鉄道と南満州支線は当然ロシア軌間である。

五フィート軌間の鉄道がある地域はロシアの勢力下になる。もしシベリア鉄道東朝鮮支線が元山《げんざん》に、西朝鮮支線が奉天から平壌、漢城（ソウル）を経て釜山まで伸びてくれば、朝鮮が事実上ロシアの植民地となるばかりか、朝鮮海峡がロシアに押さえられ、日本海はロシアの内海と化す。その際ロシアは一八五〇年代以来の懸案であった対馬の租借を、実力をもってもとめてくるだろう。対馬のつぎにロシアが狙《ねら》うのは佐世保であり、関門海峡であり、津軽海峡だろう。そうなれば日本はもはや独立国ではない。

ロシア軌間対日本軌間の戦争

日露戦争は、ロシアの鉄道による示威と、日本側の強烈な危機意識からはじまった。同時にそれはロシア軌間と日本軌間の戦争でもあった。

一九〇四（明治三十七）年五月、遼東《りょうとう》半島先端部南岸塩大澳《えんたいおう》に上陸した奥保鞏《おくやすかた》大将の第二軍は、金州城と南山要塞《ようさい》を苦戦の末に陥落させた。この地を扼《やく》すれば、遼東半島の先端、金州小半島を押さえることができる。そこには大連港と旅順要塞がある。第二軍は旅順攻略を乃木希典《のぎまれすけ》大将指揮下の第三軍にゆだね、北上した。

普蘭店《ふらんてん》、得利寺《とくりじ》、熊岳城《ゆうがくじょう》、蓋平《がいへい》、大石橋《だいせききょう》と第二軍は小戦闘をくり返しつつ、会戦場と想定された遼陽《りょうよう》付近をめざした。南部再攻略に自信を持っていたロシア軍は鉄道施設を破壊せず北方へ退いたから、当初から南満州支線が日本軍の補給路となった。

だが、さすがに遺棄機関車はほとんど残されていなかった。当初日本軍はロシアの貨車を人力で押して物資輸送を行なった。間もなく鉄道提理部が、ロシアのウラジオ艦隊の攻撃を受けて一度は乗船を撃沈され、戦死者を多数出しながらも渡海、工兵部隊と協力してロシア軌道を日本軌道に改軌する工事に入った。

一九〇四年七月から始まった改軌工事は順調に推移し、一九〇五年三月の奉天大会戦以前に最前線に達した。

一方、ロシアは戦争中もシベリア鉄道の輸送力強化につとめつづけた。シベリア鉄道はそれまで、山の迫ったバイカル湖南岸で一部途切れていた。イルクーツクまで到達するとそこで水運にかわり、バイカル湖の東岸に再上陸して鉄道につないでいた。冬期は厚く張った氷上にレールを敷いたが、結氷期直前と解氷期直後はどちらの手段も使えなかった。それでは困るのでロシアは湖岸線を突貫工事で完成した。さらに緊急措置として、兵員・軍需品を載せた貨車は片道運行として単線の弱みを克服しようとした。貨車は戻さず、そのまま戦地の兵舎に転用するのである。

日本軍が改軌した南満州支線は、当初日本から運んだ機関車二輛と無蓋《むがい》貨車十二輛のみの運転だった。これが一九〇六年、南満州鉄道に移管されたときには機関車二百十一輛、客車八十八輛、貨車六千六十四輛となっていた。

機関車は、蒸気機関車の父といわれる英国人リチャード・トレビシックの孫で日本政府のお雇い外国人となったリチャード・フランシス・トレビシックが一八八八年に設計したB6型を海外に大量発注したものである。当時の日本にはまだ蒸気機関車の設計・製造技術がなかった。

Ｂ６は日本の実情にあわせた小型タンク車で、先導輪がないため前進より後進の方が走りやすいといわれたが、ターンテーブルのない野戦の運転ではむしろ重宝した。一九五五年まで汐留《しおどめ》貨物駅で働いていたというから実用性の高い機関車である。改軌とこの機関車がなければ、日本は日露戦争の陸戦においてロシアと互角以上に戦うことはできなかった。

戦後、南満州鉄道は再び改軌された。今度は中国大陸の主要線とおなじ標準軌である。一九〇七年五月、狭軌用Ｂ６機関車、客車、貨車は使命を果たし終え、ほとんど欠けることなく日本内地に帰った。

一部は台湾へと送られた。台湾鉄道も狭軌を主力とし、のちに敷かれた東海岸線はより狭い軽便軌（七六二ミリ）だった。戦争中、朝鮮と戦場を結ぶ鉄道として急ぎ建設された安東―奉天間の安奉鉄道も軽便軌であったが、これも標準軌に改軌され、それにつながる朝鮮鉄道は大陸の鉄道とおなじ標準軌となった。

一九一八年、南満州鉄道はロシア時代

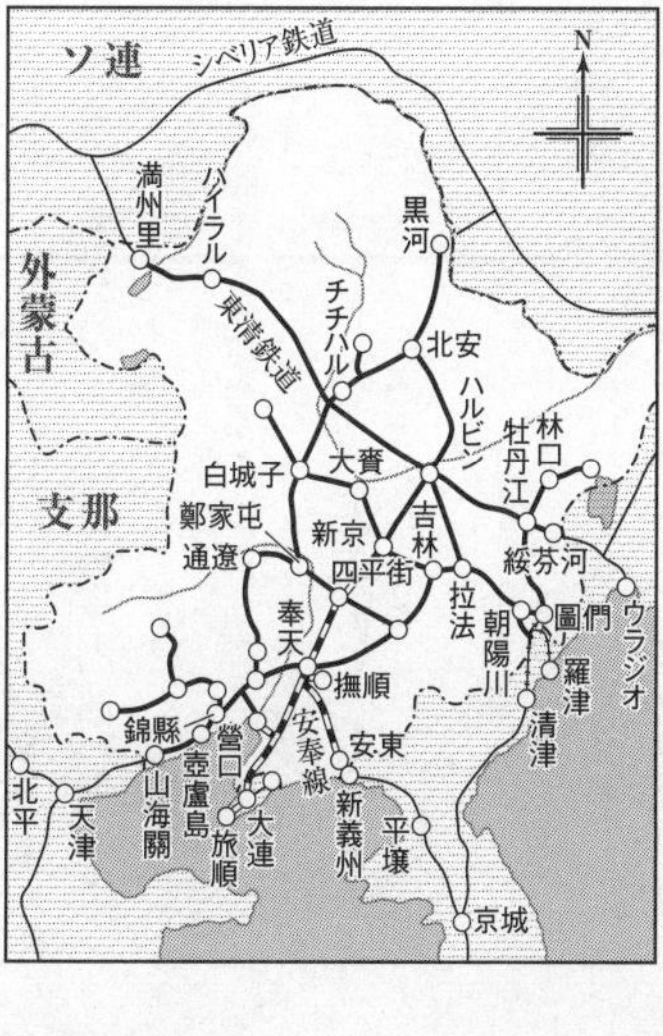

からつづいた一メートルあたり四〇キログラムのレールを五〇キロの、より堅牢《けんろう》なものに改めた。これ以後満鉄は、昭和になってからの特急「あじあ」をはじめ、内地の鉄道よりもはるかに高速の鉄道となる。汽車のスピードは、機関車の性能のみではなく、軌間とカーブの大きさ、整備された軌道敷、それにレールの頑丈さによるのである。

軽量で遅い汽車

それにしても日本国内はなぜ狭軌鉄道となったのか。

山が多くて貧乏だったから、というのがその理由だろう。

狭軌はたしかに安上がりである。それは、軌間が三七センチほど狭く、その分の土地を買わなくても済むとか、枕木《まくらぎ》が短くてもいい、などという問題ではない。土地は安かった。枕木においてをや、である。

軌道敷やレールを標準軌より手軽なものにしたわけだ。ということはもともと軽量な列車を通すつもりだったのである。ゆえにレールは、現在の一メートルあたり六〇キログラムというような重いものでなくてもよかった。一メートルあたり三〇キログラム程度で用が足りた。その上を時速四〇キロくらいで小型機関車が客車と貨車を牽《ひ》く、それが日本の実用鉄道の当初のイメージだった。

日本は国土の広さのわりには山が高く谷は深い。平坦《へいたん》な場所は限られている。トンネル技術の未熟な明治時代には、できる限り勾配《こうばい》をつけないように平地を探して、あるいは平地をつくって、小さなカーブの蛇行を重ねるほかはなかった。

平地をつくる、とは切り通しのことである。低い丘陵部なら切り割って、なるべく勾配を軽減するのである。春、若い雑草におおわれた切り通しの壁にはさまれてローカル列車が進行するとき、私はやはり日本の鉄道のけなげさを思う。

現在の三江線は島根県江津《ごうつ》から広島県三次《みよし》までを結ぶ陰陽連絡線である。江津を出ると江《ごう》川沿いに一輛《りょう》だけの汽車は進むのだが、これがなんとも遅い。時速三〇キロである。一〇八キロの全線を、無数の駅に停車しながら、いったい何時間かかるのだろうと不安になるほどのんびり走る。

三江線は以前、江津―浜原間の北線と口羽《くちば》―三次間の南線に分かれ、途中が欠落していた。それが一九七五年に大トンネルをいくつかうがって全通したのだが、いまこの全線を走る列車は一日に三本しかない。その旧線、とくに川ぎりぎりに敷かれた北線は、無数の切り通しをゆっくり通過する。

午後三時すぎに江津を出た列車の乗客は十七人だった。高校生とおばあさんというローカル線おなじみの顔ぶれのほかに、明らかにわざわざこの線に乗りにきたと思われる客が私を含めて七人いた。

ひとりは中年男で、運転席の右側、前方の窓の方を向いてベンチシートにあぐらをかいたから、「鉄ちゃん」だとすぐわかった。軽い旅装の若い男のふたり組と若い女のふたり組、それに若い女のひとり旅は難解だった。全員そろって三次まで三時間乗りつづけ、三次駅で待っていた芸備線の普通広島行に乗りこんだので少し驚いた。若い世代にローカル線乗車を好む軽症の「鉄ちゃん」「鉄子」が増殖しているとは聞いていたのだが。

三江線はおもしろかった。かつての北線の終点浜原を出るとにわかに汽車は速度を増した。最高速は体感八〇キロである。それまでが三〇キロだから、これは劇的だった。新線のせいである。あえて高規格の路線を建設したというのではなく、一九七〇年代の技術水準の路盤とレールでつくったらこうなったわけだ。

途中、谷の上に駅がある。長い螺旋《らせん》階段を昇ってホームに達するのだが、年寄りにはつらそうだ。約三〇キロ弱つづく新線区間が終り、昔の南線の終点口羽からは、再び時速三〇キロにもどって山をくだった。鉄道インフラの威力を実感する乗車体験だった。

ニュージーランド、オーストラリアのクイーンズランド州、ノルウェー、ジャワ、のちに標準軌化したところもあるが、狭軌を採用した国と地域は、みな山がちだ。要するに準山岳鉄道としての狭軌鉄道なのである。

標準軌の中高速鉄道ではカーブの最低半径を三〇〇メートルとらなくてはならないが、

狭軌で時速二五キロ、最高でも四〇キロでいいとなれば半径一〇〇メートルで済む。日本が狭軌を採用した理由もこれだろう。

もっとも開業当初には日本人の鉄道技術者は存在しなかったから、お雇い英国人技師エドモンド・モレルらが決定したのである。秀才のモレルは一八七〇年、二十八歳で来日、日本の鉄道の基本構想を設計したが、新橋—横浜間開業の直前に病死した。まだ二十九歳だった。

実は、世界最大の狭軌王国は日本ではない。南アフリカ共和国である。アフリカ大陸の植民地を南北に、エジプトから南アフリカまで鉄道でつらぬく計画を英国が立てたのは帝国主義時代の自然な経緯である。その場合、北アフリカにあわせて標準軌にしたかった。しかし南アフリカでは海岸からすぐに台地が切り立っている。標高一〇〇〇から一五〇〇メートル程度の高原で、マイル台地と呼ばれていた。これを汽車が登るには、小さなカーブを多くとる必要があり、そのためやむを得ず狭軌が選ばれた。

日本の場合は台地ではないが、幾重にも重なった山なみが難関だった。「拙速と効率」という明治の時代精神と狭軌鉄道は相性がよかったというべきだろう。

明治中期、日本の鉄道建設をもっとも重要視したのは軍だった。幹線は、各師団各連隊の所在地にしかれた。地理的に困難な場合は、逆に連隊の方が鉄道の近くに移った。一八九〇年代以降、日本が渡海防衛を戦略とするようになると、外征軍の出発地である広島・

宇品《うじな》までの鉄道網が優先された。各連隊から宇品まで何時間で移動できるかが問題で、日露戦争当時、東京（第一師団）から宇品までは五十時間、青森・弘前（第八師団）からなら九十四時間かかった。

敵の艦砲射撃を恐れる陸軍は、東京―神戸間の東海道線を当初は中山道の高崎―碓氷峠《うすい》―長野―岐阜の内陸ルートで主張した。明治の時代精神は「防衛的」でもあったのである。しかしこのときは、「拙速と効率」という、より根本的な時代精神を代表した伊藤博文が軍を説得して現状のごとくの路線となった。

山陽線の方も軍は山間路線にこだわった。現在の岩徳線ルートを軍は主張したが、福沢諭吉が論陣を張って海岸まわりとなった。三原から広島へ至る間が、瀬戸内海沿岸の線とは思えぬ山の中を通るのはその名残りである。しかし軍港呉《くれ》に至る鉄道も必須だから、こちらは海岸沿いに呉線として建設された。

鉄道はその国の地理的条件によって、または身も蓋《ふた》もない当時の世界のパワーバランスに左右されながら発達した。

二十世紀は汽車の世紀だった。汽車がその国の防衛と膨張を決定した。「汽車の見える所を現実世界と云う。汽車程二十世紀の文明を代表するものはあるまい」と漱石が『草枕』でいう意味の一面はこれである。だから熊本第六師団所属の「久一さん」は、汽車に乗って満州平原の戦場に向かったのである。

漱石の「二十世紀」

夏目漱石『三四郎』の主人公小川三四郎が東京帝国大学文科大学に入学したのは一九〇七(明治四十)年九月である。

「三四郎が東京で驚いたものは沢山ある。第一電車のちんちん鳴るので驚いた。それからそのちんちん鳴る間に、非常に多くの人間が乗ったり降りたりするので驚いた。次に丸の内で驚いた。尤《もっと》も驚いたのは、何処《どこ》まで行っても東京が無くならないと云う事であった」「この劇烈な活動そのものが取りも直さず現実世界だとすると、自分が今日《こんにち》までの生活は現実世界に毫《ごう》も接触していない事になる」「三四郎は東京の真中に立って電車と、汽車と、白い着物を着た人と、黒い着物を着た人との活動を見て、こう感じた」(『三四郎』)

大学に入学式などというものはない。親同伴などはこの世の話ではない。授業はなかなかはじまらない。九月十一日から授業だと聞いていたので行ってみたら誰もいない。事務室に寄って、講義はいつから始まりますかと聞いたら、九月十一日からです、と澄まして答えた。しかし講義はないようですがと追いかけると、それは先生がいないからだ、といった。

十日ばかりしてようやく講義がはじまった。三四郎には友だちができた。選科の、というから高校からの進学者ではなく専門学校か何かを経てきた軽快な学生で、名前は佐々木与次郎である。たまたま隣り合わせた三四郎に、与次郎が「大学の講義はつまらんなあ」といった。三四郎がいい加減な返事をしたのは、つまるかつまらないかの判断ができかねたからであった。

三四郎が授業を週四十時間とったと聞いた与次郎は、「馬鹿馬鹿《ばか》」「下宿屋のまずい飯を一日に十返《ぺん》食ったら物足りる様《よう》になるか考えて見ろ」といった。道理である。与次郎はつづけた。

「電車に乗って、東京を十五六返乗回しているうちには自《おのずか》ら物足りる様になるさ」

その日の夕方、与次郎は三四郎を拉《らっ》して、本郷四丁目から電車に乗った。新橋へ行った。また引き返して日本橋へ行った。下女がみな京都弁をつかう料理屋へあがって晩飯を食い、酒を飲んだ。寄席《よせ》へ行った。柳家小さんの落語《はなし》を聞いた。

この小さんは三代目である。一九〇七年には三代目を襲名して十年、五十一歳の芸の盛りだった。小さんは天才である、あんな芸術家は滅多に出るものじゃない、実は彼と時を同じゅうして生きている我々は大変な仕合せである、と与次郎の口を借りていわせた漱石は、小さんのファンだった。その口跡は『坊っちゃん』の文体に名残りをとどめている。日本の近代文学は古典的話芸の影響下に出発したのである。

ひとくさり小さん論落語論を展開した与次郎が、「どうだ」と聞いた。三四郎にはまだ小さんの味わいがよくわからなかった。しかし「難有《ありがと》う、大いに物足りた」と礼をいった。

よくわからないままに、現実世界に身を置くには電車に乗るのがいちばんだと三四郎は考えた。要するに東京に慣れるということだ。忙しく動きまわるアカの他人同士が乗り合わせ、束《つか》の間《ま》接触する電車は都市文明の象徴である。

二十世紀的生活を代表するものである。

しかし、とんだ失敗もした。

「神田の高等商業学校へ行く積りで、本郷四丁目から乗ったところが、乗り越して九段まで来て、序《ついで》に飯田橋まで持って行かれて、其処《そこ》で漸《ようや》く外濠線《そとぼりせん》へ乗り換えて、御茶の水から、神田橋へ出て、まだ悟らずに鎌倉河岸《かまくらがし》を数寄屋橋《すきやばし》の方へ向いて急いで行った事がある」（『三四郎』）

以来電車はとかく物騒な感じがしてならない。

東京の市街電車は一九〇三年、はじめて敷設《ふせつ》された。その路線は竹の地下茎の勢いで成長した。市街電車によって東京はかわり、東京人の生活もかわった。三四郎はそんな東京に幻惑された。地方人だけ

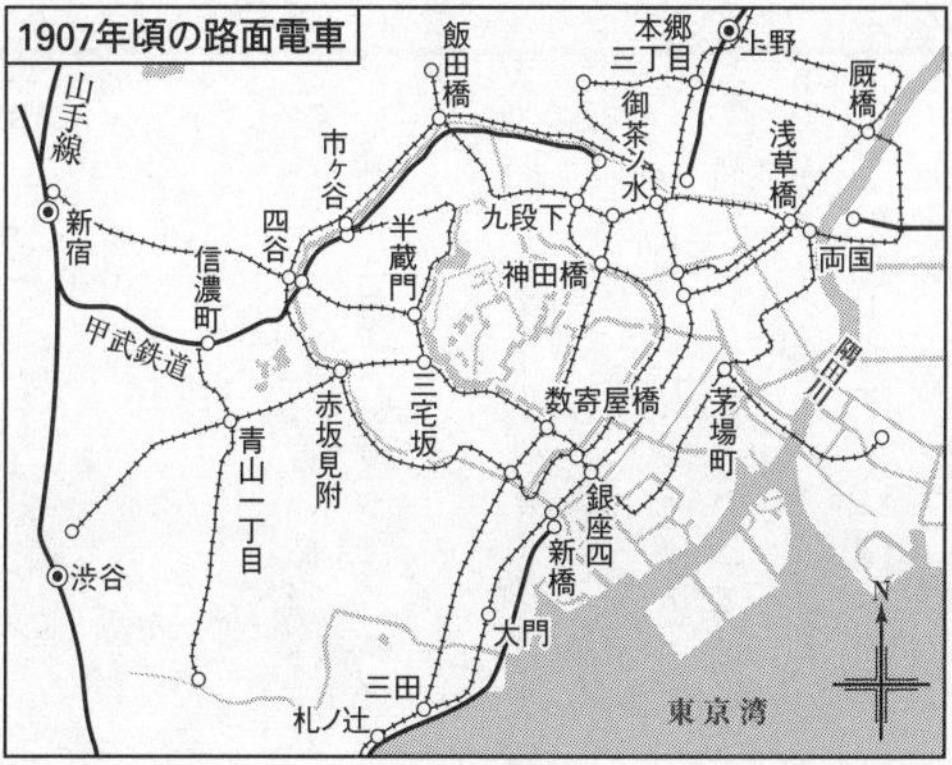

1907年頃の路面電車

ではない。東京人もおなじだった。二十世紀的東京は突然現出した。

極東からきた男

漱石が留学のためイタリアのジェノバ港に上陸、パリを経てロンドンに着いたのは一九〇〇年十月二十八日である。この間、汽車で大陸横断し、イギリス海峡を渡った。ニューヘブンからロンドンまでも汽車旅だった。

最初に下宿したのはブルームズベリーのガワー街で、大学時代の友大塚保治に教えられたのである。大塚保治は旧姓小屋《こや》といい、大塚楠緒子《くすおこ》に入夫した人である。絶世の美女といわれた大塚楠緒子に漱石は執着していたと一時噂《うわさ》された。この体験は、『それから』の三角関係に反映されているようだが、実人生ではそれほど深刻なものであったとは思われない。漱石の三角関係に対するオブセッションの源は、もっとさかのぼれそうである。

漱石は、このロンドンの御茶の水にあたるようなブルームズベリーの下宿には二週間しかいなかった。朝食と夕食がついて一週間八十シリングという高値に耐えかねたせいである。

八十シリングは四ポンド、当時のレートで四十円に相当した。購買力平価で粗っぽくいうと現在の四十万円と考えればよい。月に百六十万円強となれば、これは高い。石川啄木が明治四十一年に上京、本郷新坂下の五畳半の下宿に入ったときは月に十一円だった。この、ポンドと円の力量の差は、そのまま明治日本と大英帝国の実力差である。が同時に、その後百年の日本経済の伸張ぶりをも物語る。二十世紀の百年間で、ひとりあたりの実質所得は英国の場合約四倍となったが、日本は十七倍にふくらんだのである。

移った下宿はウェスト・ハムステッドにあった。ミス・マイルドの家である。漱石は小石川のようなところだといっている。ミス・マイルドには義父と義弟がいる。ほかに、出生のはっきりしない十五歳くらいの影の薄い娘がいる。一週間四十シリングの約束だった。

この下宿にも漱石はひと月いなかった。漱石の「永日小品」という短編連作中の「下宿」「過去の匂《にお》い」を読むと、その家庭のいわくいいがたい暗い雰囲気から逃げ出した、とある。しかし、これは漱石の心象が映し出した虚構である。マイルド家は明るい家で、出生のはっきりしない娘とは、ただの女中である。

ロンドンは漱石にとって、繁栄の巷《ちまた》にさびしい人々の集い住む街だった。そこに、もっとさびしい東洋人がひとり暮らしている、それが三十三歳の漱石の主観的自己像であった。

つぎの下宿は、漱石が深川のような場所だと形容したキャンバウェルである。ここは元女学校だった。伝染病を出したため閉校となり、元の校長夫妻と教員であった妻の妹が下宿屋にかえた。

ひんぱんに下宿を移ったのは、「日本の五十銭は当地にて殆《ほと》んど十銭か二十銭位《くらい》の資格に候《そうろう》。十円位の金は二、三回まばたきをすると烟《けむり》になり申候」（鏡子夫人宛《あ》ての手紙）というような経済的束縛もさることながら、深刻なカルチャーショックのなせるわざだろう。

ロンドンでは赤裸々な「二十世紀」が展開されている。世界一の大都会の汚れた空気と霧の中を、人は影法師のごとく動きまわる。実情は「倫敦《ロンドン》の繁昌は目撃せねば分り兼《かね》るのである。乗合馬車、汽車、電気鉄道、地下鉄の路線は「糸をはりたる如《ごと》くにて、なれぬものは屢《しばし》ば迷い、途方もなき所へつれて行《いか》れ」そうで「険呑《けんのん》」であった。

まさに小川三四郎の感想に通じる。漱石がロンドンで見た「二十世紀」は、十年もしないうちに東京に持ちこまれた。持ちこんだのは、たちまち「糸をはりたる如く」まで発達した市街電車である。

二十世紀的都市生活は公徳心というものによってのみ機能する。そしてその公徳心は交通のシーンによくあらわれる。

漱石が、やはり鏡子宛ての手紙に書く。

「当地のもの一般に公徳に富み候は感心の至り。汽車抔《など》にても席なくて佇立《ちょりつ》して居れば、下等な人足の様なものでも席を分《わか》って譲り申候。日本では一人で二人前の席を領《りょう》して大得意なる愚物も有之《これあり》候」

商品、ことに古書などは店舗の窓外に陳列してあって番人はいない。しかるに誰も盗もうとはしない。荷物車に預けられた旅客の荷物は、終着駅のホーム上に投げ出されている。

各自おのれの荷物を勝手に持って行く決まりで不都合はない。日本なら、汽車に只乗《ただの》りしたとか、一銭だけ出して鉄道馬車に二区乗ったとか、縁日で植木をごまかしたとか不徳を自慢する輩《やから》がいるが、連れてきて見せてやりたい。

江戸期には日本に都市生活のルールが確立していた。それが開化とともにすたれた。なのにあらたなルールは未熟のままだった。日本型近代の商業資本主義のモラルは捨てられ、西洋型近代の産業資本主義を「弱肉強食」「早い者勝ち」と拙速に翻訳してしまった結果の、明白な退歩である。

日本人はその性としての人懐《ひとなつ》っこさやお喋《しゃべ》り好きを西洋型近代化以後もしばらく失わなかった。ことに大都会以外ではそうだった。それは三四郎の上京の車中の描写にある。ときに、たまたま乗り合わせただけの人と親密すぎる関係をつくろうとする。ゴミは平気で窓から投げ捨てる。なのに揺れる車内で、新聞や本を読む人がいる。もはや無為の時間を耐えがたいと感じた人が、努力して多忙さを招き寄せている。十九世紀と二十世紀が車中に混在している。

スコットランドへの長い汽車旅

「昨宵《ゆうべ》は夜中《よじゅう》枕《まくら》の上で、ばちばち云う響《ひびき》を聞いた。これは近所にクラパム・ジャンクションと云う大停車場《おおステーション》のある御蔭《おかげ》である。このジャンクションには一日のうちに、汽車が千いくつか集まってくる。それを細かに割附けてみると、一分に一と列車位ずつ出入《でいり》をする訳になる。その各列車が霧の深い時には、何かの仕掛で、停車場間際《まぎわ》へ来ると、爆竹の様な音を立てて相図《あいず》をする。信号の燈光は青でも赤でも全く役に立たない程暗くなるからである」(「永日小品」のうち「霧」)

漱石は一九〇一年七月、また下宿を替えた。ロンドン滞在九ヶ月にして五つめの下宿はクラパム・コモンにあった。その最初の夜の描写である。

前年の暮れに移ったキャンバウェルの下宿では複雑な事態が発生した。下宿屋には、実は大家のそのまた大家がいて、主人一家が追い立てをくらったのだ。漱石は彼らといっしょに、トゥーティングに越した。主人は「動産」であるところの下宿人を失いたくなかったわけである。テームズ河はるか南方に位置して地下鉄駅もあるトゥーティングだが、東京でいえば千住のような町はずれの界隈《かいわい》だった。そこから漱石が単身越した先がクラパム・コモンであった。

コモンとは共有地のことだ。すなわち公園である。初夜には汽車の出入りする騒音に悩まされた漱石だが、その後の日記や手紙の記述にはない。慣れたのだろう。漱石は一週三十五シリング、かなり高めのこの下宿の北向きの小部屋に帰国までのほぼ一年半住んだ。外出も、打ってかわってまれとなり、ひきこもって神経衰弱になるほど勉強した。

帰国を控えた一九〇二年十月、漱石はスコットランドに旅をした。一九〇〇年晩秋、ケンブリッジへの小旅行以来の遠出である。行先はピトロクリという谷筋にある小さな町、長い長い汽車の旅である。

「ピトロクリの谷は秋の真下にある。十月の日が、眼に入《い》る野と林を暖かい色に染めた中に、人は寝たり起きたりしている。十月の日は静かな谷の空気を空の半途で包《くる》んで、じかには地にも落ちて来ぬ。と云って、山向《やまむこう》へ逃げても行かぬ。風のない村の上に、いつでも落附いて、凝《じっ》と動かずに靄《かす》んでいる。その間に野と林の色が次第に変って来る。酸《す》いものがいつの間にか甘くなる様に、谷全体に時代が附く。ピトロクリの谷は、この時百年の昔し、二百年の昔にかえって、安々と寂《さ》びてしまう」(「永日小品」のうち「昔」)

ピトロクリはエディンバラの北の内陸部にある。エディンバラ北方の港町ダンディをまわっても行けるし、エディンバラとグラスゴーの中間、フォルカークからも北上できる。漱石がどの経路をとおったかはわからない。

書き残していないのは鉄道そのものには興味がなかったからだろう。いずれにしろ鉄道の合流点パースから先は一本線である。それはインバネスを経て、大ブリテン島の北端サソーまで行っている。

渡英後間もなく漱石はビクトリア女王の死の報に接した。一九〇一年二月二日の葬儀を、キャンバウェルの下宿の主人といっしょに地下鉄を乗り継いで見に行った。ハイドパークはすさまじい人だかりで、「園内の樹木皆人の実を結ぶ」ほどのありさまだった。背の低い漱石は下宿屋の主人に肩車をしてもらい遠く葬列を見はるかそうとしたが、見えたのは人波ばかりだった。

ビクトリア女王の死は、英国の輝ける十九世紀の終りを象徴する出来事だった。新たな二十世紀は、漱石が弔意を示すために黒いネクタイを買いに行った店の男がいうごとく、「なにかしら不吉な感じ」ではじまったのである。

あわただしくも、どこかさびしい二十世紀的大都会のありようは、二十世紀第七年の東京をえがいた『三四郎』に、より穏やかにではあるが、えがかれている。ロンドンにとってスコットランドのピトロクリが実際の地図上の距離よりはるかに遠い世界であったように、三四郎にとっても、母や「三輪田の御光《おみつ》さん」のいる「凡《すべ》てが平穏である代りに凡てが寝坊気《ねぼけ》ている」世界は、すでに現実の北九州よりずっと遠いのである。

「戻ろうとすれば、すぐに戻れる」と三四郎は思っている。しかし、『草枕』の俳句的世界に、兵隊と大陸浪人を乗せた汽車が「現実世界」の火花を散らせて割って入ったように、市街電車の轟々《ごうごう》と行きから二十世紀的世界から懐《なつ》かしい世界へは、もはや永遠に戻れないのである。

いま私たちは逆になっている。汽車や電車に「懐かしさ」を見る。とくにローカル線や都電荒川線ではそうである。それは、「凡てが平穏である代りに凡てが寝坊気て」いた世界への、または里見美禰子《みねこ》のような「心《しん》が乱暴」な美貌《びぼう》の女ではなく、「三輪田の御光さん」のような女性たちがいた世界への懐かしさである。

汽車や電車に向けられる視線のはらむものは違っていても、現在と未来に対して抱く不安は、時代を超えて漱石とつながっている。

時を駆ける鉄道——都電荒川線、甲武鉄道

夏目漱石『坊っちゃん』の主人公「坊っちゃん」は、東京物理学校を出て松山の尋常中学に赴任したが、根が短気で軽率だったから「赤シャツ」の奸計《かんけい》に自らはまってひと月あまりしか勤めず、東京へ逃げ帰った。

生徒や町の人に監視されているという妄想《もうそう》を抱く「坊っちゃん」は漱石の分身である。一方、高等師範や専門学校卒業生が教えるべき中学校で校長より高い月給を貰《もら》っている東京帝国大学文科大学出の学士「赤シャツ」は、漱石の学歴と職歴をなぞっている。ということは気取り屋の猫なで声の策士「赤シャツ」もまた漱石の分身で、一見単純明快な小説『坊っちゃん』は意外に複雑な構造を持っている。

東京へ帰る坊っちゃんの旅は、本人がそう認識していたかどうかは別として、敗亡の旅である。東京の田舎者が松山のモダニズムに敗れたのである。江戸の落着いた日本型近代が、地方の乾いた西洋型近代に敗れたのである。坊っちゃんは会津人の盟友・山嵐《やまあらし》と同行して神戸まで船で行く。直行の汽車で新橋にたどり着く。新橋ステーションで山嵐とは

あっさり別れる。

それから坊っちゃんはある人の周旋で街鉄の技手《ぎしゅ》になった。技手は「ぎて」といいならわし、技師の下の職掌である。現場の人である。月給は二十五円、中学校の四十円よりだいぶ落ちるが、清《きよ》とたった四ヶ月ほどにしろ、いっしょに暮らせてまあまあ幸せだった。

その清が死ぬ前に、死んだら坊っちゃんの御寺《おてら》へ埋めて下さい、御墓《おはか》のなかで坊っちゃんの来るのを楽しみに待っております、といった。けなげとも不吉とも思える遺言である。

『坊っちゃん』の末尾の一行はこうだ。

「だから清の墓は小日向《こびなた》の養源寺にある」

この「だから」がわからない。清と坊っちゃんは元来アカの他人なのだし、坊っちゃんの家は家族解散の状態にある。そして清にはよくできた人物の甥《おい》がいるからだ。いまわの際《きわ》の願いでも、たやすくかなえられるとは思われない。

しかし、血族ではなく、また性的関係を持たない女性との永遠の共棲《きょうせい》こそ、無意識にえがいた漱石の理想だった。自身の教員としての適性のみならず、「教育」そのものをも深く懐疑しつつ、大望を抱くことなく市井《しせい》の人として終始したい、漱石の日頃の願いを体現させた主人公に「街鉄の技手」という職業を選ばせた彼の無意識の働きはおもしろい。

明治三十六（一九〇三）年は漱石帰国の年である。その年東京では東京電車鉄道、東京市街鉄道の二社が、翌三十七年には東京電気鉄道が営業運転をはじめ、路面電車網は急速に市内に張りめぐらされた。「街鉄」は東京市街鉄道の略称だが、当時路面電車一般を指した。

漱石は明治四十三年夏、修善寺《しゅぜんじ》で大吐血して生死の間をさまよった。より正確には「三十分ばかり死んだ」。東京帝国大学文科大学と第一高等学校の教職を辞して朝日新聞に入社、社員作家たるを決断したときには、「(学校を)休《や》めた翌日から急に背中が軽くなって、肺臓に未曽有《みぞう》の多量な空気が這入《はい》って来た」(「入社の辞」)と喜んだ漱石だが、小説もまたなかなかストレスの多い仕事だったようで、三年の間に胃潰瘍《いかいよう》は進んだ。

大患の修善寺に出掛ける直前に脱稿したのが『門』である。『三四郎』『それから』とづいた恋愛・不倫・就職問題三部作の掉尾《とうび》である。三四郎は『それから』の代助となり、高等遊民の代助がなんとか役所に職を得て『門』の宗助となったのだといえる。

『門』の宗助は行政改革で淘汰《とうた》される可能性がある下級官吏だ。といってそれにおびえるほど職に執着しているわけではない。妻の御米《およね》といっしょに市街電車の終点からしばらく歩いたところにある東京市内の隅っこ、崖下《がけした》の借家に住んで淡々と日常を送っている。子供はいない。

「彼は年来東京の空気を吸って生きている男であるのみならず、毎日役所の行通《ゆきかよい》には電車を利用して、賑《にぎ》やかな町を二度ずつはきっと往《い》ったり来たりする習慣になっているのではあるが、身体と頭に楽がないので、何時《いっ》でも上の空で素通りをする事になっているから、自分がその賑やかな町の中に活《いき》ているると云う自覚は近来頓《とん》と起った事がない」

「必竟《ひっきょう》自分は東京の中に住みながら、ついまだ東京というものを見た事がないんだという結論に到着すると、彼は其所《そこ》に何時も妙な物淋《さび》しさを感ずるのである」（『門』）

彼が通勤するのは江戸川橋発の市街電車である。江戸川橋から飯田橋、神保町とたどり、須田町で丸の内方面行に乗り換える。この線が敷かれて何年にもならないというのに、毎朝の混雑は始発の停留所からたいへんなものだ。この場合、元来人が多く住むところに電車を走らせたのではなく、電車の線路が敷かれた、とくにその終点近辺に新興階層である勤め人たちの郊外住宅街区があらたにつくられたのだ。

「出勤刻限の電車の道伴《みちづれ》程殺風景なものはない。革にぶら下がるにしても、天鵞絨《ビロード》に腰を掛けるにしても、人間的な優しい心持の起った試《ためし》は未《いま》だ嘗《かつ》てない。自分もそれで沢山だと考えて、器械か何ぞと膝《ひざ》を突き合せ肩を並べたかの如《ごと》くに、行きたい所まで同席して不意と下りてしまうだけであった」

が、たまたま日曜日に乗ってみると、週日の朝の殺伐さは感じられない。乗客はみんな平和な顔をして「悠《ゆっ》たりと落付いている」。

宗助は、このときはじめて市街電車の車中に広告がたくさんあることに気づいた。引っ越し屋、ガス竈《がま》、文豪トルストイ伯の傑作の広告から「バンカラ喜劇」の広告までとりどりである。「引き札」が「広告」となって定着したのは、車内で新聞を読む習慣とともに、この時代のことだ。それは勤め人文化のはじまりである。

しかし日曜日の空《す》いた車内にはそれとはまるで別の風景が見えた。人懐《ひとなつ》っこい日本人の原風景である。

「前の御婆《おばあ》さんが八つ位になる孫娘の耳の所へ口を付けて何か云っているのを、傍に見ていた三十恰好《がっこう》の商家の御神《おかみ》さんらしいのが、可愛《かあい》らしがって、年を聞いたり名を尋ねたりするところを眺めていると、今更ながら別の世界に来た様な心持がした」

三社鼎立《ていりつ》であった東京の市街電車だが、漱石が『坊っちゃん』を書いた一九〇六年には合併して東京鉄道となり、『門』を書いた翌年一九一一年、市営化されて東京市電となった。以後も市電は路線を延伸し、最大総延長三五二キロに達して都市交通の要《かなめ》の地位を長く保った。

しかし一九六〇年代に入ると路面電車は自動車交通の邪魔にされ、一九六七年から全面廃止へと向かった。いま残っている都電はかつての27系統と32系統を合わせた三ノ輪《みのわ》橋―早稲田間の荒川線一二・二キロのみだが、この路線が生きのびたのは、路面の併用軌道ではなく、ほとんどが電車専用軌道だったからである。

荒川線は戦争中の一九四二年、市電に吸収された私鉄王子電車の後身で、市街電車というより郊外電車だった。現在は一日の乗客五万七〇〇〇人、東京北部を横断しながら、王子、大塚でJR線と連絡するという地下鉄にはない路線設定と、階段のない停留所のために老人にとって欠かせない交通手段となり、健闘している。

なんとも不思議な一三七二ミリ

長年気になっていたのは都電の軌間である。狭軌より広い。標準軌よりせまい。なんとも不思議な一三七二ミリで、世界を探しても日本にしか存在しない。聞けば、明治十五年に開業した馬車鉄道の軌間の名残りだという。銀座の馬車鉄道はニューヨーク馬車鉄道をそのまま輸入したのである。それが路面電車に残り、東京市電に乗り入れをはかった京王軌道に残った。京王電鉄は路面電車から出発した私鉄である。

現在の京浜急行と京成電鉄も路面電車あがりで、やはり市電に乗り入れていたから一三七二ミリ軌間だったわけだが、京浜急行は一九三三年、湘南《しょうなん》電鉄との直通運転を契機に一四三五ミリ標準軌に改軌した。今度は将来の東京地下鉄との乗り入れを見越したわけである。京成電鉄とその子会社新京成が一九五九年に標準軌に改めたのもおなじ理由で、やがて開通するだろう都営地下鉄浅草線に乗り入れるためだった。この改軌工事は営業運転を行ないながらという離れ技でなされた。後年のことになるが、その結果、京成本線、京成押上線、地下鉄浅草線、京急本線、京急久里浜線をつらぬく、成田空港から三崎口まで一四一・八キロという地下鉄を介した現在最長の相互乗り入れ路線が完成した。

ところが、都営地下鉄新宿線建設にあたっては相互乗り入れをする相手の京王線側が標準軌改軌に強く反対した。建設計画が具体化した一九六八年には、すでに京王線の乗客は増し、線路際《ぎわ》まで宅地化が進んでいて軌間切り替え工事や代行輸送が困難だというのだ。都交通局は新設地下鉄の軌間の方を京王線に合わせて一三七二ミリとすることに決めた。新宿—本八幡《もとやわた》間二三・五キロの乗り入れ路線が完成したのは一九八九年である。

こうして馬車鉄道軌間は都電だけではなく、京王線、都営新宿線、それに東急世田谷線、函館市交通局線、あわせて合計一二四キロ分が存続することになった。

下町と山手の境界

大塚、雑司ヶ谷《ぞうしがや》、鬼子母神《きしもじん》前と走って早稲田へ向かう都電荒川線は、終点近くで目白台地に突き当たる。目白通りの真下、千登世橋《ちとせばし》陸橋をくぐる。このあたりは美しい切り通しの風景で、私は戦前の東京を思ってうっとりすることがある。その先、牛込《うしごめ》台地に北から突き当たる直前、神田川沿いの低地をほとんど直角に東に折れて終点早稲田に至る。

江東地域以外の東京は、何本か舌状に張り出した標高二〇メートルあまりの台地（山手）と低地（下町）からなりたっている。それら台地の間を西から東へ、小石川、神田川、古川などの小河川が流れて浅い谷をなしている。西へ山手へ、と拡大しつつあった東京の新市域と下町の連絡を保つのが市街電車の役割だった。

『門』の宗助が住む借家も、この下町と山手の境界にあった。電車の終点江戸川橋でおりる。それは早稲田の手前、神田川にかかった橋である。そこから牛込台地の方に向かって歩くとやがて急な坂になる。矢来坂である。明治四十三年夏の豪雨では神田川があふれ、矢来坂の途中まで水没した。

矢来坂にさしかかる直前を左へ折れたところが赤城下、十メートル程度の高さの崖下になっている。北向きで日当たりが悪い。崖上は矢来町である。

「魚勝と云う肴屋《さかなや》の前を通り越して、その五六軒先の露次とも横丁とも付かない所を曲ると、行き当りが高い崖で、その左右に四五軒同じ構《かまえ》の貸家が並んでいる」「宗助の家《うち》は横丁を突き当って、一番奥の左側で、すぐの崖下だから、多少陰気ではあるが、その代り通りからは尤《もっと》も隔っているだけに、まあ幾分か閑静だろうと云うので、細君と相談の上、とくに其所を択《えら》んだのである」（『門』）

いつだったかアメリカ人の日本語作家リービ英雄と神楽坂の路上で行きあった。もう長年日本に住み、ずっと早稲田で独身の下宿住まいをしていたリービ英雄だが、赤城下に古い家を買ったといった。場所をよくよく聞いてみると、どうも『門』の家のあたりである。「横丁を突き当って、一番奥」まであっている。ただし奥の右側である。

そういってやると彼はえらく喜んだ。いまでも閑静である。日当たりは悪い。竹の子がよく生える。昔、イラン人の労働者たちの宿舎だった家だそうだ。

『三四郎』で上京間もない小川三四郎が訪ねた理科大学（東京帝大理学部）の研究者「野々宮君」の借家は大久保にあった。こちらは完全に郊外、明治末年の典型的な新興住宅地だった。甲武線がしかれて以来急速にひらけた。

甲武線はじきに官有化された鉄道で御茶ノ水《おちゃのみず》―中野間が早くから電化された。通勤電車の走りである。御茶ノ水のつぎの駅飯田町からは蒸機運転の私鉄青梅《おうめ》鉄道も併用した。青梅鉄道は立川まで行き、そこで青梅行と八王子行に分かれる。青梅方面は盲腸線だが、八王子方面行は八王子から官有鉄道につながり、甲府、松本、篠ノ井《しののい》を経て遠く長野まで行く。

三四郎は御茶ノ水駅から中野行の電車に乗った。飯田町、信濃町《しなのまち》、新宿ときて、つぎが大久保である。降りて仲百人町《なかひゃくにんちょう》の通りを戸山学校の方へ行かずに踏切からすぐに曲がる。一メートルばかりの細道になる。爪先《つまさき》上りにだらだら登ると、まばらな孟宗竹《もうそうちく》の藪《やぶ》がある。その藪の手前が野々宮君の借家で、ほとんど線路際である。

野々宮君は三四郎を歓迎してくれた。暗くなって本郷へ帰ろうと三四郎が腰を上げかけたとき、電報が届いた。入院している野々宮君の妹が、病院にきてくれと兄に頼んでいる。

急変ではない。さびしいのだろう、そう野々宮君はいった。野々宮君は出掛けなくてはならない。近所が物騒で下女が不安がるから用心棒がわりに泊まって行ってくれ、といわれた。

三四郎は、その臆病《おくびょう》な下女の給仕で晩飯を食った。三四郎の故郷の母が野々宮君に送った魚の粕漬《かすづけ》が出た。食べ終れば下女は台所へ下がる。三四郎はひとりになる。静かな郊外の夜である。しんしんとさびしい。

豊多摩郡西大久保は野々宮君の家のある百人町のすぐ隣町だが、ここで殺人事件が起こった。湯屋帰りの女性が男に暴行・殺害されたのである。それは漱石が『三四郎』に着手する直前、明治四十一年三月二十二日のことだ。殺されたのは下谷電話局長の妻だった。ということは、電話局長は郊外の西大久保に家をもとめ、甲武線で東京を横断、さらに市街電車に乗り継いで職場に通っていたわけだ。東京は拡大した。勤め人が階層として成立した。

犯人は三十五歳の植木屋兼トビ職の池田亀太郎という男で、湯屋の女湯をのぞいて被害者に目をつけていた。その池田亀太郎の前歯が出ていたので「出歯亀事件」と呼ばれた。『三四郎』の現在形は明治四十年秋だが、漱石はこの事件を念頭に置いて郊外の新開地は「殊《こと》の外《ほか》物騒」と書いたのである。

三四郎はひとり座敷にいる。秋の夜の静けさを裂いて、ときおり列車が轟《ごう》と通り過ぎる。

そのたびに座敷が少し震える。

〈宵の口ではあるが、場所が場所だけにしんとしている。庭の先で虫の音《ね》がする。独りで坐《すわ》っていると、淋《さみ》しい秋の初である。その時遠い所で誰か、

「ああああ、もう少しの間だ」

と云う声がした。方角は家の裏手の様にも思えるが、遠いので確《しっ》かりとは分らなかった。又方角を聞き分ける暇もないうちに済んでしまった。けれども三四郎の耳には明かにこの一句が、凡《すべ》てに捨てられた人の、凡てから返事を予期しない、真実の独白《ひとりごと》と聞えた〉（『三四郎』）

声は線路際から聞こえてくるらしい。「宵の口」とあるからまだ八時台だろう。当時の中野往還の電車は八時台に上下合わせて四本あった。ほかに青梅鉄道が上下一本ずつ、案外に多い。三四郎の澄ませた耳に届いた轟音は、蒸機に牽《ひ》かれた飯田町行旅客列車かも知れない。だとすれば八時十分頃である。

「ところへ又汽車が遠くから響いて来た。その音が次第に近付いて孟宗藪の下を通るときには、前の列車より倍も高い音を立てて過ぎ去った。座敷の微震がやむまでは茫然《ぼうぜん》としていた三四郎は、石火の如《ごと》く、先刻の嘆声と今の列車の響とを、一種の因果で結び付けた。そうして、ぎくんと飛び上がった。その因果は恐るべきものである」

鉄道自殺も近代化の産物である。それは市街電車では起こらない。自殺者は山手線や甲

武線といった郊外鉄道をなぜか選んだ。

漱石のえがいた「現代」

三四郎は立ち上がった。野々宮君の家を出て線路沿いに歩いた。提灯《ちょうちん》をかざした人がたまっている場所に行き着いた。その灯のもと、半分に切断された死骸《しがい》を三四郎は見た。「汽車は右の肩から乳の下を腰の上まで美事に引き千切って、斜掛《はすかけ》の胴を置き去りにして行ったのである。顔は無創《むきず》である。若い女だ」（『三四郎』）

自殺が日本に少なくなかったのは、宗教的禁忌ではなかったからだろう。明治期にも多かった。老人の自殺率が高かったのは体がきかなくなり、自分で自分の面倒を見られない悲しみ、労働力から脱落した引け目によるものであるらしい。一人前の働きをしながら人交わりできることに喜びを見出《みいだ》す、それが日本人の伝統的文化だった。

青年と自殺の親近は明治もなかばをすぎてからのことだ。「神経衰弱」による自殺のさきがけは北村透谷（明治二十七年＝一八九四）だが、哲学的自殺、あるいは「内面の煩悶《はんもん》」による自己処断としてより広く知られ、のちのちまで影響を与えたのは第一高等学校生徒藤村操《ふじむらみさお》の華厳《けごん》の滝での投身自殺だった。

藤村操は明治三十六（一九〇三）年五月、汽車で日光へ行った。そこから中禅寺湖畔まで登り、滝の上部の大樹の幹を小刀で削って「巌頭之感《がんとう》」と題した遺言を墨書した。「悠々たる哉天壌《かなてんじょう》、遼々《りょうりょう》たる哉古今、五尺の小軀《しょうく》を以《もっ》て此大《このだい》をはからむとす」「万有《ばんゆう》の真相は唯《ただ》一言にして悉《つく》す。曰《いわ》く〝不可解〟。我この恨を懐《いだ》いて煩悶終《つい》に死を決するに至る。既に巌頭に立つに及んで、胸中何等《なんら》の不安あるなし。始めて知る、大なる悲観は大なる楽観に一致するを」

このとき藤村操は十六歳十ヶ月だった。

大木の幹の遺書は、家出した甥《おい》を捜索にきた歴史学者・那珂通世《なかみちよ》によって発見された。那珂通世は遺書全文を、「いかなればかかる極端なる厭世家《えんせいか》を生じたるか」「嗚呼《ああ》哀しいかな」としたためた弔文とともに「萬朝報《よろず》」紙上に掲げ、大きな反響を呼んだ。「哲学的自殺」の流行、または若年の「厭世家」の輩出は、新聞からウェブサイトまで、「マスコミ」と不即不離なのである。

藤村操は夏目漱石の一高における教え子だった。

その死の十日ほど前、漱石は教場で彼に訳読をあてた。すると藤村操は、準備してありません、とむしろ昂然《こうぜん》と答えた。なぜやってこないか、と尋ねると、やりたくないからやってこないんです、といった。怒りを感じた漱石だが気持をおさえ、このつぎはやってこい、といった。何日かしてまたあてると、藤村操はまた、準備していません、と答えた。漱石は、勉強する気がないのなら、もう教室に出てこなくてもいい、と叱《しか》った。

漱石は、自分の叱責《しっせき》が自殺の一因となったのではないかと気にした。しかし実際は、藤村操が未熟な恋愛に悩んだことが直接の動機だった。相手に告白したわけではないが、冷たいあしらいを受けたと悩んだのである。彼の自意識は傷ついた。しかしその背景には、やがて社会と相対しなければならないことへの不安、人生の前途に横たわる厖大《ぼうだい》な時間に対する漠然とした恐れといった青年前期特有の感情があった。

三四郎は厭世しなかった。ただ、見知らぬ若い女の轢死体《れきしたい》に、生から死へ一瞬の転換を肌身に感じて恐怖した。

「人生と云う丈夫そうな命の根が、知らぬ間に、ゆるんで、何時でも暗闇《くらやみ》へ浮き出して行きそうに思われる。三四郎は慾《よく》も得もいらない程怖かった。ただ轟《ごう》と云う一瞬間である。その前までは慥《たし》かに生きていたに違ない」（『三四郎』）

「一瞬間」をもたらしたのは、汽車の持つ圧倒的な量感と速度だった。二十世紀的な死の実相がそこにあった。

若い女にただただ翻弄《ほんろう》される草平

汽車は情死志願の男女をも運んだ。

森田草平は、東京帝国大学文科大学の学生であった明治三十八年秋、はじめて漱石宅を訪れて門下生となった。翌年の晩秋、草平は漱石に悩みをうちあけた。

森田草平は自分が母親の不義の末に生まれたのだと信じていた。女性関係の複雑さにからめとられがちなのは、そのような「宿命」のせいだと信じていた。まだ大学に進んだばかりの明治三十六年二十二歳のとき、郷里の岐阜で又従妹《またいとこ》との間に子供をつくった。上京した又従妹と一時親子三人で同棲《どうせい》した。草平が下宿していた家は本郷台地の西側の崖下《がけした》、丸山福山町四番地にあったが、そこは奇《く》しくも樋口一葉が一年半ほど住み明治二十九年に死んだ家だった。又従妹を故郷に帰らせている間に、草平はその家の家主の出戻りの娘とも関係ができた。そうこうするうち、又従妹は岐阜でふたり目の子供を生んだ。

森田草平は女性の誘惑に弱い青年だった。また、その悩みを漱石に赤裸々にあかす率直な青年だった。

森田草平は漱石の仲介で明治四十年から私立中学の教員となり、やがて別の私立中学でもかけもちで教えた。同時に友人の生田長江《いくたちょうこう》に誘われて閨秀《けいしゅう》大学講座の講師になった。それは生田長江が勤めていた九段中坂下の成美女学校の校舎を借りた、夜間の女性向けカルチャースクールだった。名目上の主宰者は与謝野晶子《よさのあきこ》で、長江や草平のほか、与謝野鉄幹、馬場孤蝶《こちょう》、相馬御風《ぎょふう》などが講師に名を連ねた。

やがて草平は、聴講生として通ってくる、面長で整った目鼻だちの若い女性にひかれた。というより、その、人を見つめる癖のある黒く大きな目に魅入られたのである。一年前に日本女子大を卒業したばかり、二十一歳の平塚明子《はるこ》という名前の女性だった。

のちに「らいてう」と号することになる平塚明子は、十七歳のとき藤村操自殺とその遺書に深い衝撃を受けた。キリスト教、哲学、禅に親しんだのは、肥大する自意識をなだめようとする試みだった。速記や英語を学んだのは、良家の子女から良妻賢母という定められた道ではなく、職業的自立をはかる心づもりからだった。

明治四十一年のはじめ、ふたりは急速に接近した。明子が回覧雑誌に載せた小説に草平が感想を書き送ると、明子はラブレターのような情熱的な手紙を返してきた。その小説は、若い女が婚約者を見限り、捨てるという話だった。

ある日、草平は明子を誘った。大久保の長江宅を訪ねるつもりで甲武線の電車に乗った。しかし、なんとなく中野まで乗りすごした。中野でおりて、新井薬師、柏木と郊外をえんえんと歩いた。九段へ戻り、洋食屋に入った。そこで店員の目を盗んで長いキスをかわした。

平塚明子にとって、それは恋愛とは必ずしもいえなかった。五歳年長の男の心を乱し、相手を従属させることに新鮮な喜びを感じた彼女は、自分の強烈な影響力の効果を、無意識のうちにもはかっていたのである。

それから二ヶ月近く、ふたりの間を「自殺」とか「死の勝利」とかいった言葉がとびかったのち、明治四十一年三月二十二日夜、彼らは田端の駅で待ち合わせた。草平が「山か、海か」と尋ねると、明子は「山」と答えた。死ぬならどっちがいいかという問いだった。ゴダールの映画『勝手にしやがれ』のベルモンドとセバーグの会話のようである。明子の脳裡《のうり》には、藤村操の華厳の滝が浮かんだかも知れない。草平は尾崎紅葉の『金色夜叉《こんじきやしゃ》』に出てきた塩原温泉を発想した。

ふたりは午後10時25分発の最終列車に乗った。11時10分に大宮へ着くと駅前の旅館を起こして部屋をとった。その夜はそれ以上先に行く汽車がもうなかった。翌朝6時12分発の黒磯行きに乗り、西那須野には10時29分頃着いた。西那須野から約二〇キロを、人力車で五時間かけて塩原温泉へ行った。

汽車の時刻は、ほぼこれだろうというものをあてているが、その他の状況はのちに森田草平が書いた小説『煤煙《ばいえん》』による。

森田草平にとっては愛を成就させるための心中行だったが、平塚明子の場合は違っていた。

男に自分を殺させ、男も自分のために死ぬ。生死のきわみまで相手の精神を支配し得るかどうかという自意識の実験であり、命を賭《か》けた遊びであった。ゆえに、短い人生の最後となるはずのその夜も、平塚明子は森田草平に体を許さなかった。森田草平は、せめて恋のために死ぬのだといってくれと懇願したが、「他者の手にかかる哲学的自殺」を試みるつもりの平塚明子はかたくなに拒んだ。

そんなやりとりがなされていたちょうどその時分、東京の西大久保では「出歯亀事件」が起こっていた。山の温泉場にあった若い男女にも大都会の郊外にも、それが進歩といえるかどうかはともかく、まったく新しい事態が出来《しゅったい》していた。明治近代はひそかに、しかし烈《はげ》しく変転しつつあった。

翌日、ふたりは奥塩原まで俥《くるま》で行き、そこから会津街道につづくという山道を、死に場所をさがして歩きはじめた。道が雪でとざされたところへ達したとき、明子は、持参してきた短刀を草平にわたし、殺してくれといった。草平はもう一度、恋のために死ぬのだといってくれ、と願った。しかし自分のためにしか死ぬつもりのない明子は、再び拒んだ。これは心中ではない、自分は明子の自殺の介助者としてもとめられているにすぎないと思い至ったとき、草平は谷間に短刀を投げ捨てた。

もう夜になっていた。雪の中でふたりは虚脱し、うとうと眠った。朝になって奥塩原まで降りると、疲労困憊《こんぱい》した彼らを生田長江が待っていた。明子が田端の駅から友人宛《あて》に投《とう》函《かん》したハガキで見当をつけた平塚家に頼まれた長江は、前日から日光、塩原方面を警察の手を借りてしらみつぶしにあたっていたのだった。

遅れて到着した母親に連れられ、明子は東京へ帰った。長江にともなわれた草平もおなじ列車で三月二十四日の夜、帰京した。が、もはや下宿も引き払っていて行くところがなかったので、早稲田南町の漱石の家に行った。漱石はなにもいわず草平を迎え入れた。

数日後、草平は漱石に自分の恋愛と心中行について語った。漱石はしかし、至上の愛が情死によって成就されるはずだった、という草平の説明にはうなずかなかった。漱石は、結局君は遊ばれたのだ、女は真剣なつもりだったろうが、やはり遊びだよ、といった。

事件は新聞に大きく報じられた。教師としての道を絶たれた草平は、この一件を小説にして文学で生きて行くほかはなくなった。しかしなかなか書けなかった。

平塚家からは書いてくれるなと強く申し入れられた。一方、松本の友人の家に転地した明子からは、ぜひ書いてくれ、小説で自分を冷笑、罵倒《ばとう》して欲しいという手紙がきた。それは自殺のモチベーションをつくるためだと察せられた。彼女はやはり自己中心、自分だけが主人公なのだと草平は感じた。しかしそう思いながらも明子への執着を断つことは、草平にはできなかった。

小説に手をおろしかねた草平に、ある日漱石が、「どうだ、君が書かなければぼくが書いてみようか」といった。草平の小説執筆許可の件で平塚明子にもその母にも会ったことがある漱石は、明子を「アンコンシャス・ヒポクリット」(自分では意識していない偽善者)と断じていた。「新しい女」に見えて、その実古典的なセンスの持主であり、経験によらず知識のみの力によって肥大した自我をかかえこんだ若い美貌《びぼう》の女を、前年の『虞美人草《ぐびじんそう》』につづく朝日新聞連載小説二作目に登場させようと考えたのである。その小説の題名は、早稲田南町を散歩しているうちに見つけた「田中三四郎」という表札からとって『三四郎』とした。

明治四十一年八月三日、漱石は、おそらく市街電車の停留所で偶然平塚明子を見た。それからしばらくあとをつけて歩き、観察した。それから数日のうちに『三四郎』は起稿され、秋たけなわの十月五日に書き終った。

三四郎の気持を翻弄《ほんろう》し去った若い女、平塚明子の面影を宿し、「落付いていて」「心《しん》が乱暴」なヒロイン里見美禰子は、たとえばこんなふうにえがかれた。

〈女はややしばらく三四郎を眺めた後、聞兼《ききかね》る程の嘆息《ためいき》をかすかに漏らした。やがて細い手を濃い眉《まゆ》の上に加えて云った。

「われは我が愆《とが》を知る。我が罪は常に我が前にあり」

聞き取れない位な声であった。それを三四郎は明かに聞き取った。三四郎と美禰子は斯《か》様《よう》にして分れた〉(『三四郎』)

近代を運びきたる汽車を嫌いだといいながら汽車を作品中に多く登場させた漱石は、鉄道で三四郎に「二十世紀」を体感させた。二十三歳の三四郎の驚きと戸惑いは、三十三歳の漱石がロンドンで感じたそれに通じた。鉄道が運んできたロンドンの「二十世紀」は、急速に東京をおおいつつあった。

アカの他人同士を大量につめこんで走るという意味で、「汽車的」なものが主役の時代を「現代」という。漱石の作中にある知識人たちの人間関係、肥大した自我をもてあます青年、彼らの就職と失業、みな「汽車的」なものが代表し主導する経済の甚大な影響をまぬがれ得ない。漱石がえがいた「現代」は、たったいまの「現代」にも共有されるのである。

私たちは、基本的には『坊っちゃん』や『草枕』や『三四郎』とおなじ構造の社会のなかに生きている。そしてそこで日々喜んだり悲しんだりしている。漱石の小説はまさに「現代小説」だといえるし、漱石が百年読まれつづける理由もまたそこにある。

汽車は永遠に岡山に着かない

――東海道、山陽、鹿児島各本線、御殿場線

内田百閒《ひゃっけん》の名前は、四十歳以上の人なら思い当たるだろう。どういうふうに思い当たるかといえば、随筆の名人、謹厳な顔で強情、ヘソ曲がりな老文士、そんなところか。芸術院会員に推されたのに断った。なぜ断るのかと問われて「いやだから」と答えた。なぜいやなのかと重ねて聞かれ、「いやだからいやだ」と言い放った。

百閒の汽車好きも比較的知られている。『阿房《あほう》列車』という紀行文がある。一九五〇年代前半、国内を汽車に乗って旅したとき書いた。

その冒頭は、こんなふうだ。

「阿房と云うのは、人の思わくに調子を合わせてそう云うだけの話で、自分で勿論《もちろん》阿房だなどと考えてはいない。用事がなければどこへも行ってはいけないと云うわけはない。なんにも用事がないけれど、汽車に乗って大阪へ行って来ようと思う」（「特別阿房列車」）

阿呆《あほう》ではなく、阿房である。始皇帝の壮大な無駄遣い「阿房宮」からとった。要するに、まったく実用性のない贅沢《ぜいたく》な遊びだといいたいのである。「特別阿房列車」は一九五一（昭

和二十六）年一月号の「小説新潮」に載った。それが前後五年、十四回におよんだ旅（連載は不定期十八回）の第一回目の旅である。このとき内田百閒は六十一歳だった。

第3列車に乗って大阪へ行くという。第3列車は12時30分東京発、20時30分大阪終着の特急「はと」である。特別急行列車だから「特別阿房列車」と命名したのだろう。東海道本線はまだ全線電化されていない。浜松での五分停車の間に蒸機につけかえ、八時間で大阪と結ぶ。国鉄はついに戦前の水準を回復したのである。このことが内田百閒の旅行欲、というより乗車欲を刺激した。彼は、たんに特急「はと」に乗ってみたかったのである。

終戦直後に成立した東久邇宮稔彦《ひがしくにのみやなるひこ》内閣の大蔵大臣秘書官は大平正芳、その部下の秘書官事務取扱は宮澤喜一だった。ふたりとものちに首相になった。焼野原と化した東京を見やりながら大平正芳がまだ二十五歳の宮澤喜一に、「どうも日本は何もなくなっちゃったが、何かをかたにして金を借りるとしたら、日本の鉄道がちゃんと動いているけれど、どうだろう」といった（御厨貴、中村隆英編『聞き書　宮澤喜一回顧録』）。

鉄道と汽車は、空襲にもっとも耐久力があった。宮澤喜一は疎開《そかい》先の熱海から東京の大蔵省に通っていたのだが、四五年七月と八月のふた月で鉄道が不通だったのは二日しかなかった。かねがね国鉄の健闘に感心していた彼は、ハリマンのことを念頭に置きながら「鉄道を質に出すのもいいのかな」と考えた。

ハリマンは、日露戦争で日本が経営権を獲得した南満州鉄道の共同経営を申し入れてきたアメリカの「鉄道王」である。戦費支出で財政破綻《はたん》状態にあった日本政府は、将来の出費を軽減するもくろみでハリマンと覚書を交わしたが、講和会議の全権であった小村寿太《じゅた》郎《ろう》外相の強い反対で白紙に戻した。南満州鉄道をハリマンとの共同経営にしていたら巨大国策会社「満鉄」はなかっただろう。満州にはアメリカの影響力がおよび、まったく異なった満州の歴史がつくられていたはずだ。

しかし今次大戦の終戦後は、ハイパーインフレと預金封鎖で国民生活は破壊されたが、積もる借金が相対的に小さくなった国家は救われた。鉄道の質入れをしなくても済んだ。そうして日本の復興を支えたのは、戦前から引き継いだ造船技術と鉄道の輸送力であった。石炭不足に耐えながら、国鉄は四七年四月から東京―門司間の急行列車と二等車を復活させた。四八年十二月には、東京―大阪間に寝台車を走らせた。四九年五月、東海道線は浜松まで電化が完成した。

四九年七月、復員者を迎え入れて六十万人にまでふくらんだ国鉄の大量人員整理が発表されると、その月のうちに下山事件、三鷹事件、八月には松川事件と国鉄をめぐる怪事件が続発したが、九月、一等展望車を連結した戦後最初の特急「へいわ」が東京―大阪間を九時間で結んだ。「はと」の登場は五〇年五月である。

汽車好きというより戦前好き

内田百閒は汽車好きというより戦前好きである。「はと」に乗りたかったのは、戦前とおなじ旅ができるようになったからだろう。

百閒は十年近く汽車旅をしていなかった。一九四二年晩秋、ひさびさ郷里の岡山へ帰った旅が最後だった。旧友の弔問のためだが、このときは夜行列車で行き、夜行列車で帰った。岡山での滞在時間は二時間四十五分、街区も歩かず実家にも顔を出さなかった。顔を出せなかったのである。

百閒が東京と岡山の間を繁く往復したのははるかな昔、明治末年から大正年間だった。

「僕は学生時分から、度度《たびたび》東海道線を往復したので、汽車の中で居睡《いねむ》りをしていて、どこで目がさめても、目がさめた途端に見えた窓の外の景色で、ここは何処《どこ》の辺《あた》りだと云う事が解《わか》る」

とは百閒自身が「特別阿房列車」の車中で同行者に語っているところだ。

同行者は平山三郎、百閒が法政大学教員であった時分の教え子の国鉄職員、広報誌の編集者である。百閒の担当者かといえば、そうでもあり、そうでもない。少なくとも『阿房列車』シリーズは「小説新潮」の不定期連載だったから直接の関係はない。同行者というか、助手である。助手というより執事のようである。ヒラヤマはヒマラヤに通じる。百閒は平山三郎を文中で「ヒマラヤ山系」とか、たんに「山系」と呼んだ。

「元来私は動悸《どうき》持ちで結滞屋《けったいや》で、だから長い間一人でいると胸先が苦しくなり、手の平に一ぱい冷汗が出て来る。気の所為《せい》なのだが、原因が気の所為だとしても、現実に不安感を起こし、苦しくなるから、遠い所へ行く一人旅なぞ思いも寄らない」（「特別阿房列車」）

神経質な人なのである。そのうえ、元来が「王様」である百閒は、「家来」なしにはどこへも行けなかった。ならば旅行などへ出掛けなければよい。国鉄の広報部員を他誌の仕事のためにともなって用事をさせる料簡はわかりにくい。

「ヒマラヤ山系」こと平山三郎は『阿房列車』の前後十四回、合計九十日の旅のすべてに同行している。そして平山三郎の上司、のちにサラリーマン・ユーモア小説「目白三平」シリーズを書く中村武志が、十四回の旅の出発すべてを東京駅に見送った。中村武志には文中で「見送亭《けんそうてい》夢袋《むたい》」の異名が与えられて登場人物のひとりとなっている。『阿房列車』は、全体が百閒老人の「わがままの記録」だともいえる。しかし彼はこのときまだ六十一歳。なのに老人としてふるまえ、かつ「文士」のわがままを世間がみとめてくれた「よい時代の記録」でもある。

百閒自身も文士らしくふるまった。偉そうにしていた。トラディッショナルな三つ揃《ぞろ》えにソフト帽、ステッキだけを手にしていた。自分の荷物は平山三郎のかばんに入れた。靴は、人が見たら「枢密院顧問官《すうみついん》」ではないかと思うような、立派な「キッドの深護謨《ふかゴム》」である。それは昭和十四年に三越であつらえて三十三円だった。長い間履きつづけて横腹にあいた穴を修理した。ただし足首を締める「深護謨」の端がささくれだっているのに、ドイツからの輸入がいまだとどこおったままの現状では取り換えがきかない。残念である。

百閒は威張っている。

「用事がないのに出かけるのだから、三等や二等には乗りたくない」

三等料金の二倍が二等で、三倍が一等、戦後は少し違ってくるが、戦前の計算はすっきりしていた。ほかに特別急行料金がかかる。

「はと」は大阪に20時30分に着く。三十分後、21時ちょうど発の寝台急行「銀河」の一等寝台で帰ってこようという計画だった。目的を持つのがいや、見物するのがいや、ただ汽車に乗っているだけという「純文学」のような汽車旅である。

旅の費用は借りた。

収入はあるのだが、なにしろ無駄遣いが多い。余分な金はない。戦前は高利貸との戦いに明け暮れた。戦後はどうだったのだろう。あるいは日本国とおなじようにハイパーインフレでむしろ助かったか。

借りる先での問答はこんなふうだった。

「大阪へ行って来ようと思うのですが」「急な御用ですか」「用事はありませんけれど、行って来ようと思うのですが」「御逗留《ごとうりゅう》ですか」「いや、すぐ帰ります。事によったら著《つ》いた晩の夜行ですぐに帰って来ます」
百閒はいう。「あんまり用のない金なので、貸す方も気がらくだろう」
それはそのとおりかも知れない。「一番いけないのは、必要なお金を借りようとする事」である。「放蕩《ほうとう》したと云うではなし、月給が少くて生活費がかさんだと云うのでは、そんな金を借りたって返せる見込は初めから有りゃせん」から誰も貸してくれない。それはたしかに道理である。

　では百閒は、人が安心して貸せる「用のない金」を誰に借りたか。新潮社の社長である。しかし「小説新潮」に書くことが決まっていたのだから、これは「経費」にあたるのではないか。現に東京駅には「小説新潮」の編集者「椰子《やし》君」が、「多分今日あたりの見当だろうと思って」と「お見送り」に現われている。「椰子」は「小林」を省略した呼び名である。

　一方「ヒマラヤ山系」の旅費はどうなっているのか。このときは日曜日に出発、月曜日は「ヒマラヤ山系」はたまたま休暇をとっているというが、ほんとうに「たまたま」か。百閒のわがままに献身的につきあうのも国鉄広報部員の仕事の一環であるようだ。

　彼は国鉄職員だから三等乗車証を持っている。出張の手続きをすれば二等にも乗れるという。しかし同行させるには一等でないと意味がない。なにしろ百閒は「五十になった時分から、これからは一等でなければ乗らない」と決めているのである。一等車の「ボイ」(ボーイ)に命じて、これこれこういう男が何輛《りょう》目の三等車に乗っている。話したいことがあるからと最後尾の一等展望車まで連れてこさせよう、などと百閒は思案する。あとはお茶でも運ばせてゆっくり話しこんでいればよい。話さなくてもよい。だから「山系」は三等でよい、と決める。ぜいたくなのだかケチなのだかわからない。

当時の一等寝台料金は高かった。二人分は痛い。宿屋よりよほど高くつく。そこでやむを得ず「銀河」はやめた。そのかわり平山三郎も「はと」の一等に乗り、大阪で一泊して帰ることにした。しかし意地でも大阪では見物をしない。

とはいうものの大阪行「はと」の切符は買っていないのである。百閒は旅行前に東京駅へ出向いている。そして、当日になっても切符が買えそうかどうか案内所でわざわざ尋ねている。あぶない、といわれたのに前売りを買わなかったのは、「先に切符を買えば、その切符の日附が旅程を決めて、私を束縛するから」である。やはり「純文学原理主義者」である。あるいは「頑固な老人」の真骨頂である。くり返すが百閒はまだ六十一歳にすぎないのである。

百閒は笑わない。少なくとも笑った写真は流布《るふ》していない。「僕は体裁屋である」と自身でいっている。

「車中ではむっとして澄ましていたい」。だが見送られたりすると、「最初から旅行の空威張が崩れてしまう。僕は元来お愛想のいい性分だから、見送りを相手にして、黙っていればいい事を述べ立てる。それですっかり沽券《こけん》を落とす」（「鹿児島阿房列車」）

沽券という言葉が懐《なつ》かしい。

百閒は威張っている。「家来」の平山三郎にはことさらに威張る。東京駅で待ち合わせたときのことである。

「うしろから近づいて行って、ステッキの握りで頭を敲《たた》いたら、振り返った。澄まし返って、にこりともしない」（「区間阿房列車」）

威張るのは老人の義務、横着は文士のあるべき姿だと心得ているふうだ。気の毒なのは平山三郎で、「どぶ鼠《ねずみ》」「曖昧《あいまい》」「泥坊のような顔をしている」「要領を得ない」「いるかいないか解らない」と、シリーズ全体を通じてひどい扱われようである。「山系」君の「主体性」を限りなく薄めることによって、逆に主人公・百閒の輪郭がはっきりしてくるという方法なのだろうが、それを貫徹させるには図太い神経が必要だと思う。

「はと」に乗る旅では、番町の土手下《つ》の家まで平山三郎が百閒を迎えにきた。市ヶ谷から東京駅へ向かう省線電車の中で、吊り革《かわ》につかまった百閒が平山三郎にさっそく説教する。

「永年《ながねん》貴君《きくん》とお酒を飲んで、どの位飲めばどうなるかと云う加減はお互によく知っている。相戒《あいいまし》めて、旅先でしくじる事のない様にしましょう」

大柄な百閒は小柄な平山三郎を見おろしている。「貴君」とは百閒の好んだ二人称である。

「しくじると云うのは人に迷惑を掛けると云う事でなく、自分で不愉快になり、その次に飲む酒の味がまずくなると云う様な、そう云う事を避けようと云う意味なので、僕は六《む》ずかしい事を云ってるのではない。いいですか」（「特別阿房列車」）

汽車はなかなか出発しない

東京駅に着くと特別急行の切符は売り切れていた。三等まで一枚もない。そういう事態も「かねて期《ご》したる所なれば、この儘《まま》家路《いえじ》に立返り、又あした出なおすに若《し》くはない」はずだが、「今までのはずみで、どうもそうは行かない」と百閒はいう。

「何が何でも是が非でも、満員でも売り切れでも、乗っている人を降ろしても構わないから、是非今日、そう思った時間に立ちたい」

老人はわがままでせっかちなのである。

ではどうするか。駅長室に泣きつくのである。もちろん平山三郎を先に立てている。

「今日の第三列車の一等を二枚、お願い出来ませんでしょうか」というと、電話で連絡したのち、不思議なことに「御座いました」となるのである。

内田百閒は『阿房列車』シリーズで国鉄の広報に大いに貢献した。二年後にはその功ゆえに東京駅の「一日駅長」に任ぜられた。五二年秋、鉄道八十周年記念行事の一環である。

汽車も好きだが、官僚好き位階好きである百閒は、前日届けられた制服制帽姿で、「一日駅長」を喜んでつとめた。このとき駅員一同に行なった訓辞はこんなふうだった。

「命《めい》に依《よ》り、本職、本日著任《ちゃくにん》す。

部下の諸職員は、鉄道精神の本義に徹し、眼中貨物旅客なく、一意その本分を尽くし、以《も》って規律に服するを要す。

規律の為には、千噸《トン》の貨物を雨ざらしにし、百人の旅客を轢殺《れきさつ》するも差閊《さしつか》えない。本駅に於ける貨物とは厄介荷物の集積であり、旅客は一所に落ちついていられない馬鹿《ばか》の群衆である」

「駅長の指示に背く者は、八十年の功績ありとも、明日馘首《かくしゅ》する」

署名は「東京駅名誉駅長従五位内田栄造」

百閒はこの訓辞ののち、ホーム上で二年前の「特別阿房列車」とおなじ12時30分発の特急「はと」に、一日駅長として発車合図をした。見送ってめでたく業務終了となるはずが、動き出した「はと」の最後尾、展望車にひょいと乗ってしまった。そのまま熱海まで行き、数時間後、東京駅に別の列車で引き返してきた。国鉄や東京駅の偉い人たち、それに他の駅の名誉駅長をあてがわれた文士たちは、一杯飲みながら百閒の帰りを待った。祝宴が予定されていたのである。

百閒の「稚気」として知られた挿話《そうわ》だが、百閒は特急列車の去った、祭りのあとのようなホームのさびしさに耐えがたかったのではないか。そういう敏感なところが、あるいは小心なところが百閒にはあった。

「訓辞」中の一文「背く者は、明日馘首」とは穏やかではない。しかし「即日馘首」ではないと百閒自身がいっている。「明日になれば、私は駅長室にいない」

ところで、コネでとれた「特別阿房列車」すなわち「はと」の切符を買いに行くのは当然平山三郎である。百閒は改札口のところでステッキを手に待っている。日曜日だからひどい人出だ。「何の為にどんな用件でこうまで混雑するのか解らないが、どうせ用事なんかないにきまっている」と百閒は「にがにがしく」思うわけだが、自分も用事のない群衆のひとりなのだから、これが反語的ユーモアなのか本音なのか迷う。おそらく両方なのだろう。

「はと」はなかなか動き出さない。一等車のコンパートメントの前の座席に紳士と秘書がいる。紳士は、「これを〆香《しめか》に渡してだね、こう云っといてくれないか」などと秘書につたえている。遠慮するべきなのか、それとも聞いていてやった方が紳士の自尊心は満足するのか、というもっともな悩みがあって、やっぱり遠慮しようと展望車へ移る。すると編集者が見送りにくる。トイレへ行きたくなったが、汽車が動いているときしか行ってはいけないと子供の頃から教わっているので、がまんする。昔の汽車のトイレは、おそろしいことに直接落下式だった。

全部で六十枚弱の「特別阿房列車」のうち、発車するまでに四十枚かかっている。大阪までの道中が十枚、だいたい食堂車でビールを飲んでいる。いつの間にか大阪へ着く。宿屋はやっぱり駅長室で紹介してもらった。翌日の「はと」の上りの切符は平山三郎が「なんとかした」。そこらあたりが最後の十枚分である。

要するに内田百閒は、汽車に乗るまでが好き、乗ったら食堂車に長い尻《しり》を据えて酒を飲むのが好きなのである。乗りものの中で飲む酒は酒好きには格別であろうが、「鉄ちゃん」の祖先としては異端である。彼のふるまい書きぶりを「かわいい」と見るか、実年齢に見合わぬ「傲慢《ごうまん》」と見るかは人によって異なる。しかし誰しも「時代」を感じるだろう。「一等」に象徴されるような戦前的階層が生きのびていた時代、そして老人であることそれ自体が「文士」にとっては権力の源であった時代の懐かしいにおいがそこにある。

意地でも急いでやるものか

百閒は汽車に乗る前に、駅のホームを歩いて長い列車の全体像を眺めてから乗る。汽車好きの「鉄ちゃん」にこのへんは通じるが、その余は違う。車窓風景にさしたる興味がない。

「隧道《ずいどう》を出ると、別の山が線路に迫って来る。その山の横腹は更紗《サラサ》の様に明かるい。降りつける雨の脚を山肌の色が染めて、色の雨が降るかと思われる。ヒマラヤ山系君は、重たそうな瞼《まぶた》をして、見ているのか見ていないのか、解らない」（「奥羽本線阿房列車」）

秋田県横手と岩手県黒沢尻を結ぶ横黒《おうこく》線（現在の北上線）の雨の紅葉の記述である。めずらしいから引用してみた。

一九五一年十月のこの旅で、百閒は生まれて三度目の温泉に浅虫で入ったという。最初は三十六歳のとき、静養中の漱石に借金しに行った湯河原で入った。二度目は戦前の台湾旅行の際だという。百閒は温泉にも観光にもやっぱり興味はないのである。

汽車に乗るとすぐに食堂車へ行く。そこで酒を飲む。平山三郎などを相手に喋《しゃべ》りながら、酔眼で汽車に揺られているのが好きなのである。

しかし普通列車に食堂車はないから外を眺めた。

「走り出してから、駅の構内を離れた時に、展望車代用の後部のデッキから眺めて、もう一つ意外な事を知った。御殿場線は単線になっている。いつからこんなみじめな事になったのか知らないが、東海道の幹線であった時分、馴《な》染みの深かった私に今昔《こんじゃく》の感を催させる。線路を取り去った後の道に、青草が筋になって萌《も》え出している」（「区間阿房列車」）

内田百閒は一九五一（昭和二十六）年三月十日、東京11時00分発329列車に乗り、定

刻12時33分より少し遅れて国府津《こうづ》に着いた。国府津で御殿場線に乗り継ぐつもりだったが、連絡していたはずの12時35分発の列車に間に合わなかった。

御殿場線は一九三四年まで東海道本線だった。急坂の路線だから国府津で蒸機を最後尾につけて押した。急行の場合は、その蒸機を走りながら御殿場で切り離した。複線から一線撤去したのは戦時中のことだが、長い間汽車に乗っていない百閒は事情を知らない。

百閒が東京駅から乗った329列車は、たしかに御殿場線の列車に連絡したのである。なのに百閒は乗れなかった。それはなぜか。

「乗り換えですか。早く早く、この列車は遅れて著《つ》いたけれど、あっちのは、それを待っていないから、すぐ出ますから早く早く」

国府津の駅で駅員が百閒をせかした。せかされるとむっとする。

乗り継ぐ乗客はみな地下道へと急ぐ。御殿場線沼津行は反対側のホームで待っているのである。同行した「ヒマラヤ山系」こと平山三郎が、走りましょうかといった。百閒は、いやだ、とこたえて常のごとくの歩調をかえなかった。

地下道をたどってもう少しで歩廊（ホーム）に達するというとき、汽笛がぼうと鳴った。あっ、発車すると思ったら、いっそうむっとした。

「人がまだその歩廊へ行き著かない内に、発車の汽笛を鳴らしたのが気に食わない。勝手に出ろとは思わない。乗り遅れては困るのだが、向うが悪いのだから、こちらに不利であっても、向うの間違った処置に迎合するわけには行き兼ねる」

ホームに上がると汽車はもう動き出している。とはいうものの、客が乗るのを見込んでの最徐行である。乗り継ぎ客のあらかたはもう乗っている。地下道の階段で百閒と平山を追い越した男がデッキにとびついた。その男と同時に上がってきた女性を、駅員がふたりがかりでデッキに押し上げた。前の方では、助役が別の客を荷物車に乗せた。

百閒は意地でも急がない。「動き出している汽車に乗ってはいけない」「乗ろうと考えてもいけない」と「昔からそう云う風に鉄道なり駅なりから、しつけられている」からだ。

平山三郎はつねのように「曖昧《あいまい》」だったが、百閒の態度にあわせてあきらめた。

徐行しつづける汽車の機関士が半身を乗り出してホームを見ている。助役の合図を待っているのだ。助役はホーム上を見わたし、百閒と平山には乗る気はないと見切ったうえで合図した。すると汽車は速度を上げた。

ふたりはホーム上に残された。

ベンチに腰をおろし、股《また》の間に立てたステッキに頤《あご》をのせて黙っていると、だんだんに不愉快さがつのってきたので、駅長事務室へ文句をいいに行くことにした。

事務室には、さきほど徐行する汽車のすぐ脇《わき》で百閒らをもの問いたげに眺めた助役がふたりともいた。

「私共は今の沼津行に乗り遅れたのですが」

「乗れなかったのですか」

「乗れば乗れたかも知れないけれど、その前に汽車は動いていました。動き出している列車に乗ってはいけないと云う事になっているでしょう」

「御尤《ごもっと》も」

というようなやりとりで、百閒の気は一応済んだ。沼津へ行かれるのでしょう、と助役が尋ねた。そうだとこたえた。

「それでしたら、熱海線（東海道本線）からいらっしゃれば、いくつも列車はありますけれど」

「いや、御殿場線から沼津へ出るのです」

「ははあ、するとこの線の途中に、御用がおありになるので」

「用はどこにもないのです」

「成る程」

それから百閒と平山三郎は、ホームの屋根の雨垂れを眺めながら二時間ベンチで待った。

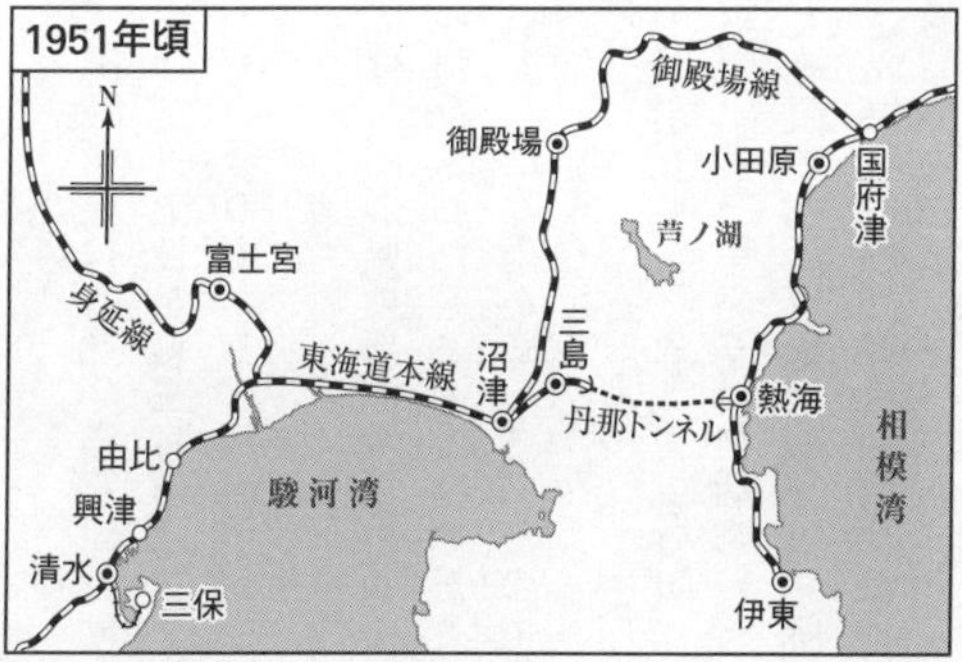

「区間阿房列車」には全部で百枚あまりの原稿量があるが、御殿場線14時35分発沼津行に無事ふたりが乗るまでに全体の三分の二を費している。旅行は三月十日から三月十二日までだが、起稿は二月十日、出発前に二十枚分を書いてしまっているのである。原稿の完成は旅行から帰ったほぼひと月後である。

百閒が旅行前の紀行文を書いていた一九五一年三月五日には、山形県の新制中学校教師無着成恭が編集したクラス文集『山びこ学校』が青銅社から刊行された。この本はやがて記録的ベストセラーとなった。出発の前日には三原山が大噴火した。雨が降っていたので車窓から噴煙は見えなかった。

帰宅後の三月二十一日、日本初の総天然色映画『カルメン故郷に帰る』（監督・木下恵介、主演・高峰秀子）が公開され、三月三十一日銀座の街燈が戦中以来八年ぶりに復活した。百閒が原稿を書きあげた四日後の四月十六日、トルーマン大統領に占領軍総司令官職を解任されたマッカーサー元帥《げんすい》が離日し、長谷川町子『サザエさん』第一回が朝日新聞に載った。

百閒は沼津でも駅長室を訪ねた。駅長は土曜日なので品川の自宅に帰っていた。沼津の千本松原でも見物したあと駅長と一杯やって泊まるつもりでいたが、「どうもこちらの気持が纏《まと》まらない」のでいっそ興津《おきつ》まで行くことにした。が、現地に行くと酒好きのはずの興津駅長は、あいにく仕事で体があかないということだった。あてははずれた。仕方がないので平山と飲んだ。宿は駅の紹介である。

翌日はひと駅だけ東京方向に戻って由比《ゆい》に行った。ここでも駅長室へ行ったのは、紹介状をもらってあったからだった。きょうは浜で大謀網《だいぼうあみ》がある、ご案内しましょうと駅長がいった。「面白そうではあるけれど、行けばそれだけ経験を豊富にする」、なにごとにつけ知識を増やすのは阿房列車の「標識《ひょうし》に背く」ことになるから、よした。

平山といっしょにふらふらと海岸におりてみた。すると汽車が通り過ぎた。きのう乗った３２９列車米原行である。

百閒は、「昨日たしかに乗せて出たのに、国府津で降りて、それから今迄《いままで》、どこで何をうろうろしているんだろう。そう思っているぜ、きっとあの汽車は」「貴君はそう思わないか」と平山三郎に同意をもとめた。平山は、「僕ですか。僕がどう思うのです」と問い返した。

つぎに大阪行特急「はと」が通過した。「はと」は３２９列車より一時間半遅く東京を出たのだが、もう追いつきそうである。すると今度は上り東京行「つばめ」が走ってきた。よい汽車をたくさん見られてよかった、そう百閒は思った。

「つばめ」が去ったあと海岸の岩を見ていたら、記憶がよみがえった。それは車窓からの眺めであった。

「学生の時分から通る度に、気にとめるともなく見馴れた形を覚えている。そう思って見れば今も同じ姿で、何十年も過ぎた思い出が、満ちた潮の波をかぶって、今日の事の様に新鮮である」「若い時の事が今行った汽車の様に、頭の中を掠《かす》める。命なりけり由比の浜風」

「いやだからいやだ」

内田百閒は二十三歳で結婚した。まだ大学の二年生だった。相手は岡山第六高等学校時代の親友の妹で、大恋愛の末のことである。やがて百閒は、結婚して半年もしないうちに生まれた男の子をかしらに、五人の子持ちとなった。ほかに年寄りをふたりかかえていた。一九一六（大正五）年、二十六歳のとき陸軍士官学校のドイツ語教師となり、ついで芥川龍之介の推輓《すいばん》で横須賀の海軍機関学校にも勤めた。三十歳で法政大学のドイツ語担当教授に就任した。折からの雑誌ブームに投じてつぎつぎに創作を発表、貧乏を脱したどころか年収五千円以上というから、現在の価値に直して二千万円ほども稼ぐようになった。それでもお金が足りなかったのは「坊ちゃん育ち」の浪費癖と、借金の下手さ加減からだった。高利貸ばかりを相手にしていたし、五円の金を借りるのに車代を十円使うといったぐあいでは救われようがなかった。

一九二六年、家を出て下宿屋にひとりで住んだ。要するに家族への責任を放棄したのである。その後一九二九（昭和四）年、三十九歳のとき佐藤こひと市谷仲之町に同棲《どうせい》した。こひは十八歳下の芸者で、百閒は最後までものがたいこの人といっしょにいて、離婚しなかった正妻が亡《な》くなった一年後、一九六五年に入籍した。そのとき百閒は七十六歳だった。一方、捨てられた家族の方は、妻の兄の援助で暮らしを立てた。

百閒の死後、次女の伊藤美野はつぎのように語っている。

「（父は）専任の人がいなければ駄目なんです。それも一人では足りない位。おこいさんの場合にもおこいさんと妹さんと二人がかりでしたから。それがいつも要るんでございますよね。それで心を乱さないように全部ついててやっててあげないと、父は書けないんです。ですから後年母は私達に、その段階で私は子供をとって、お父さんはもう誰かに委《まか》せた方がいいと思った、とそう申しておりました」（「父・内田百閒」）

麹町《こうじまち》五番町の百閒の戦後の家は、三畳を横に三部屋並べた小さな家だった。すわり机の上は、きちんと寸法を合わせて切ったメモ用紙が一定の高さに積まれ、几帳面に削って並べられた鉛筆の前には、チリ紙がまたきちんと置かれていた。なんであれ部屋の中のものは、畳の目を一つ二つと数えて決まった場所に置かれなければならなかった。そんな神経症的な男の面倒を見るのはたいへんな苦労であったことだろう。

百閒が汽車の旅に出て数日家をあけてくれることがおこひさんの救いだった。彼女は百閒のいないとき、たまりにたまった家の仕事をこなした。

一九六七年、百閒は芸術院会員に推薦されたが、「いやだからいやだ」と辞退した。さすが先生、と世間は感心したふうだった。しかし官僚好き栄誉好きの百閒にしては異なことである。娘の伊藤美野にいわせれば、芸術院会員というグループにくくられては自分のわがままが通せなくなるという恐れのほか、家族との別居があからさまになることを嫌ったからである。そのためこいさんは、大学を辞めて久しいのに浪費のやまぬ百閒のせいで苦しい家計の助けとなるはずの年金をもらいそこなった。百閒が長年故郷岡山を恋いながらも帰れなかったのも、これが理由であった。

一九五一年三月十一日の夜、百閒は由比に泊まった。「先を急ぐけれど」「何事によらず、明日にのばせる事は、明日にのばした方がいい」と書く彼だが、それにしてもその日の移動はひと駅分六キロにすぎなかった。

翌日は月曜日である。「昧爽《まいそう》七時」に早起きした。だが乗ったのは127列車京都行12時03分発だった。三十分足らずで静岡に着き、そこで降りた。また少し東京から遠ざかった。

静岡では平山三郎が駅に勤める友人を訪ねるといったので、ついて行った。しかし友人は留守だった。もうすることがない。百閒はソバを食べたいと思ったが、面倒だからとやめた。平山がレモンジュースを飲みたいといった。それも面倒だ。よそうじゃないか、と百閒がいうと、そうですね、と平山はつぶやいた。

平山の荷物を駅の一時預けに預けた。荷物といっても中身は駅売りのお茶の小さな土瓶などである。それは百閒が持って帰れと命じたのである。昔、お茶の土瓶と釜飯《かまめし》の釜はどこの家にもあった。しかし再利用したという話は絶えて聞かない。

今度こそほんとうにすることがない。駅のベンチに黙って二時間半すわっていた。東京行急行34列車は15時34分発である。時刻になったので、預ける必要のなかった荷物をうけだしてホームに行った。反対側のホームに例の米原行329列車が停まっているのが見えた。おなじ汽車に三度も会って、さすがに少し決まりが悪かった。

東京行が走り出し、興津、由比を通過した。百閒は平山をともなって食堂車に行った。東京駅まで腰を据えて酒を飲んだ。百閒の汽車旅行のパターンである。飲んでいるうちふと気づくと、汽車は彼を当座の目的地に運んだり、東京に連れ戻してくれたりするのだった。しかしそれでも、汽車は永遠に岡山にはたどり着かないのである。

老人「鉄ちゃん」はかわいいか

一九五六年十一月十九日、六十七歳の内田百閒は九州に行った。すでに『阿房列車』のシリーズは終っていたのだが、十一月十九日は東京―博多間を走る寝台特急「あさかぜ」が走りはじめる日であった。「事有《ことあ》れかし」と待っていた、すなわち汽車に乗る理由が欲しかった百閒は「機逸《いっ》す可《べ》からず」と「あさかぜ」に乗りに行った。お供はやっぱり平山三郎である。「雨男」で聞こえた平山だが、この日は晴れた。見送亭夢袋こと中村武志も例のごとく見送りに現われた。

東京駅のホームには、すでに「あさかぜ」が入線していた。

「世間に汽車好きは多いと見えて、この初下《はつくだ》りの機関車のあたりには見物だか見学だかの若い連中が大勢いる」(「八代紀行」)

百閒もそのひとりであった。乗る前に長大な列車の編成の最前部から最後部までを眺めないと気がすまない百閒だが、この日はホーム上が特別に混雑している。

「外から横腹を眺めて歩くのを止めて前部の三等車から車室に這入《はい》り、中の通路を伝って丁度乗り込んで来る乗客に多少の邪魔をしながら後部まで歩いた」

「あさかぜ」は18時30分、「夕風の中から」発車した。百閒は平山三郎を連れて食堂車へ行った。例のごとく尻の長い酒を飲んで、車室へ帰った。しかし寝心地はあまりよくない。夜中の停車駅ごとに目をさますような状況だった。岡山でもむろん起きただろう。カーテンを片寄せて闇《やみ》に目をこらす百閒の姿が見えるようだ。しかし懐《なつ》かしい岡山は見えない。

百閒の雅号のもととなった百間川《ひゃっけんがわ》は、百間幅の両堤を保ったまま児島湾に達する不思議な枯川だそうだが、それも見えない。

冬至まで一ヶ月の時候だから夜明けは遅かった。広島をすぎたあたりであったろうか。関門トンネルを抜けると、九州の空は秋晴れであった。「あさかぜ」は11時55分、博多に着いた。目的地というものはとくにないが、「阿房列車」時代に投宿していたく気に入った熊本・八代の松浜軒《しょうひんけん》にした。七度目の投宿であった。

翌一九五七年初夏、百閒はまた汽車で九州に旅した。

このときはようすが少なからずへんだった。玄関まで送りに出た奥さん（こひさん）に、百閒は「それでは行って来るよ」といえなかった。「前へ向いた儘《まま》、頬を伝っている涙を見せない様に」するのが精一杯だった。

なんの涙か。行方知れずになった飼い猫「ノラ」を思う涙である。百閒、このとき六十八歳。

その二年前の夏、野良猫の子が、猫の額ほどの庭で奥さんにじゃれかかった。人懐っこい猫で、最初は外猫として飼っていたが、病気になったとき不憫《ふびん》だと家の中に入れた。以来一年半、百閒は猫を猫かわいがりした。その「ノラ」がある日、家を出たきり姿が見えなくなった。

百閒は文字どおり狂乱した。新聞に迷い猫の広告を出し、三千枚のチラシを印刷して三度にわたって近所一帯に撒《ま》いた。その経緯は黒澤明の映画『まあだだよ』にくわしくえがかれている。百閒も百閒役の松村達雄も、それから黒澤明も老いの色が痛々しいほど濃い。

もはや威張る気力も失《う》せている。五七年初夏の九州行は「ノラ」行方不明から二ヶ月半後、猫探しにもかり出された平山三郎らが、尋常ではない嘆きかたをつづける百閒を旅にいざなったのである。

このときも「あさかぜ」に乗った。初夏の日永とはいえ、東京駅を出発してしばらくすれば日は暮れる。その日暮れを百閒は食堂車で見た。早くも彼は平山三郎や編集者の「椰《や》子《し》」(小林)などと盃《さかずき》を傾けている。ノラの不在を忘れていられるのは飲んでいるときだけだ。

〈晩の闇を裂いて「あさかぜ」が走っている。どうも朝風という名前はおかしい〉

いつものごとく叱言《こごと》が出る。

〈「いつお立ちですか」

「あしたの晩の朝風です」

この名前を決定した係りの諸氏は、こう云う挨拶《あいさつ》で身体のどこかが撚《よ》じれる様な気持はしないのだろうか〉(「千丁《せんちょう》の柳」)

「あさかぜ」は美しい名前だ、と私は思っていた。福山、尾道あたり、遠く瀬戸内の海岸を朝風を割って走る列車のイメージはあざやかである。夜をつらぬいて走った列車はなにごとかをなしとげた、そのしるしが「あさかぜ」という命名だと考えていた子供の「鉄ちゃん」にいわせれば、百閒の言は見当違いである。もっとも、百閒はなんでもいいからひと言いってみたかった。それだけのことだろう。

たのしく談笑しても、寝台車に戻って眠ればノラの夢を見てまた泣く。枕《まくら》がぐっしょり濡《ぬ》れている。

お昼少し前に博多に着いた。その日は博多に泊まって翌日またまた八代へ行った。

八代は熊本細川家初代忠利の父三斎ゆかりの城下町で、三斎没後は家老の松井氏が治めた。その別荘であった松浜軒は一九四九年、九州御巡幸のとき行宮《あんぐう》となり、五一年から旅館営業をはじめた。建物も庭も立派の一語に尽きる。しかし士族の商売どころか殿様の商売なので、宣伝はしない。使用人、出入りの職人、床屋、写真屋、すべて旧藩時代の家来の筋である。みな主人を殿様と呼ぶ。これでは客の方が恐れ入る。

百閒が最初にここに泊まったのは一九五一年初夏「鹿児島阿房列車」の折であった。百閒もまた殿様なので恐れ入らない。静かで、わがままが通るのはまことに結構と、以来西へ向かう旅ではつねにここを仮の目的地とし、このときが八度目であった。

この翌年五八年六月、九度目に宿泊したのが最後、そして同時に彼は松浜軒最後の客となった。静かなのは道理、百閒が泊まったとき相客があったのは一、二度のみ、とうてい商売にならないと、その年限りで営業をやめたからである。実はすでに五月いっぱいで旅館は休業ということになっていたのだが、「格別の御贔屓《ごひいき》」の百閒先生のためにわざわざ開けてお迎えしたのだ、と主人はいった。すでに高潮の気配を見せていた高度経済成長の波のなかに、古い旅館も旧時代の文士も没するのである。

松浜軒で眠ってもやはりノラの夢を見た。小石川江戸川橋の矢来町寄りの街角で、奥さんがノラを抱いて立っている。熱があるようだ、と奥さんがいう。なでてみると毛が濡れてごわごわした手ざわりだった——そういう夢である。

百閒は翌日、熊本から博多へ行った。夜行寝台急行「西海」に乗り、だいたい二十一時間かけて東京へ戻った。前後五日間の旅だった。

「家へ帰って玄関に入ったが、ノラはまだ帰らぬかと聞く迄《まで》もない。今日でもう八十八日目である。沓《くつ》脱《ぬ》ぎに腰を掛けた儘《まま》、上にも上がらず泣き崩れた」（「千丁の柳」）

内田百閒の本質は、威張りん坊と泣き虫の振幅の中にある。天真爛漫《らんまん》と脆《もろ》い精神の混合物であったともいえる。百閒は、必ずしも老いの規範とはなり得ない。だいいち、いまの文士はこんなに威張れない。威張れば失業するばかりだ。

『阿房列車』には、六十一歳からもう老人になれたよい時代を見るのが賢明であろう。それは百閒が、自ら帰れなくした岡山を通過する山陽本線の車窓に少年期を垣間《かいま》見《み》て、彼方《かなた》へ去った明治を追懐するのとおなじ気分である。

初老「鉄ちゃん」はかわいいか

「あとがき」にかえて――大糸線

二〇〇三年はじめから二〇〇五年なかばにかけて私はよく汽車に乗りに行った。旅に関する原稿を、と頼まれたとき、汽車の話ならと答えた。汽車旅がしてみたかったのである。新幹線ならよく乗ったが、あれは移動であって旅ではない。ローカル線に乗りたかった。依頼された仕事が終っても私はまだローカル線に乗りつづけている。昔の汽車好きがぶりかえしたのである。

私の鉄道好きは、一九五〇年代への回帰衝動である。それは十代以前である。ヒステリーの母親に苦しめられた私は、個室を強く欲した。できれば家を出たかったが、それはかなわぬ希望だった。長い長い編成の貨物列車を見てその車掌車に憧《あこが》れた。車掌車に乗って昼夜を分かたず走りつづければ、個室を持ちながら旅の暮らしがつづけられるのにと痛切に思った。

少し長じると、それは鉄道という「システム」への興味と好意にかわった。汽車は闇雲《やみくも》に走りまわるのではない。単線を行き違い、乗り換え駅で連絡し、貨物車輛《しゃりょう》を合理的に配分するためのシステムがあり、それを維持するために何十万人の大の男たちが働いているということへの驚きと頼もしさの念がもたらされた。そこに一九五〇年代から六〇年代前半にかけて、昭和でいえば三十年代の、貧乏くさいのに「明るい」と印象される時代相が重なって、私の鉄道好きはゆるぎないものとなった。それはいわば「幻の町」への回帰衝動であった。

「幻の町」好みに代表されるように、時間旅行を好むのは男の子にありがちな特徴であろう。歴史好き、時代小説好きにもそれはあらわれている。しかし鉄道というシステムに対する愛着が高じて分派し、尖鋭《せんえい》化するとたやすくオタク化する。末端知識の収集とその自慢癖も男の子にはありがちである。そんなオタク的知識のシャワーは、時間旅行よりも空間旅行を愛して、ゆったりとひとり汽車の旅をしたがる（ときに車窓風景よりも車内での読書を好んだり、「旅をしながら読書する私」というイメージを好んだりする）女性の鉄道ファン「鉄子」を大いに困惑させたりする。

ローカル線のRの小さなカーブに車輪が鳴く音を聞きながら、こんなことを考えた。智に働いた末に無用の人。時代に棹《さお》さして流された。通す意地などもとよりない。なのに本人はそう思っていない。無用とも流されたとも思わず、通すべき意地を通しているのだと信じている。

いわゆる「団塊の世代」に対する感想である。そこに自分も含まれるのはいかにも残念ではあるが、是非もない。

なぜそういうことを思ったか。

ローカル線の車内に、最近とみに多く「団塊」世代の「鉄ちゃん」の姿を見かけるからである。いい年をして、もっとぜいたくをできないか、といいたくなるが、恥ずかしながら私もそのひとりなのである。「鉄ちゃん」と呼ばれても赤面しなくなったのは年のせいか。「いいじゃん、もう先は長くないんだから」と思う。さびしい終着駅と、線路のペンペン草と、赤錆《あかさ》びた車止めが好きなんだ、といいはりたくなる。他の「団塊鉄ちゃん」も、細部の好みは別々ながら似たようなことをいうだろう。

彼らもまた私のように時間旅行をたのしんでいるのだと思う。その懐旧すべきは、やはり昭和三十年代の日本の風景である。

だが一九六〇年代後半以降、昭和でいうと四十年代からあとの時代潮流の圧力はすさまじく、それ以前の牧歌を圧倒し去った。いまでも自衛隊といえば「税金ドロボー」という言葉を連想し、社会党の凋落《ちょうらく》に溜息《ためいき》して、日本の民族主義的傾向には「強い懸念《けねん》」を吐露するのに、コリアや中国のそれに対しては寛大であるのは「団塊」の特徴である（私ではない）。五〇年代の戦艦大和や零戦《ゼロ》のプラモデルへの愛着を「義によって」断ち切り、六〇年代には、思えば能天気な「非武装中立論」にひかれたりもした（私である）。近年ようやく汽車への愛は回復したが、六〇年代の傷は乾かない。

人は誰でも二十五歳までにすごした文化から自由になれない。それは檻《おり》のごときものだ。流行音楽はビートルズかせいぜいサザンオールスターズまでしか理解できず、マンガは「こまわり君」までしかわからない。芥川賞だけは気にしているが、いざ読めば、何だこれは、不潔だ不快だ、こんなもの文学ではない、などと騒ぐ。進歩的言辞七割、処世訓三割の説教を好む。そのくせ自分が退職するまで会社がもてばいいや、と勝ち逃げの態度が明白だから、説教にも説得力がともなわない。

私は自分の体臭のなかに、おじいさんのにおいを嗅《か》ぐことがある。しかし、本人の気分はまだ三十五歳なのである。この客観像と自己像のずれの中に悲劇はひそんでいる。どの時代にもそれはあっただろうが、必要以上に老成を嫌い、必要以上に若さを価値と信じた分、「団塊」の衝撃は深いのである。

働くのが好きな「団塊」は六十歳をすぎても働きたがるだろう。しかし彼らはさかんに消費してくれるだろうか。死んでも貯金をつづけかねない性癖も時代の刻印なのである。だいたい、私を含め、また二十代の「鉄ちゃん」「鉄子」諸君をも含め、こんな安上がりな旅を趣味としているようでは消費者として半人前なのではなかろうか。

傾きかけた日に照らされる谷をガタゴトくだりながら、虎の縞《しま》は洗っても落ちない、と嘆いた。しかしつぎの瞬間、乗り換え駅に着いたら立ち食いソバを食おう、悩むのはそれからだと発想する自分にしみついたチープさの根は深いと思い知り、あらためて衝撃を受けた。

先日、松本から糸魚川《いといがわ》までをつなぐ大糸線に乗った。北アルプスをはるか高みにのぞみながらゆったりと電車は北へ走る。信濃大町までで客のほとんどは降りてしまい、南小《みなみお》谷《たり》まで行ったのは五人だけだった。私のほかは初老のカップル旅行者がふた組である。大糸線といっても糸魚川までの直通列車はない。南小谷で乗り換えるのは、ここでＪＲ東日本からＪＲ西日本に移るうえに、南小谷より北は未電化だからだ。

糸魚川行二輌編成のディーゼルカーには初老のカップルがふた組とも乗り継いだが、近年のローカル線ではありふれた客筋である。私が驚いたのは、南小谷を出てトンネルを抜けたとたん、写真を撮られたことだった。車内ではない。姫川の河原に三脚を立てた、見るからに本格的な鉄道写真マニアに撮られたのである。

川の流れを前景に、したたる緑を背景に、いかにも旧国鉄的なオレンジ色のキハ52を撮る。その狙《ねら》いはわかるが、とても恥ずかしい。彼の気分は「一九

六〇年代回想」なのだろうと推測できるし、私が撮られているのではなくキハ52が撮られているのだと承知してはいても、やはり恥ずかしいのである。

マニアはひとりではなかった。糸魚川の海岸沿いの狭い平地に至るまでに、さらにふたりのカメラマンがいた。最後のひとりは写真を撮り終るとかたわらに駐車した車に駆け寄った。先まわりしてもう一ヵ所で撮るつもりなのだろうが、成功したかどうかはわからず終った。

愚直に働きつづけているのはキハ52であって私ではない。それが私が感じた恥ずかしさの理由だが、キハ52だって新車時代は誰にも写真を撮ってもらえず、仲間がつぎつぎと去り、自身も廃車直前になって、ようやく高度成長時代の記憶のよすがとして愛されるようになったのである。さぞ決まりが悪かろうと思う。

文庫版のためのあとがき

このたび『汽車旅放浪記』が中公文庫の一冊となり、いま少しの命を保つことになった。うれしく思う。

汽車ブームも一段落した気配だが、頻度は少なくなったものの私はいまもローカル線に乗る。

懐旧の念と、田舎町に生きる人々への根拠のはっきりしない愛着、それから時刻表をまもる汽車の愚直な働きぶりへの好意、それらが動機であることにかわりはない。

もっとも、わざわざそのために遠出するわけではない。所用のついでにという態度を崩したくないのは、オタクではないといいたいからだ。

しかし時は過ぎる。自分の持ち時間が車窓にたぐりこまれて行くのを見るとき、わずかな甘美さをまじえた悲哀の感情を持つ。やむを得ないこととはいえ、年ごとにそれは増す。

二〇一六年八月

関川夏央

『汽車旅放浪記』　二〇〇九年六月　新潮文庫

中公文庫

汽《き》車《しゃ》旅《たび》放浪《ほうろう》記《き》

2016年10月25日　初版発行

著　者　関川《せきかわ》 夏央《なつお》

発行者　大橋 善光

発行所　中央公論新社
〒100-8152　東京都千代田区大手町1-7-1
電話　販売 03-5299-1730　編集 03-5299-1890
URL http://www.chuko.co.jp/

DTP　柳田麻里
印　刷　三晃印刷
製　本　小泉製本

Published by CHUOKORON-SHINSHA, INC.
Printed in Japan　ISBN978-4-12-206305-1 C1195

中公文庫既刊より

各書目の下段の数字はISBNコードです。978-4-12が省略してあります。

せ-9-1
寝台急行「昭和」行
関川夏央
寝台列車やローカル線、路面電車に揺られ、懐かしい場所、過ぎ去ったあの頃へ。昭和の残照に思いを馳せ、含羞を帯びつつ鉄道趣味を語る、大人の時間旅行。
206207-8

あ-13-3
高松宮と海軍
阿川弘之
「高松宮日記」の発見から刊行までの劇的な経過を明かし、第一級資料のみが持つ迫力を伝える。時代と背景を解説する「海軍を語る」を併録。
203391-7

あ-13-4
お早く御乗車ねがいます
阿川弘之
にせ車掌体験記、日米汽車くらべなど、日本のみならず世界中の鉄道に詳しい著者が昭和三三年に刊行した鉄道エッセイ集が初の文庫化。〈解説〉関川夏央
205537-7

あ-13-5
空旅・船旅・汽車の旅
阿川弘之
鉄道のみならず、自動車・飛行機・船と、乗り物全般に並々ならぬ好奇心を燃やす著者。高度成長期前夜の交通文化が生き生きとした筆致で甦る。〈解説〉関川夏央
206053-1

あ-13-6
食味風々録
阿川弘之
生まれて初めて食べたチーズ、向田邦子との美味談義、海軍時代の食事話など、多彩な料理と交友を綴る、自叙伝的食随筆。〈巻末対談〉阿川佐和子〈解説〉奥本大三郎
206156-9

い-35-17
國語元年
井上ひさし
明治七年。「全国統一話し言葉」制定を命じられた文部官僚は、まず家庭内の口語統一を試みる。しかし屋敷中が大混乱に……大好評を博したテレビ版戯曲。
204004-5

い-35-18
にほん語観察ノート
井上ひさし
ふだんの言葉の中に隠れている日本語のひみつとは？「言葉の貯金がなにより楽しみ」という筆者のとっておき。持ち出し厳禁、言葉の見本帳。
204351-0

い-35-19
イソップ株式会社
井上ひさし
和田誠 絵
夏休み。いなかですごす二人の姉弟のもとに、毎日届く父からの手紙には、一日一話の小さな「お話」が書かれていた。物語が生み出す、新しい家族の姿。
204985-7

い-35-20
十二人の手紙
井上ひさし
転落した修道女の身も心もボロボロの手紙や家出少女の手紙など、手紙だけが物語る笑いと哀しみがいっぱいの迫真の人生ドラマ。新装改版。〈解説〉扇田昭彦
205103-4

い-35-21
わが蒸発始末記 エッセイ選
井上ひさし
軽妙なおかしみと鋭い批評眼で、小説・戯曲に劣らぬ傑作ぞろいの井上エッセイ。エッセイ集一〇冊の集積から選り抜いた、四一篇の思考のエッセンス。
205134-8

い-35-22
家庭口論
井上ひさし
絶妙の笑いの発明家井上ひさしが家庭の内幕を暴露、才色兼備の夫人と可愛ざかりの三人娘に優しく突き上げられ、クスクス、シミジミの最高の面白さ。
205528-5

い-35-23
井上ひさしの読書眼鏡
井上ひさし
面白くて、恐ろしい本の数々。足かけ四年にわたり新聞連載された表題コラム34編。そして、藤沢周平、米原万里の本を論じる、最後の書評集。〈解説〉松山巖
206180-4

う-1-3
味な旅 舌の旅
宇能鴻一郎
北は小樽の浜鍋に始まり、水戸で烈女と酒を汲みかわし、海幸・山幸の百味を得て薩摩半島から奄美の八月踊りにいたる日本縦断味覚風物詩。
205391-5

う-9-4
御馳走帖
内田百閒《ひゃっけん》
朝はミルク、昼はもり蕎麦、夜は山海の珍味に舌鼓をうつ百閒先生の、窮乏時代から知友との会食まで食味の楽しみを綴った名随筆。〈解説〉平山三郎
202693-3

う-9-5
ノラや
内田百閒
ある日行方知れずになった野良猫の子ノラと居つきながらも病死したクルツ。二匹の愛猫にまつわる愛情と機知とに満ちた連作14篇。〈解説〉平山三郎
202784-8

各書目の下段の数字はISBNコードです。978 - 4 - 12が省略してあります。

う-9-6
一病息災　内田百閒
持病の発作に恐々としつつも医者の目を盗み麦酒をがぶがぶ……。ご存知百閒先生が、己の病、身体、健康について飄々と綴った随筆を集成したアンソロジー。
204220-9

う-9-7
東京焼盡《しょうじん》　内田百閒
空襲に明け暮れる太平洋戦争末期の日々を、文学の目と現実の目をないまぜつつ綴る日録。詩精神あふれる稀有の東京空襲体験記。
204340-4

う-9-8
恋日記　内田百閒
後に妻となる、親友の妹・清子への恋慕を吐露した恋日記。十六歳の年に書き始められた幻の「恋日記」第一帖ほか、鮮烈で野心的な青年百閒の文学的出発点。
204890-4

う-9-9
恋文　内田百閒
恋の結果は詩になることもありませう――百閒青年が後に妻となる清子に宛てた書簡集。家の反対にも屈せず結婚に至るまでの情熱溢れる恋文五十通。〈解説〉東直子
204941-3

う-9-10
阿呆の鳥飼　内田百閒
鶯の鳴き方が悪いと気に病み、漱石山房に文鳥を連れて行く……。『ノラや』の著者が小動物たちとの暮らしを綴る掌篇集。〈解説〉角田光代
206258-0

お-2-10
ゴルフ酒旅　大岡昇平
獅子文六、石原慎太郎ら文士とのゴルフ、一年におよぶ米欧旅行の見聞……。多忙な作家の執筆の合間には、いつも「ゴルフ、酒、旅」があった。〈解説〉宮田毬栄
206224-5

か-30-1
美しさと哀しみと　川端康成
京都を舞台に、日本画家上野音子、その若い弟子けい子、作家大木年雄の綾なす愛の色模様。哀しさの極みに開く官能美の長篇名作。〈解説〉山本健吉
200020-9

か-30-6
伊豆の旅　川端康成
著者の第二の故郷であった伊豆を舞台とする小説と随筆から、代表的な短篇「伊豆の踊子」、随筆「伊豆序説」など、全二十五篇を収録。〈解説〉川端香男里
206197-2

か-83-1
新幹線開発物語
角本《かくもと》良平
高度成長を象徴する国家事業、東海道新幹線建設はどのように進められたのか。技術革新、安全思想から土地買収まで、「夢の超特急」誕生のすべて。〈解説〉老川慶喜
206014-2

た-46-4
旅は道づれアロハ・ハワイ
高峰秀子
松山善三
住んでみて初めてわかるハワイの魅力。ホノルルに部屋を借りて十年、ひたすらハワイを愛するおしどり夫婦が紹介する、夢の島の日常生活と歴史と伝統。
205567-4

た-46-5
旅は道づれガンダーラ
高峰秀子
松山善三
炎暑の沙漠で過ごした日々は、辛かったけれども無性に懐かしい。映画監督と女優の夫妻が新鮮な感動を綴るパキスタン、アフガニスタン旅行記。〈解説〉加藤九祚
205591-9

た-46-6
旅は道づれツタンカーメン
高峰秀子
松山善三
悠久の歴史に静かに眠る遺跡と、異様な熱気で煮えくり返る街で、あるいはたくましく、あるいは慎ましやかに暮す人々の様子を伝えるエジプト見聞録。
205621-3

た-46-7
忍ばずの女
高峰秀子
昭和の名女優が明かす役作りの奥義。小津、成瀬、木下、黒澤の演出比較や台本への取り組みまで。自ら手がけた唯一のテレビドラマ脚本『忍ばずの女』併録。
205638-1

た-46-8
つづりかた巴里《パリ》
高峰秀子
「私はパリで結婚を拾った」。スター女優の座を捨て、パリでひとり暮らした日々の切ない思い出。そして人生最大の収穫となった夫・松山善三との出会いを綴る。
206030-2

た-46-9
いいもの見つけた
高峰秀子
歯ブラシ、鼻毛切りから骨壺まで。高峰秀子が選び抜いた身近な逸品。徹底した美意識と生活の知恵が生きた、豊かな暮らしをエンジョイするための本。カラー版。
206181-1

は-54-3
戦線
林芙美子
内閣情報部ペン部隊の記者として従軍した林が最前線の日々を書き記す、『北岸部隊』に先駆けて発表されたルポ。「凍える大地」を併録。〈解説〉佐藤卓己
206001-2

各書目の下段の数字はISBNコードです。978－4－12が省略してあります。

は-70-1
駅の社会史
原田勝正
数々の小説の舞台となり、文明の結節点となってきた「駅」。明治五年の鉄道開通にはじまる駅の変遷を辿り、日本近代化の特質を明らかにする。〈解説〉老川慶喜
206196-5

ま-12-6
突風
松本清張
貞淑な人妻の胸を吹き抜けた突風。日常性の中にひそむ陥穽――。小説技巧と人間洞察の深さが生む著者の思い出深い初期短篇傑作集。〈解説〉三好行雄
200079-7

ま-12-11
ミステリーの系譜
松本清張
一夜のうちに大量殺人を犯す「闇に駆ける猟銃」、継子の娘を殺し連れ子と「肉鍋を食う女」など、人間の異常に挑む、恐怖の物語集。〈解説〉権田萬治
200162-6

ま-12-22
影の車
松本清張
ここに七つの殺人事件がある。しかし単なる犯罪ではない。人生の〈影の部分〉に強烈な人間洞察の光を照射した、迫真の推理連作。〈解説〉三好行雄
203209-5

ま-12-24
実感的人生論
松本清張
不断の向上心、強靭な精神力で自らを動かし、つねに新たな分野へと向かって行った清張の生き方の根底にあったものは何か。自身の人生を振り返るエッセイ集。
204449-4

ま-12-25
黒い手帖
松本清張
戦後最大の大衆作家が、馴染み深い作品を例に取りながら「推理小説の発想」を語り、創作ノートを公開する。推理小説の舞台裏を明かす「推理随筆集」！〈解説〉権田萬治
204517-0

ゆ-5-1
本のなかの旅
湯川豊
宮本常一、吉田健一、金子光晴、大岡昇平……。何かにつき動かされるように旅を重ねた十八人が遺した本から、旅の記憶を読み解く珠玉のエッセイ集。
206229-0

よ-5-8
汽車旅の酒
吉田健一
旅をこよなく愛する文士が美酒と美食を求めて、金沢へ、そして各地へ。ユーモアに満ち、ダンディズムが光る汽車旅エッセイ集を初集成。〈解説〉長谷川郁夫
206080-7